Lasset die Kindlein zu mir kommen

Volker Himmelseher

Lasset die Kindlein zu mir kommen

Ein Roman aus dem mittelalterlichen Köln

Bibliografische Information der Deutschen Nationalbibliothek
Die Deutsche Nationalbibliothek verzeichnet diese Publikation
in der Deutschen Nationalbibliografie; detaillierte bibliografische
Daten sind im Internet über http://dnb.d-nb.de abrufbar.

© 2016 Volker Himmelseher
Umschlagbild: © Lvnel Fotolia.com
Umschlagdesign, Satz, Herstellung und Verlag:
BoD – Books on Demand
ISBN 978-3-7412-5454-3

»Das Letzte, was man findet, wenn man etwas schreibt, ist, zu wissen, was man an den Anfang stellen soll.«

(Blaise Pascal)

Köln war im Mittelalter eine der mächtigsten Städte Deutschlands. Dort fügten sich spannende Geschehnisse aneinander wie Perlen auf einer Schnur.

Diese spannende Geschichte wurde in wahre Gegebenheiten eingebettet. Personen der Zeitgeschichte treten neben erfundenen Figuren auf. Lokale Gebräuche und Eigenarten sorgen für ein realistisches Umfeld. Alles gemeinsam soll einige vergnügliche Lesestunden bereiten …

Nicht alle können von Renten leben,
drum muss es Ständ' im Staate geben.
Unter all den Ständen dieser Welt,
keiner mir wie der Kaufmann gefällt;
der sitzt ruhig an seinem Tisch,
lässt die andern angeln und ackern frisch.

(Friedrich Schlegel, Scherzgedichte)

Wohlstand macht mächtig. Heriman Odenthal sah dies im wahrsten Sinn des Wortes im großen Standspiegel seines Schlafzimmers bestätigt. Wohlgefällig streichelte er über seinen mächtigen Leib. Er war mit seinem Schicksal zufrieden. Mit dreiundvierzig Jahren zählte er zu den reichsten und erfolgreichsten Fernkaufleuten Kölns. Als Bannerherr der Gaffel Schwarzhaus, seiner Kaufmannsvereinigung, hatte er einen hohen gesellschaftlichen Rang und war gleichzeitig einer von Kölns neunundvierzig Ratsherren. Geld war nicht der einzige Garant für seinen raschen gesellschaftlichen Aufstieg gewesen. Nein, er konnte durch sein angenehmes Wesen ohne viel Mühen das Vertrauen seiner Mitbürger gewinnen und war beliebt.

Der Kaufmann kleidete sich gerade an. Er stand im Unterkleid vor dem Spiegel. Das Hemd reichte ihm bis zur Hüfte. Er hatte seine Festtagskleidung schon aus dem Schrank geholt und auf das Bett gelegt. Dort lagen nun seine Füßlinge und Beinlinge, enge dunkle Strumpfhosen, die er als Nächstes mit Strumpfbändern an seinem Wams befestigen musste. Der Tabbart, sein Überrock aus schwerem dunklem Wollstoff, hatte tiefe Falten und lange Seitenschlitze. Die Ärmelkanten waren mit glänzendem Pelz verbrämt. Sein Ledergürtel hatte eine güldene Metallschließe. Neben dem Gürtel lagen eine mächtige Goldkette und ein prachtvolles Barett bereit. Gute Kleidung steht für ein ansehnliches Mannsbild, dachte er stolz.

Odenthal war Witwer und bei den ledigen Frauen der Stadt eine heiß begehrte Partie. Er wusste das, und es gab ihm eine Selbstsicherheit, die manchmal ein wenig in Arroganz überging.

Er schritt über die schwarzweißen Fliesen, vorbei am Kamin, zu den schweren Brokatvorhängen des Erkerfensters, zog sie beiseite und schaute hinaus, so weit es die kleinen runden, in Blei gefassten Butzenscheiben zuließen. Sie waren bemalt und in der Mitte leuchtete Odenthals Wappenschild.

Es war inzwischen hell draußen und Sonnenstrahlen fingen sich in den Scheiben.

Das Wetter ist gut, stellte er fest und entschloss sich, seine Wege zu Fuß zu machen. Heute fand ein Jahrmarkt mit Schießwettbewerb auf dem Neumarkt statt. Er wollte es sich dort gut gehen lassen. Er kleidete sich sorgfältig zu Ende an. Als ein prüfender Blick in den Spiegel sein Abbild so zeigte, wie er sich das wünschte, verließ er seine Schlafkammer und ging über die Treppe hinab in den Wohnraum …

Ach, spricht er, die größte Freude ist doch die Zufriedenheit.
(Wilhelm Busch, Max und Moritz)

Freudig dachte Heriman Odenthal an das Frühstück. Seine Schwester Mechthild würde alles für ihn bereitet haben. Mechthild führte dem Witwer den Haushalt und tat dies mit großer Liebe. Sie war einige Jahre älter als er, unverheiratet geblieben und hatte bei ihrem Bruder dankbar ein gutes Auskommen gefunden. Sie war weltlichen Dingen zugetan und lebensfroh. Die Stellung im Hause des Bruders war ihr bei weitem lieber als das Leben einer Begine in einem der zahlreichen frommen Häuser Kölns. Das wäre ansonsten das Schicksal einer älteren, alleinstehenden Bürgersfrau gewesen.

Mechthild stand in der Tür zur Küche, strahlte Heriman mit ihren blauen Augen an und fand liebevolle Worte für ihn: »Na, mein Lieber, ich hoffe, du hast gut geschlafen und bist bereit, dich für den langen Tag zu stärken.«

Heriman mochte seine ältere Schwester sehr. Schmunzelnd dachte er: Ich bin ihr zugetan wie das Eisen dem Magneten. Er ging auf sie zu und drückte sie zum Gruß fest an sich.

Aus der Küche wehten ihm verführerische Düfte entgegen. Neugierig blickte er in Mechthilds Reich. Auf dem Herd simmerte ein großer Kochkessel aus Kupfer. Feigenkaffee, sagte ihm seine feine Nase. Aber es sind auch echte Kaffeebohnen darin. Dieses schwarze Gold war teuer, aber er konnte es sich leisten.

Auf der Herdplatte brutzelte in einer mächtigen Bratpfanne ein Pfannkuchen mit Speck, und auf einem Zinnteller lagen ein knuspriger Kanten Brot und ein kaltes Stück Schweinebraten.

Heriman lief das Wasser im Mund zusammen, und seine sanften braunen Augen streiften zärtlich die Schwester. Die war bereits wieder in voller

Aktion und wies die kleine Köchin an, schnell aufzutragen. Sie selbst hakte sich bei ihrem Bruder ein und ging mit ihm in den Wohnraum.

Der war das Schmuckstück des gesamten Hauses. Die Zimmerdecke, reichlich geschnitzt, glänzte, trotz der nur kleinen Fenster, im Morgenlicht. Sie lagen in tiefen Nischen und hatten ebenfalls bunt bemalte Butzenscheiben. Auf der größten Scheibe prangte wiederum das Wappenschild der Odenthals: Die drei Kronen der Heiligen Drei Könige, das Wahrzeichen Kölns, waren zuoberst zu sehen, in den zwei Feldern darunter waren ein Weinkrug und zwei Weinfässer abgebildet. Heriman war schließlich Spross einer Weinhändlerfamilie. Mit Weinzapfen und Weinhandel hatten seine Vorfahren in Köln die Grundlagen ihres Wohlstands gelegt.

Ein großer grüner Kachelofen strahlte gemütliche Wärme ab. Um den Ofen herum zog sich eine Bank, die einladend mit Kissen und Decken belegt war. Das Geschwisterpaar ging aber daran vorbei auf den Tisch zu.

Für den Hausherrn standen schon ein Zinnteller und ein irdener Krug bereit. Als einziges Besteckteil lag ein großes Messer neben dem Teller. Schon das Morgenmahl war »Hände Arbeit« ...

Heriman schnitt sich ein Stück Brot ab, eine dicke Scheibe Schweinefleisch und ein großes Stück Speckpfannkuchen kamen hinzu. Nachdem er ein Tischgebet gesprochen hatte, machte er sich mit Lust über das Frühstück her.

»Es schmeckt herrlich, Mechthild. Wie du das nur immer wieder schaffst!«, lobte er seine Schwester, und das Lob kam von Herzen.

Mechthild dankte ihm mit einem Lächeln und fragte: »Wie sieht dein Tag heute aus?«

Zwischen zwei Bissen und einem großen Schluck Kaffee beantwortete er ihre Frage: »Unsere Gaffel trifft sich auf dem Neumarkt. Wir nehmen am Schießwettbewerb teil und wollen uns auf dem Jahrmarkt verlustieren.«

»Es wird bestimmt ein fröhlicher Tag«, meinte seine Schwester dazu. »Das muss bei all der Arbeit auch einmal sein.«

»Mechthild, ich bitte dich, schick einen Burschen hinter mir her. Er soll mir das Banner und die Armbrust nachtragen. Sag es Hannes, der weiß, was er zu tun hat. Für ihn ist es nicht das erste Mal.«

Mechthild nickte. »Auch ich habe vor, mit Anna und Maria auf den Markt zu gehen, doch erst um die Mittagszeit, wenn der Haushalt gemacht ist. Ich will nach Gewürzen und Spezereien gucken, aber auch neues Stickgarn brauche ich. Natürlich wollen wir uns auch ein bisschen vergnügen«, fügte sie mit einem schelmischen Augenzwinkern hinzu.

So plätscherte das Gespräch noch einige Zeit vor sich hin, bis Heriman fertig war. Er wusch seine Hände, die so reichlich zugelangt hatten, in einer Schüssel mit Wasser. Dann trocknete er die Finger sorgfältig mit einem Tuch. Nun war er bereit zum Aufbruch.

Er ging Richtung Ausgang. Hier und da ächzte eine Bohle unter seinem schweren Schritt.

Der Flur hatte kein Fenster. Es brannte nur ein schwaches Talglicht, und es war dämmerig und kühl. Herimans Faust umschloss den schweren Messingknauf der Haustür, drückte ihn hinunter und ging mit einem freundlichen Abschiedsgruß auf den Lippen nach draußen.

Nutze den Tag!

(Horaz)

Er trat hinaus und stand auf einem gewölbten Brücklein, das über den Bach führte. Der Steg war so breit wie die Pforte. Das Wasser ist heute wieder so blau wie der Himmel, dachte er nach einem Blick in den Bach.

Mit dem Färben von Blauleinen war eben immer noch gut Geld zu verdienen! Das Haus Odenthal stand »Uff d'r Bach«, am Blaubach. Hier gingen mehr als zwanzig Blaufärber von der Hohen Pforte bis zu den Weißfrauen ihrem Gewerbe nach. Schnell umfing ihn der Gestank. Wo viele Menschen sind, stinkt's, dachte er, und in seiner Heimatstadt hatten über dreißigtausend Einwohner ihr Zuhause.

Auf der Straße herrschte Betrieb. Ein Adeliger versuchte, hoch zu Ross an einem langsamen Holzkarren vorbeizukommen, aber auch viel Fußvolk war unterwegs. Alle strebten Richtung Neumarkt. Der Jahrmarkt war heute allgemeiner Anziehungspunkt.

Besorgt besah Heriman den matschigen Zustand der Straße. Ich werde doch noch einmal ins Haus zurückgehen und hölzerne Überschuhe über meine feinen Schuhe ziehen. Selbst wenn ich mit diesen Holztrippen von Springstein zu Springstein hüpfe, kann ich kaum sauberen Fußes den Neumarkt erreichen.

Gesagt, getan. Dann schloss er die Haustür zum zweiten Mal, und der Trubel der Straße umfing ihn wieder. Er warf einen stolzen Blick zurück auf sein Haus. Es war bis zum ersten Stock Stein auf Stein gebaut. Das erste Stockwerk, in Fachwerk errichtet, hing mehrere Fußbreit über die Straße. In ihm befanden sich ein größerer Saal und die zwei Schlafkammern, seine und die von Mechthild. Der zweite Stock war wieder zurückgesetzt; dort lagen die Kammern des Gesindes. Die dritte Etage war ganz aus Holz und lief in einem Stufengiebel aus. Zwei hölzerne Fenster darin waren blau bemalt, hinter ihnen lagen die Speicher. An dem Giebel hingen Schwalbennester. Bei gutem Wetter herrschte ein lustiges Rein-und-raus-Fliegen dieser possierlichen Vögel. So lässt es sich leben, dachte Heriman.

Zweimal musste er abbiegen, zunächst »Uff die hoen Porzen«, die Hohe Pforte, und dann in die Cäcilienstraße, die ihn direkt zum Neumarkt führte.

Je näher er dem Neumarkt kam, umso ausgelassener wurde die Stimmung auf der Straße. In den Wirtshäusern lockte der Weinzapf mit billigem Wein. Der »nasse Lodewig« floss in Strömen und auch dem bitterherben Keutebier wurde am frühen Vormittag schon reichlich zugesprochen. So mancher Gast würde den Neumarkt nur noch weinselig und schwankend erreichen.

Mensch, wirst du nicht ein Kind, so gehst du nimmer ein, wo Gottes Kinder sind: Die Tür ist gar zu klein.
(Angelus Silesius, aus: Cherubinischer Wandersmann)

Vor einer der zahlreichen Brauereien auf der Cäcilienstraße lief Heriman in einen Menschenauflauf. Neugierig versuchte er, den Grund dafür zu erkennen. Inmitten der vielen Menschen stand ein kleiner buckeliger Dominikanermönch und beschimpfte seine Zuhörer.

»Der Herr sprach: Lasset die Kindlein zu mir kommen, denn ihnen gehört das Himmelreich. Merkt gut auf, ihnen, nur ihnen, nicht euch, ihr Saufköpfe und Hurenböcke. Ihr werdet am Jüngsten Tag in der Hölle schmoren, wenn ihr euch nicht bald besinnt und wieder wie die Kindlein werdet. Nur dann könnt ihr auf Gottes Gnade hoffen.«

Die meisten der Umstehenden nahmen in ihrer beschwipsten Laune die drohenden Worte des Bettelmönchs nicht gar zu ernst. Normalerweise hatte man Angst vor den Dominikanern. Hinter der Hand nannte man sie die Spürhunde des Herrn. Sie fanden jede Hexe und jeden Ketzer. Schon allzu viele ihrer Opfer hatten brennen müssen, auch in Köln! Aber der kleine Mönch Fordolf war etwas anderes. Er war zwar auch An den Dominikanern, direkt hinter Sankt André, zu Hause, doch er las den Menschen nur laut die Leviten, war ansonsten harmlos und hatte noch keinem wirklich nach Leib und Leben getrachtet.

Heriman Odenthal hörte ihm einen Moment zu, dann entschloss er sich, weiterzugehen. Nochmals wie ein Kind sein wollte er nicht. Dazu habe ich zu viel erreicht, dachte er mit einem selbstgefälligen Lächeln auf den Lippen.

Bald schweifte sein Blick über den Neumarkt, soweit dies das viele Volk um ihn her zuließ. Auf dem großen Mühlenturm in der Mitte des Platzes hatte man als Ziel für die Schießübungen eine Vogelstange angebracht.

Einige der Schützen waren schon vor ihm eingetroffen, hatten ihre Waffen bei der Hand und fachsimpelten miteinander. Die Kölner Gaffelbrüder waren stolz auf die Schießspiele. Seit vielen Jahrzehnten oblag ihnen unter anderen die militärische Verteidigung der Stadt, und der Rat förderte solche Wettstreite, damit die Schützen in der Übung blieben. Er hatte dafür eigens Häuser am Neumarkt aufgekauft und einen Schützenhof eingerichtet.

Heute hatte Kölns Stadtvertretung einen stattlichen friesischen Ochsen als Siegespreis für die Gaffel ausgesetzt, die den besten Schützen stellen würde. Heriman hatte sich viel vorgenommen. Er hatte eine ruhige Hand, war sicher mit der Armbrust, und ein Sieg am heutigen Tage würde seinen Plänen für die Zukunft förderlich sein. Ich weiß sehr wohl, warum ich zum Frühstück keinen Tropfen warmen Ingwerwein genossen habe. Den Preis verdient nur der, der mit Disziplin sein Letztes gibt, dachte er für sich.

Die Schützen waren heute zwar das Wichtigste, aber nur ein Teil des großen Volksfestes. Der Neumarkt sah an anderen Tagen entvölkert aus, nur einige Bäume und feste Buden standen ständig herum. Heute aber flanierte viel Volk auf ihm, und die Buden hatten sich mächtig vermehrt. Der Geruch von gewürztem Glühwein mischte sich mit dem von altem Öl, in dem Marktfrauen Zuckerkrapfen ausbuken und mit lauten Stimmen anpriesen. Aus einem Zelt ertönten lustige Weisen. Mit Zinken, Schalmeien, Querpfeifen und Trommeln, Dudelsäcken und Posaunen lockten Spielleute Paare zum Tanz hinein. Besonders die Jungen sangen die lustigen Weisen schon draußen mit und jauchzten vor Lebensfreude. Wettkämpfe im Laufen, Springen und Steinewerfen wurden für Frauen und Kinder durchgeführt.

Heriman Odenthal ging an Glückstöpfen vorbei. Der Kaufmann leistete die geforderte Einzahlung und zog einen Zettel aus einem der Töpfe, aber er hatte kein Glück und verlor seinen Einsatz.

»Aufgeschoben ist nicht aufgehoben. Man muss stets abwägen, wo man wirklich Erfolg haben will, das Schießen steht ja noch bevor«, sagte er leise vor sich hin. Zuversichtlich setzte er seinen Weg zwischen den Ständen fort.

Die Bude der Puppenspieler erinnerte ihn an seine Kindheit. In ihr hatte er sich auf den Märkten immer am liebsten aufgehalten. Die Spielleute bewegten ihre Puppen an Fäden und legten ihnen manch lustige, aber auch weise Reden in den Mund. »Alle Kinder kommen in den Himmel und werden Engelein«, sagte gerade eine Puppe im lustigen Narrenkostüm.

Schon wieder nur die Kinder, dachte Heriman. Haben wir Alten denn überhaupt keine Chance?

Ein Blick auf die vielen glänzenden Kinderaugen versöhnte ihn. »Freut euch darauf, in den Himmel zu kommen. Dort ist es viel schöner als hier«, fuhr die Puppe altklug fort.

Heriman schüttelte den Kopf und schritt weiter vorbei an Spezereien, Gewürzen, Stoffen und Garnen. Dort sah er Mechthild. Sie begutachtete gerade mit ihren zwei Freundinnen die Ware und war so in das Feilschen mit dem Krämer vertieft, dass sie Heriman gar nicht bemerkte. Er ging an ihr vorbei, ohne sich bemerkbar zu machen, registrierte aber mit Stolz, was für eine stattliche Person sie doch war. In ihrem schwarzen Wollgewand mit den weiten Ärmeln, die mit Pelz gefüttert waren, machte sie richtig was her. Sie trug eine weiße Schleierhaube und einen breiten Goldgürtel. Goldene Ringe zierten ihre kräftigen Hände. Mit denen gestikulierte sie heftig. Auf ihrer Brust trug sie den mit Perlen eingefassten großen Amethysten, den er ihr geschenkt hatte.

Auch ein Tanzbär ist wieder da, bemerkte er. Ein kräftiger Tierbändiger, der sicher auch noch als Kraftmeier auftrat, führte das Tier am Ring hinter sich her. In seinen Hut ließ sich der Mann von den vielen belustigten Gaffern kleine Münzen zustecken.

Vor einem größeren Zelt lockte eine Zwergin zum Eintreten. Sie versprach Riesen, Krüppel und andere Monster zur Ansicht. Selbst ein Krokodil und ein Leopard sollten zu sehen sein. Für einen kleinen Obolus garantierte sie den Himmel auf Erden.

Zu viel Himmel heute, dachte Heriman und machte sich auf den Weg zum Schießstand. Dort wurde er mit lautem Hallo begrüßt.

»Der Herr ist nicht so schnell wie sein Gesinde!«, rief ihm sein guter Freund Walther Eck mit tiefem Bass zu.

»Dann war Hannes also schon hier? Unser Banner und meine Armbrust sind schon da?«, fragte Heriman wohlgelaunt zurück.

»Zweimal ja auf zwei dumme Fragen«, blieb ihm Walther die Antwort nicht schuldig.

Einen dargebotenen Willkommenstrunk wies Heriman lachend zurück. »Ich lass mir doch von euch Kerlen die ruhige Hand nicht verderben!« Seine Antwort erntete frohes Gelächter.

Es war schon früher Nachmittag, als zwei Fanfarenstöße endlich den Beginn der Schießspiele ankündigten. Viele Zuschauer hatten sich um die Schießbahn versammelt. Nun trafen auch die ein, die sich bis zuletzt zwischen den Ständen vergnügt hatten. Der Pritschenmeister in seinem bunten Narrenkleid musste sein breites Holzschwert auf manchen Rücken klatschen lassen, um Ordnung zu halten. Die Reihenfolge der Schützen wurde ausgelost. Heriman zog die Nummer fünfundvierzig. Bis dahin kann viel passieren, dachte er betrübt. Vielleicht war der Vogel schon heruntergeholt, bevor er überhaupt eine Chance bekam.

Die Armbrustschützen begannen. Schuss auf Schuss wurde abgegeben und von den Zuschauern mit launigen Versen begleitet.

»Der Pfeil traf ins Blau, aber nicht genau«, verspottete ein dicker, rotgesichtiger Mann einen ungeschickten Schützen.

»Du hast nur fast getroffen, wohl schon zu viel gesoffen!«, rief ein zweiter Spötter unter Beifallsstürmen dazwischen.

Endlich schlug Herimans Stunde. Von einem Schlag auf den anderen wurde er ganz ruhig. Die Aufregung der letzten Stunde war verflogen. So war es immer bei ihm, wenn es zur Sache ging, konnte er sich konzentrieren. Er prüfte den Bolzen, befand ihn für gut, legte ihn ein und spannte die Armbrust. Ruhig legte er an, zielte nur kurz und schoss. Für einen Moment wurde es still, dann ertönte lautes Beifallsrufen. Er hatte einen Meisterschuss getan. Die Mitte der Scheibe war getroffen und der Vogel von der Stange heruntergepurzelt.

Heriman konnte sein Glück nicht fassen. Er fühlte sich im siebten Himmel. Also kommen doch nicht nur Kinder in den Himmel, dachte er lächelnd. Für ihn war ein Traum wahr geworden. Nun war der nächste Aufstieg auf seiner Karriereleiter sicher.

Die Reaktionen seiner Gaffelbrüder zeigten ihm, dass er mit dieser Einschätzung richtig lag. Als Erster kam Walther auf ihn zu, schlug ihm mit dröhnendem Lachen auf die Schulter und drückte ihn an seine breite Brust. Heriman glaubte zu ersticken. Auch die anderen Gaffelbrüder ließen ihn hochleben. Selbst in dieser Situation verlor er nicht den kritischen Blick für sein Umfeld. Den brauchte ein Kaufmann, um Erfolg zu haben; er musste im Bauch fühlen, was die anderen denken. Er stellte mit Genugtuung fest, dass die Mitglieder der Gaffeln ihm den Erfolg vergönnten. Er war beliebt und geachtet und konnte bisher immer auf gesicherte Mehrheiten bauen.

Ein riesiger Pokal wurde ihm gereicht, der war randvoll gefüllt mit Keutebier. Jetzt konnte er sich leichten Herzens einen tiefen Schluck erlauben. Er nahm einen langen Zug aus dem Gefäß. Dann gab er den Pokal an Walther Eck weiter, damit er die Runde machen konnte.

Dem Sieger wurde die goldene Ehrenkette umgehängt und der präsentierte sich stolz mit ihr der Menge.

Und die Trommel wird gerühret
und der König eingeführet,
unser Hauptmann zieht voran
und wir folgen Mann für Mann.
Heißassa jucheißa!
(August Heinrich Hoffmann von Fallersleben, Kinderlieder)

Bald ordneten sich die Schützen zu einem Umzug; Musikanten mit Fiedeln, Trompeten, Pauken und Flöten begleiteten sie. Die Fahne der Gaffel Schwarzhaus wurde vorangetragen und der Zug setzte sich, wie ein vielbeiniger, behäbiger Käfer, unter lauten Beifallsrufen über die Cäcilienstraße Richtung Rathaus in Bewegung. Im großen Ratssaal wollte man den gestifteten Ochsen verspeisen und das Fest mit einem munteren Gelage beschließen. Alles zu meinem Wohle, dachte Heriman stolz. Heute würde er fünf gerade sein lassen und tief in den Geldbeutel greifen, um alles dazu beizutragen, dass von dem Fest noch lange erzählt würde.

Gemächlich schlängelte sich der Festzug durch die Cäcilienstraße und bog an deren Ende links ab. Off der Sandkaulen in die Kleine Sandkaul marschierte er an der Rückseite des Gürzenichs vorbei stracks auf das Rathaus zu. Der Gürzenich war Kölns feinste Adresse mit dem größten Festsaal des Deutschen Reichs.

»Das wäre auch für dich der richtige Platz, um mit uns zu feiern!«, rief Walther Heriman fröhlich zu.

»Ich habe nichts dagegen, nehme deine Einladung gerne an!«, tönte Heriman zurück und hatte die Lacher auf seiner Seite.

Auch das Rathaus mit seinem langen Saal war ein würdiger Platz für die Festivität. Kölns Bürger hatten es mitten im Judenviertel erbaut, damit es für den ungeliebten Erzbischof unzugänglich war.

Kölns Juden hatte man allerdings inzwischen aus der Stadt vertrieben, sodass es nun, für ihn erreichbar, in christlichem Umfeld stand.

Im Rathaus wurden Bürgerentscheidungen getroffen, das städtische Vermögen verwaltet, und dort befand sich die Waffenkammer der Bürgerwehr. Besonders stolz waren die Gaffeln auf den einundsechzig Meter hohen Turm, mit dem sie sich selbst anno 1396 nach ihrem Sieg über die Patrizier ein Denkmal gesetzt hatten. Die Auseinandersetzung damals war kein leichtes Spiel gewesen.

Der »Siegesturm« überragte das restliche Gebäude. In seinem Keller lagerte der Ratswein, den die Ratsherren gegen den Ratsheller eintauschen konnten, der ihr Sitzungsgeld war. Auf der Münze war der lateinische Spruch eingeprägt: *Bibite cum laetitia* – Trinket mit Freude, und das wollte man heute wieder einmal tun. Fünf Tische waren eingedeckt und Heriman saß am Ehrentisch. Schon bald herrschte ausgelassene Stimmung, und das noch lange, nachdem die Turmbläser erstmals zur Nachtruhe geblasen hatten.

Es wurde nicht nur gealbert, sondern auch ernsthaft parliert. Berauscht vom Erfolg ihrer Gaffel überlegten die Männer, wie sie dem Tag des Triumphes ein Denkmal setzen konnten.

»Lasst uns heute nicht so ernstes Zeug reden«, beschwichtigte Walther Eck die Gemüter. »Gebt das Thema in einen Ausschuss. Der wird's schon richten.«

»Ein Ausschuss sollte klein sein«, warf Heriman Odenthal verschmitzt ein, »damit er sich nicht zerredet. Er muss eine ungerade Zahl haben, damit man eine Mehrheit findet. Eine ungerade Zahl, möglichst kleiner als drei, dann ist die Entscheidung alsbald getroffen. Ich will's euch vormachen: Ich werde ein Gemälde anfertigen lassen mit dem friesischen Ochsen auf dem Neumarkt drauf. Aus dem Kunstwerk sollen echt vergoldete Hörner herausragen als Erinnerung an meinen goldenen Tag.«

Zustimmendes Gelächter und Klatschen zeigten, dass sein Versprechen Anklang fand.

»Wir sollten von nun an Jahr für Jahr das Wettschießen um den Ochsenschmaus pflegen«, schlug Walther vor und fand auch hierfür Zustimmung. Als der Turmbläser um Mitternacht erneut blies, beschlossen Walther und Heriman, das Fest zu verlassen.

Jeder Augenblick im Leben ist ein Schritt zum Tode hin.
(Corneille, Titus und Berenice)

Herimans Glieder und Beine waren schwer. Er war vom vielen Bier und Wein berauscht und freute sich auf sein Bett. Aufmunternd schlug er Walther auf den Rücken, auch der döste leicht erschöpft vor sich hin.

»Zu Hause schläft es sich besser, mein Alter. Komm, wir nehmen uns einen Leuchtemann, und dann ab in die dunkle Nacht.«

Walther folgte ihm ohne Widerspruch, und schon bald wankten die beiden Freunde Arm in Arm Richtung Hoen Porzen. Es war mittlerweile recht still in den Gassen. Ein frischer Wind sorgte für ungewohnt gute Luft und trug zu einem erfreulichen Ausklang des schönen Tages bei.

Der Himmel war klar und der Mond stand als goldene Scheibe über der Stadt. Es war Vollmond und alles in fahles Licht getaucht.

Plötzlich weckte ein Schreckensschrei des Leuchtemanns die beiden Freunde aus ihrem friedlichen Dämmerzustand.

Das Licht der Laterne schien auf zwei zarte Kinderbeine, die eingehüllt in eine grüne Strumpfhose hinter einem Sandhaufen hervorguckten. Der Leuchtemann trat näher und seine Augen weiteten sich vor Schreck. Vor ihm lag ein Knabe, die Augen geschlossen, als ob er schliefe. Sein Gesichtsausdruck wirkte friedlich, fast glücklich. Sein blondes Haar ringelte sich engelhaft um das zarte Gesicht. Über seinen Leib war ein weißes Leinenhemd drapiert. Ein kleines Holzkreuz lag auf dem Hemd, und die Hände des Knaben waren über der Brust wie zum Gebet gefaltet. Als der Leuchtemann den Jungen berührte, blieb der still und gab keinen Mucks von sich. Ein Horchen an seiner Brust bestätigte, dass das Herz des Knaben stillstand. Er war tot.

Der Schreck wich purem Entsetzen. Der Dienstmann sprang auf und schrie Zeter und Mordio. Dann stieß er in sein Horn und gab Alarm.

Spätestens mit dem Ruf des Horns war der Rausch der beiden Freunde wie weggeblasen.

Walther fand als Erster wieder Worte: »Eine schöne Leich, wie ein Engel«, murmelte er.

»Nicht schon wieder ein Engelskind«, flüsterte Heriman und sein Gesicht verfärbte sich fahl. »Es ist kein Engel, das ist Hannes, mein Bursche«, sagte er nach genauerem Hinsehen. »Er hat mir heute doch noch Banner und Armbrust auf den Schießstand getragen!«

Erst jetzt bemerkten die Männer, dass sie nicht mehr allein waren. Türen und Fenster hatten sich geöffnet, und aus den Nebengassen war ebenfalls Volk herbeigeströmt. Schnell bildete sich ein Menschenknäuel.

Das Geschrei des Leuchtemannes und der Ruf seines Horns hatten Wirkung gezeigt. Schon bald sicherten zwei Gewaltdiener, Kölns Stadtpolizisten, den Tatort und begutachteten den kleinen Leichnam.

»Man kann nicht mehr sicher sein in unserer Stadt«, dröhnte ein dicker Glatzkopf mit weinroter Knollennase. Er war mit einem Umhang bekleidet aus seinem Haus getreten, darunter trug er nur sein Nachtgewand, denn das Geschrei hatte ihn aus tiefem Schlaf geholt.

»Zu viel Pack ist in der Stadt. Gerade an Festtagen. Das fahrende Volk ist für nichts gut in Colonia«, pflichtete ihm ein langer Dürrer bei.

Sein Weib stand von Furcht und Schrecken beseelt neben ihm. »Kannst du dich an den Puppenspieler von heute erinnern? Der hat doch immer von Engeln und Kindern geschwätzt. Der war's bestimmt!«, geiferte sie.

Auch sie war über dem Nachthemd nur in einen Umhang gehüllt, hatte allerdings ein Tuch über den Kopf geschlagen, sodass man ihr ungekämmtes Haar nicht sehen konnte.

Heriman wollte die Umstehenden beruhigen, schüttete aber in seinem angeheiterten Zustand noch mehr Öl ins Feuer: »Sachte, sachte. Das kann jeder gewesen sein. Auf der Cäcilienstraße hat selbst Fordolf, der Bettelmönch, davon gepredigt, dass nur die Kindlein als Engel in den Himmel kommen.«

»Er ist bestimmt kein Mörder«, widersprach ihm die Alte.

Inzwischen war auch Arndt von Arnheim, einer der beiden Gewaltrichter, eingetroffen und spitzte seine Ohren, um ja allen Tratsch und Klatsch mitzubekommen. Er wusste genau, wie wichtig es war, schnell einen Täter zu finden. Nur so konnte man die Volksseele beruhigen und ein abschreckendes Exempel statuieren. Darum ging er gern auf die Rednerin ein: »Was sagst du, ein Puppenspieler? Das ist interessant. Was weißt du noch darüber?«

Die Alte erschrak, weil sie so viel Aufmerksamkeit erzielt hatte. Ihr Redefluss stockte, und sie stotterte vor Aufregung nur noch einige zusammenhanglose Worte.

Erst ein Zuruf aus der Runde brachte das Gespräch wieder ins Rollen: »Das Pack ist am späten Abend auf den Berlich gezogen. Die werden dort saufen und huren. Ich hab's gesehen.«

»Warst du dabei?«, fragte ein Neunmalkluger spöttisch.

Trotz der schrecklichen Situation konnten einige ein leises Lachen nicht unterdrücken.

Der Gewaltrichter hörte über die Spötteleien geflissentlich hinweg, griff aber begierig den Hinweis zum Verbleib der Spielleute auf. Er befahl mit fester Stimme einem der beiden Gewaltdiener: »Zieh ein paar Leute zusammen und geht auf den Berlich. Findet den Puppenspieler und setzt ihn fest. Wir wollen ihn morgen verhören. Und du«, wandte er sich an den zweiten Schergen, »sorge dafür, dass die Leiche zum Medikus geschafft wird. Er soll sehen, was er zum Tod des Knaben sagen kann.«

Vorher untersuchte er jedoch noch selbst die Taschen des Jungen und fand einen Groschen darin. »Unter die Räuber ist er also nicht gefallen«, folgerte er mit wichtiger Miene. »Und ihr, liebe Leute, geht nun zurück in eure Häuser und schlaft den Schlaf der Gerechten!« Mit ausschweifenden Handbewegungen scheuchte er die Menge vom Tatort davon und trat selbst den Heimweg an. Er hatte seiner Pflicht Genüge getan und wollte sich noch einige Stunden aufs Ohr legen.

Auch die beiden Freunde setzten ihren Heimweg fort. Jede Freude war aus ihren Herzen gewichen. Sie gingen stumm vor sich hin, nur Heriman murmelte immer wieder erschüttert: »Hannes, warum nur Hannes? Ich bin schuld daran, ich habe ihn zum Neumarkt bestellt. Die arme Mechthild, wie wird sie diese böse Kunde nur ertragen?«

»Das Bürschlein wurde nicht bei Tageslicht ermordet. Er hat sich sicher später nochmals auf den Weg gemacht«, versuchte ihn Walther zu trösten.

Als Heriman die Pforte seines Hauses erreichte, schloss er die Tür leise auf und bemühte sich, genauso leise seine Schlafkammer zu erreichen. Er wollte sich hinlegen, nachdenken und alles Weitere auf den nächsten Tag verschieben.

*Nicht weit davon steht das gemeine Haus,
schöne Fräulein gehen da ein und aus.
Sobald ein Mannsbild kommt herein,
kostet es ihn eine Flasche Wein …*

(Johann Haselberg)

Schon bald waren die Büttel auf dem Weg zum Berlich. Die Fackeln und Laternen leuchteten gespenstisch in den dunklen Straßen. Der Anführer trieb seine Leute immer wieder zur Eile an. Er sah endlich eine Möglichkeit, sich zu beweisen, und konnte gar nicht früh genug des Puppenspielers habhaft werden. Der Gewaltrichter hatte ihm eingebläut, den Übeltäter noch in der Nacht im Frankenturm abzuliefern. Die Volksseele musste beruhigt werden, bevor sie überkochte. Das geschah allzu leicht, wenn jemand ermordet wurde, und nun war es noch dazu ein Kind! Da musste die Strafe auf dem Fuße folgen!

Schon nach einer Viertelstunde erreichten die Gewaltdiener ihr Ziel. Der Name auf dem Berlich stand für Schmutz. Die Gegend war früher als Schweinetrift benutzt worden. Ber hieß altkölsch Zuchtschwein und Leich Fläche. Die Gegend war also immer unrein gewesen. Heute beherbergte sie Kölns bekanntestes Bordell, in dem sich, ganz wie auf der Schweinetrift, schweinisch und in Sünde herumgewälzt wurde.

Das trostlose Fachwerkhaus auf steinernen Fundamenten war kaum beleuchtet. Der Stadtwimpel auf dem Schieferdach war nur in Umrissen zu erkennen. Der Hof und der abgesonderte Friedhof für die gemeinen Dirnen hinter dem Haus lagen total im Dunkeln. Das spärliche Licht machte gerade mal die Vorderfront des Bordells sichtbar. Das sündige Treiben geschah im Verborgenen.

Forsch drückte der Anführer der Gewaltboten die Eingangstür auf und trat in den düsteren Schankraum. Der Hurenwirt guckte überrascht auf und kam mürrisch hinter dem groben Ausschanktisch hervor.

Vor dem Tresen saßen drei Hübschlerinnen und blickten erwartungsfroh zur Tür. Nachdem sie die Gesetzeshüter erkannt hatten, waren sie sichtlich enttäuscht und widmeten sich wieder ihren Gläsern mit dem billigen sauren Wein.

Der Anführer ließ seinen Blick angeekelt durch den Raum schweifen und meinte: »Wie kann man sich in einem solchen Saustall nur wohlfühlen? Wer Ehre und Tugend im Leib hat, scheut so ein Haus!«

Alles war dreckig, das Bodenstroh wimmelte von Ungeziefer und faulte vor sich hin. Verschütteter Wein und altes Bier, Schleim, Rotz und andere menschliche Exkremente stanken.

»Hier kann man sich nur die Franzosenpocken holen oder die hispanische Krankheit«, pflichtete einer der niederen Büttel seinem Vorgesetzten bei. Als er den rot bemalten Schemel sah, der für den Henker und seine Gesellen reserviert war, heute Abend aber leer stand, fuhr er fort: »Die wird hier irgendwann alle mal der Henker holen.« Ein hämisches Grinsen ging über seine schiefe, pockennarbige Visage.

Der Anführer ließ sich nicht ablenken, er wandte sich an den Wirt: »Wo sind die Schausteller? Wo ist der Puppenspieler? Wir wissen, dass er hier ist.« Wie zur Bestätigung schlug er mit der Faust auf einen der groben Holztische, doch das beeindruckte keinen.

Der Wirt überhörte die Frage und fuhr stumm, aber mit wachsender Unruhe damit fort, ausgewaschene Krüge zu trocknen.

»Du kannst heute Nacht im Frankenturm schlafen, wenn du deine Mithilfe verweigerst«, schlug der Büttel eine härtere Gangart ein, und die zeigte Wirkung. Der Wirt gönnte ihm zwar kein Wort, aber er zeigte verächtlich mit dem Daumen über seine Schulter auf eine Tür, die in die hinteren Räume führte. Der Häscher fackelte nicht lang, stieß die Tür auf und drang in eine düstere Diele vor. Von der gingen links und rechts weitere Türen ab. Er zögerte einen Moment, dann wählte er die vordere rechts und hatte Glück. Mit zwei Schritten stand er mitten in einem richtigen Stillleben: Eine junge Dirne mit roten Haaren saß nackt auf einem Wännchen und spülte ihre Scheide. Ihre Haare hatten ihr den Spottnamen Roedkop eingebracht. Roedkop hatte dem Freier zwar befohlen: »Dresch innen und streu außen«, doch wusste sie, ob sich der Buhler daran gehalten hatte? Sie wollte keinen Bankert haben, vertraute lieber auf die reinigende Kraft des Wassers.

Der Mann im Raum hatte das Glück schon hinter sich und lag verschwitzt und zufrieden auf dem schmalen Lager und schaute der Gunstgewerblerin mit lüsternem Interesse bei der Reinigung zu. Vor dem Bett auf einem Schemel lag sein Gewand, das bunte Gewand eines Schaustellers.

Das kann nur der Puppenspieler sein, dachte der Gewaltdiener zufrieden. Nachdem er sich an der Hübschlerin sattgesehen hatte, ging er auf den Mann zu und fragte ihn: »Bist du der Puppenspieler vom Neumarkt?«

Der Mann war sich keiner Schuld bewusst und antwortete verdattert: »Ja, ich habe dort den ganzen Tag Freude bereitet und nun selbst ein bisschen Freude gesucht.« Er schaute den Büttel mit fragenden Augen an.

Der sah keinen Grund weiterzudiskutieren, drehte sich um und befahl seinen Leuten: »Festnehmen! Ab mit ihm in den Frankenturm!« Er gönnte dem Arretierten nicht einmal die Zeit, sich zu reinigen. Seine Männer zwangen ihn in die Kleider, banden ihm die Hände auf den Rücken, und bevor er sich's versah, befand er sich in einer dunklen, feuchten Zelle des berüchtigten Frankenturms, Kölns Gefängnis für weltliche Verbrechen.

Die Zelle übertraf noch die Trostlosigkeit des Bordells. In dem hatte er wenigstens körperliche Freuden gefunden. Schrecken und Aufregung hielten ihn einige Zeit wach, doch dann schlief er erschöpft ein. Mörder hatte ihn der Büttel genannt. Er konnte sich nicht vorstellen, warum. Mit dem Sonnenlicht des nächsten Tages wird auch Licht in diese Sache kommen und das Pendel zu meinen Gunsten umschwingen, dachte er zuversichtlich und glitt in einen unruhigen Halbschlummer.

Was ist Vorsicht? Die Gefahr lässt sich nicht auslernen!

(Johann Wolfgang von Goethe)

Als Heriman Odenthal am nächsten Morgen erwachte, ging es ihm gar nicht gut. In seinem Kopf pochte es mächtig und sein Hals war vollkommen ausgedörrt. Der Kaufmann durchlebte die Nachwehen des Vortages. Er hatte zu tief ins Glas geguckt und musste nun dafür büßen. Verdrießlich wälzte er sich auf der Matratze hin und her und zog sich die Bettdecke wieder über den Kopf. Am liebsten hätte er weitergeschlafen. Aber dann kamen ihm die Ereignisse von gestern wieder in Erinnerung, zuerst die guten, sein Triumph beim Schießen und das fröhliche Gelage, dann aber auch das Verbrechen am kleinen Hannes. Heriman konnte sich nicht länger selbst bemitleiden, er musste aufstehen und etwas tun. Er musste mit Mechthild über das Geschehene sprechen. Schließlich hatte er auch noch einen Termin mit Walther. Sie wollten den gemeinsamen Transport von Gütern über die Ostsee organisieren. Von ihm sollte Wein dabei sein, blau eingefärbtes Linnen und feuergehärtete Dolche. Bei diesem Sammeltransport würden die Kosten für beide geringer, und sie konnten durch stärkeren Begleitschutz mehr für die Sicherheit der Ware tun. Die Rendite würde auf jeden Fall steigen. Walther und er wollten alles nochmals gegeneinander abwägen. Um die Mittagszeit tagte zudem der Rat und Heriman musste an der Sitzung teilnehmen. Also schälte er sich widerwillig aus seiner Bettdecke, die so angenehm nach ihrer frischen Kleiefüllung roch, und machte sich fertig.

Als er die Treppe herunterkam, duftete es verführerisch, aber seine Schwester empfing ihn nicht so herzlich wie am Tag zuvor. Sie schaute ihn tieftraurig an, schwieg aber.

»Du weißt es schon?«, fragte er behutsam.

Sie führte ein kleines weißes Tuch an ihre Nase, schniefte verhalten.

»Die grausame Tat hat sich wie ein Lauffeuer herumgesprochen«, antwortete sie mit fast tonloser Stimme. »Es ist furchtbar, jemanden von der Familie zu verlieren. Seine Eltern haben ihn unserer Hausgemeinschaft anvertraut. Er trug durch seine Hände Arbeit zu deren kargem Lebensunterhalt bei, denn sein Vater ist krank und kann nur unter viel Pein sein Tagwerk leisten. Ich werde die Eltern besuchen müssen, und wir wollen nicht kniepig sein, Heriman.«

»Bringe ihnen für ein Jahr Zehrgeld, das ist fürs Erste bestimmt mehr als eine Hilfe«, stimmte der Bruder sofort zu. »Ist der kleine Kerl eigentlich bis in den Nachmittag weggeblieben?«

Mechthild schüttelte den Kopf: »Er hatte zwar von mir die Erlaubnis, sich den Markt anzugucken, nachdem er deine Sachen abgegeben hatte. Ich gab ihm sogar einen Groschen für Naschzeug …«

»Nicht einmal diese Freude hat er sich vor seinem Tod gegönnt«, fiel ihr Heriman ins Wort. »Den Groschen fand man noch in der Tasche seines Wamses. Der Gute wollte ihn sicher den Eltern geben.«

»Am Nachmittag schickte ich Hannes dann zu Dompropst Engelbert. Er sollte eine Weinbestellung aufnehmen. Der Propst hatte um neuen Messwein gebeten.«

»Engelbert«, sagte Heriman. »Schon wieder Engel. Zu viel der Engel! Es war doch wirklich ein ganz unchristlicher Tod.«

»Den Propst hatte ich auf dem Neumarkt gesehen. Prächtig aufgemacht, vielleicht ein bisschen zu weibisch.«

»Hüte deine böse Zunge«, mahnte Heriman seine Schwester und hob drohend den Zeigefinger seiner rechten Hand. »Solche Worte in falschen Ohren bringen dich noch irgendwann in Teufels Küche.« Dann fuhr er versöhnlich fort: »Du hast ja recht. Jeder kennt Engelberts Vorlieben. Ihm wird nachgesagt, er habe ein Auge auf schöne Knaben.«

Die eigenen Worte ließen Heriman für einen Moment stutzen. Konnte der Dompropst in diese Geschichte verwickelt sein?

Heriman wechselte abrupt das Thema: »Ich muss los. Ich treffe mich mit Walther. Wir wollen gemeinsam Ware verschicken, und dann geht's ins Rathaus in die Sitzung. Unser Hannes wird auch dort Gesprächsstoff sein«, stöhnte er, drückte seine Schwester an sich und ging mit hängenden Schultern aus dem Haus.

Marionetten lassen sich leicht zu Gehängten verwandeln. Die Stricke sind schon da.

(Stanislaw Jerzy Lec)

Das Licht des erwachenden Morgens weckte ihn nicht, denn das drang nicht in die finsteren Verliese des Frankenturms. Es waren seine innere Uhr und die klamme, ungemütliche Lagerstatt, die ihn aufwachen ließen. Franz, der Puppenspieler, wühlte sich aus dem feuchten Stroh, das in der dunklen Zelle in einer Ecke lag. Seine braunen Augen blinzelten. Er sah sich um, ganz unsicher, denn er wusste nicht, wo er überhaupt war. Feuchte Strohhalme juckten ihn. Seine zarte rechte Hand, mit der er den Puppen so wunderbar Leben einhauchen konnte, fuhr ins Gesicht, und er kratzte sich heftig durch den Stoppelbart, der über Nacht gewachsen war. Er pflückte einige Strohreste aus den Bartstoppeln. Franz hatte einen schrecklichen Geschmack im Mund. Ihm war kalt, und sein Magen knurrte vor Hunger.

Langsam gewöhnten sich seine Augen an das spärliche Licht, das durch ein schlitzartiges Fenster wie ein Zeiger in den Raum wies und auf die schwere Holztür zeigte. Ihre Eisennägel blinkten. Er reckte und streckte sich, ging zur Tür und versuchte sie zu öffnen, doch da war kein Türknopf. Er war eingesperrt. Langsam dämmerten ihm die Ereignisse, die ihm gestern spät in der Nacht widerfahren waren. Man hatte ihn eingefangen und festgesetzt, sogar einen Mörder genannt. Er konnte sich nicht erklären, was das bedeuten sollte. Er sah sich in der Zelle um. An den Wänden sah er Gekritzel. Bei näherem Hinsehen entdeckte er, dass da viele Namen standen, manche einfach in den Stein geritzt, manche rostig rot, als wären sie mit Blut geschrieben worden. Er war nicht der erste Gast hier drinnen. Diese Zelle hatten viele andere für ihn vorgewärmt! Die hatten in ihrer Verzweiflung wohl nur noch den Wunsch gehabt: Irgendetwas von mir sollt übrig bleiben, sollt an mich erinnern!

Franz hörte schlurfende Schritte vor der Tür. Er trommelte mit beiden Fäusten gegen sie und schrie gegen die Holzbohlen: »Lasst mich raus! Ich habe Hunger und Durst! Was soll das alles bedeuten?«

Eine schrille Altfrauenstimme keifte zurück: »Gib Ruhe, Kleiner! Sei froh, dass du noch drinnen bleiben kannst. Wenn es erst rausgeht, gibt es keinen Weg mehr zurück.« Als Bestätigung schickte sie ein zynisches Kichern hinterher.

Vielleicht war das ein Spiel wie mit Puppen, dachte er. Wenn die in Not waren, hingen sie an seinen Strippen, und er zog daran, wie es für sie gut war, und schon waren sie gerettet. Doch wo war sein Strippenzieher? Vorwurfsvoll dachte er an Gott und wünschte sich dessen Hilfe. Er fühlte sich von ihm alleingelassen.

Als er draußen nichts mehr hörte und sich nichts tat, ging er drinnen in dem kleinen Raum auf und ab, auf und ab, wie ein gefangenes Tier. Nach längerer Zeit hörte er wieder Geräusche. Schlurfende Schritte näherten sich aufs Neue seiner Tür. Jemand fingerte an einem schweren Schlüsselbund. Schließlich fuhr ein Schlüssel ins Loch und die Holztür wurde geöffnet.

Franz hatte sich bei dem ersten Geräusch sofort der Tür zugewandt. Er kniff seine Augen zusammen, um im Zwielicht etwas zu sehen. Eine Alte trat in den Raum. Sie war das Weib des Turmmeisters und hatte sich diesem garstigen Ort schon richtig angepasst. Ungepflegt wirkte sie. Als sie Franz hämisch angrinste, sah er, dass ihr einige Zähne fehlten.

Es war üblich, dass sich die Frau des Turmmeisters ein Zubrot damit verdiente, die Gefangenen zu verpflegen. Die Alte hatte einen irdenen Krug mit Wasser in der Rechten und drückte mit der linken Hand einen Kanten trockenes Brot vor ihren Leib. Den Krug stellte sie vorsichtig auf den Boden, der konnte zerbrechen. Doch das Brot warf sie verächtlich daneben und schaute den Gefangenen mürrisch an. »Da hast du, was du begehrst. Kaue und schluck, wer weiß, wie lange du es noch kannst. Mit dem Strick um den Hals ist die Chose vorbei.« Wieder kicherte sie hämisch.

Franz blieb vor Schrecken stumm. Was widerfuhr ihm hier? Womit hatte er das verdient? Doch die Alte war noch lange nicht zu Ende. Womit sie manches Geldstück schon verdient hatte, war noch nicht gesagt. »Das ist, was dir der Rat bis zu deinem bitteren Ende täglich als Zehrung gibt. Wenn du noch ein Geldstück in den Taschen hast, werd ich dir gern auch andere Wünsche erfüllen.«

Wie auf Befehl fand Franz die Worte wieder. Sie flossen leicht aus seinem Mund, wie er es vom Puppenspielen gewohnt war: »Lass gut sein, schöne Frau. Das reicht fürs Erste, ich werde hier nicht alt und hab gelernt, die Silberlinge gut beisammenzuhalten.«

»Alt wird hier keiner.« Die Alte lachte schrill. »Sie verrecken hier im Dreck, oder der Henker tut den letzten Dienst, wenn sie Adieu sagen.«

Franz wurde es wieder ungemütlich. Zu oft schon in kurzer Zeit hatte das Weib ihm die Ausweglosigkeit seiner Lage dargelegt. Für einen Moment drängte es ihn, sie umzurennen und den Weg nach draußen zu suchen. Doch schnell war ihm klar, dass es durch diese dicken Mauern kein Entrinnen gab. Zu viele Riegel und zu viele Wächter verwehrten ihm den Weg. So drehte er sich von der Alten weg, ging auf den Schlitz des Fensters zu, um wenigstens ein bisschen von der Freiheit zu erahnen.

Die Alte lauerte noch einen Moment. Als Franz seine Meinung nicht änderte, schüttelte sie enttäuscht den Kopf. Hier war nichts zu verdienen. Sie stampfte aus dem Raum und verschloss die Tür hinter sich. Der Kerl war ihr nicht mal mehr ein Wort wert. Für sie war Franz schon so gut wie tot

Vor den Erfolg haben die Götter den Schweiß gesetzt.

(Hesiod)

Heriman trat vor Walthers Haus am Quartermarkt und wandte sich Richtung Gürzenich. Er war sehr zufrieden über sein Gespräch mit dem Freund. Es hatte einen unerwarteten Verlauf genommen, und nun war er sich absolut sicher, dass das geplante gemeinsame Geschäft ein Erfolg werden würde.

Walther hatte nach wenigen Augenblicken die Katze aus dem Sack gelassen: »Ich war wieder lange genug in Mutter Colonia, ich muss raus, brauche Luftveränderung, wieder mal ein Abenteuer. Ich will selbst auf große Fahrt und werde unseren Transport anführen. Zunächst geht es auf der Landroute nach Brügge, über Jülich, Maastricht, Sankt Truiden, Löwen und Mechelen. Von dort fahr ich mit dem Schiff weiter bis Lübeck, wo im Handelskontor eine große Schiffsladung für die Fahrt nach Danzig zusammengestellt wird. Dort werde ich unseren Wein und die Eisenwaren gut verkaufen können. Ich werde genug Taler einnehmen für den Ankauf von Bernstein, Kupfer, Wachs und Pelzen. Diese Waren kommen aus Riga. Sie werden in Danzig nach Lübeck umgeschlagen. Von dort geht unser Hab und Gut dann mit dem Schiff über Brügge zurück nach Köln. Ich selbst werde über Land zurückreisen, über Hamburg, Bremen, Osnabrück, Münster und Dortmund, um noch einige Geschäftsfreunde aufzusuchen.«

Diese Worte hatten in Herimans Ohren wie Musik geklungen. Nur allzu gut kannte er Walthers Organisationstalent. Keinem würde er seine wertvolle Ware lieber anvertrauen als seinem besten Freund. Nach gründlicher Kalkulation hatten sie sich auf sechs große Pferdefuhrwerke geeinigt. Für jeden drei. Der Zug sollte von zwölf Bewaffneten auf dem Weg bis Brügge gesichert werden, nicht überall konnte man auf Geleitregal, bewaffneten

Begleitschutz des Landesherrn, vertrauen. Walther stand noch mit einigen anderen Kaufleuten in Verhandlung, die sich dem Tross anschließen wollten. Sie sollten dann noch einmal Sicherheitskräfte beisteuern.

»Je mehr Bewaffnete wir haben, um so größer wird die Chance, ohne Verluste die Küste zu erreichen«, hatte Heriman beigepflichtet. »Auf dem Schiff und auf See befindet sich unser Habe allerdings in Gottes Hand. Der wird es schon richten und uns vor Sturm und Freibeutern schützen«, sprühte Walther vor Begeisterung.

Walther und Heriman hatten dann auch noch die Finanzierung besprochen. Sie sollte durch Wechselbriefe sichergestellt werden. Walther wollte so wenig Geld als möglich mit auf die Reise nehmen, was Heriman sehr vernünftig fand. Die beiden beschlossen, in Köln Wechsel zu kaufen. Kopien davon würde der Wechselgeber an die Zwischenstationen der Reise zu seinem jeweiligen Korrespondenten schicken. Dort konnte sie Walther unter Vorlage der Originalurkunden wieder in bares Geld eintauschen und seinen finanziellen Verpflichtungen nachkommen.

Heriman war das Herz aufgegangen, als er sich die wertvolle Ware vorstellte, die nach Köln zurückkam und hohe Rendite versprach. Mit solchen Gütern ließ sich bis hinunter nach Holland Gewinn erzielen!

Die beiden Freunde hatten ihre Geschäftsvereinbarungen mit einem Schluck Roten von der Ahr besiegelt, und Heriman war mit einem herzlichen Abschiedsgruß von dannen gezogen.

Irren mag menschlich sein, aber Zweifel ist menschlicher, indem es gegen das Irren angeht.

(Ernst Bloch)

Heriman Odenthal ging ein paar Schritte, und schon hatte er vollen Blick auf den unvollendeten Dom. Auf dem thronte immer noch der große Holzkrahn und wartete auf Arbeit. Ein echtes Wahrzeichen für den Stillstand in unserer Stadt, dachte der Kaufmann erbost.

Von der Schildergasse wehte ihm der fettige Geruch von Farbe und Leinöl der Schildermacher entgegen. Als Ekel in ihm aufstieg, fühlte er sich in die heutige Tagesordnung des Rats versetzt: Die Ratsherren führten wieder mal einen verlorenen Kampf gegen Schmutz und Unrat in der Stadt! Vor allem in den westlichen Stadtgebieten, wo nur armselige Hütten standen, lagen Misthaufen meterhoch vor den Häusern. Schweine liefen herum, und Am Rinkenpfuhl und Im Perlengraben, wo es sogar Sümpfe gab, roch die Luft faulig nach den Hautresten der Weißgerber. Auch in den besseren Gebieten waren die Straßen schlecht gepflegt, und selbst die großen Plätze starrten vor Schmutz. Heriman erlebte gerade am eigenen Leib, wie unmöglich es war, in der Amtstracht sauber von Tür zu Tür zu kommen. Schnell war der schwarze Wollumhang mit Schweinekot befleckt, der prächtige schwarze Hut mit Taubendreck und erst recht die dunklen langen Strümpfe sowie die Schuhe mit den wertvollen Silberschnallen.

Heute wollte der Rat wieder neue Verbote zur Schmutzbekämpfung aussprechen, ein neuer Kampf gegen Windmühlen würde beginnen! Ohne dass es dem Kaufmann bewusst geworden war, hatten ihn seine Füße schon bis vors Rathaus getragen.

Jovial grüßte er das Kanzleipersonal, das er auf dem Weg zum Amtszimmer des ersten Bürgermeisters traf. Beim Bürgermeister wurde er sofort vorgelassen. Der saß in einem mächtigen Sessel hinter einem großen, geschnitzten Schreibtisch. Die zwei Syndizi, Doktor Wissius und Klyver, sowie der Gewaltmeister waren bei ihm.

»Na, mein Verehrter«, wandte sich der Bürgermeister an Heriman, »ich dachte, du hättest deine Familie besser in Schuss. Hättest du den unglücklichen Burschen zur Arbeit angehalten, wäre er nicht von einem Gaukler erstickt worden.«

Na also, dachte Heriman, wir sind schon Stadtgespräch. Mürrisch antwortete er: »Sachte, sachte, lieber Bürgermeister, noch ist nichts bewiesen! Im Übrigen war Hannes mit einem Auftrag unterwegs, man könnte fast sagen, mit göttlichem Segen. Er war auf dem Weg zum Dompropst, um eine Bestellung für Messwein aufzunehmen. Sicherlich hat er nicht daran gedacht, dem Himmel dabei so nah zu kommen.«

Der Bürgermeister nickte. Die anderen Männer im Raum sahen sich an.

»Warum deine Skepsis?«, richtete der Gewaltrichter das Wort an Heriman. »Schon heute Nacht hegtest du Zweifel und verdächtigtest sogar den buckeligen Dominikanermönch.«

»Nicht doch, ich nannte ihn nur beispielhaft. Aber es gibt so viel Gelichter in der Stadt, und ohne Beweise lege ich mich nicht fest. Da halte ich es wie in meinem Kaufmannsleben.« Heriman schaute bei seinen Worten dem Gewaltrichter fest in die Augen.

»Kein Streit, meine Herren«, vermittelte der Bürgermeister. »Wir wollten gerade Stimmmeister und Syndizi zur Interrogatio in den Frankenturm senden. Willst du sie als Ratsherr begleiten?«, fragte er Heriman Odenthal fast auffordernd.

Der war schnell bereit. »Das macht Sinn«, antwortete er. »Ich habe mit Walther Eck schließlich Hannes gefunden. Außerdem ist es mir lieber, den Mörder des Jungen zu überführen, als Bestimmungen über Dreck und Unrat in der Stadt zu disputieren.«

»Was hat eigentlich die Untersuchung des Medikus ergeben?«, fragte er sodann den Gewaltrichter.

»Der ist zurzeit im Rathaus, wir sollten ihn zum Turm mitnehmen, er kann dir in der Kutsche berichten.«

Die Männer wollten gerade das Amtszimmer verlassen, als der Bürgermeister sich nochmals an sie wandte: »Wir brauchen ein schnelles Ergebnis. Ich will nicht, dass in der Stadt Unruhe ausbricht. Ihr wisst, wie schnell ein kleines Flämmchen zur großen Flamme werden kann. Was hältst du davon, Osenbrück, hinter Sankt André im Dominikanerkloster vorsichtig Erkundigungen über den buckeligen Fordolf einzuholen? Wo er gestern am späten Abend war et cetera, et cetera. Zwei Eisen im Feuer sind besser als nur eins, auch wenn das eine noch so heiß ist«, richtete er sein Wort an den zweiten Syndikus, Gerhard Osenbrück.

Der stimmte nur zögernd zu, er wusste, dass es nicht ungefährlich war, einen Dominikaner zu observieren. Doch er bemerkte, dass alle Anwesenden dafür waren. Schließlich verließen die Kollegen mit einer kurzen Abschiedsgeste das Amtszimmer und stiegen im Hof in die Kutschen …

Osenbrück machte sich allein auf den Weg hin zu An den Dominikanern. Über die Budengasse, vorbei am Altermarkt in die Mühlengasse bis hinunter zum Rheinufer kutschierte der Kutscher die anderen. Er fuhr bedächtig, wollte die hohen Herren nicht zu sehr durchrütteln.

Heriman nahm den Doktor sogleich in Beschlag. Baldung Moebius wusste einiges Interessante zu berichten: »Der Leichnam des Burschen war geradezu unversehrt«, dozierte er wichtig. »Zunächst befürchtete ich, der Knabe wäre geschändet. Aber sein Anus war heil und nicht aufgerissen. Der Mörder hat ihn erstickt, wohl nicht erdrosselt. Es fanden sich nur leichte Würgespuren an seinem zarten Hals.«

»Wie soll der Tod dann herbeigeführt worden sein?«, fragte Heriman.

»Der Mörder hat ihm eine Decke, ein Kissen oder etwas Ähnliches auf das Gesicht gedrückt, bis dass er nicht mehr zappeln konnte.«

»Doch sein Gesicht war so friedlich, als wir ihn fanden, als wäre ihm gar nichts geschehen, fast engelsgleich lag er da«, sinnierte Heriman.

»Ja, das ist durchaus möglich«, erklärte Moebius. »Ein kräftiger Mann kann den Knaben sehr wohl gepackt haben, ohne Spuren zu hinterlassen. Das Gleiche gilt für das Kissen, das auf das Gesicht gedrückt wurde. Als der Tod eintrat, mag das Antlitz ein wenig verzerrt gewesen sein. Doch es war mit Sicherheit noch weich, ganz ohne Todesstarre, und wenn der

Mörder es so wollte, war es nicht schwer, die Züge wieder in friedliche Stimmung zu versetzen. Mir kommt es so vor, als hätte der Mörder den Knaben direkt in den Himmel leiten wollen. So hat doch der Puppenspieler am Neumarkt über die Kinder geredet. War es nicht so?« Moebius schaute Odenthal mit fragenden Augen an.

»Für mich war das nur Geschwätz in einem Puppenspiel, ich hab nicht mehr dahinter vermutet. Doch bei Gott ist kein Ding unmöglich«, lenkte Heriman ein und starrte nachdenklich vor sich hin.

Die Männer waren vor dem Frankenturm angelangt.

Wo keine Gerechtigkeit ist, ist keine Freiheit, und wo keine Freiheit ist, ist keine Gerechtigkeit.
(Johann Gottfried Seume, Spaziergang nach Syrakus)

Der Turmmeister erwartete die Ankommenden zur Begrüßung vor dem Turm. Johann Breising war sich seiner Wichtigkeit bewusst. Er hatte sich auf der zweiten Steinstufe der Treppe postiert und konnte so auf die anderen von oben hinabsehen. Plum, der Turmschreiber, stand einen Schritt hinter dem Meister, ganz wie es sich gebührte. Da er sehr kleinwüchsig war, wurde er von Breising fast vollständig verdeckt, obwohl er eine Stufe höher als der Turmmeister stand.

»Willkommen, die Herren, tretet näher. Es ist bereits alles im Verhörzimmer gerichtet. Der Gefangene wird geholt. Wir können derweil einen Schluck Roten miteinander trinken. Das labt am frühen Tag und gibt Kraft fürs weitere Geschehen.«

Den anderen war das recht und sie folgten dem Hausherren gern die schweren Steinstufen hinauf und betraten den Amtsraum auf der zweiten Empore, in dem die Befragung des Puppenspielers vorgenommen werden sollte. Auf dem großen Holztisch lagen einige Akten, und vor jedem Stuhl war ein Becher eingedeckt. Das Weib des Turmmeisters ging herum, um allen Herren aufzufüllen. Die Männer nahmen auf den für sie bestimmten Stühlen Platz. Heriman wurde ein besonderer Stuhl zugewiesen. Es gehörte nicht zur Regel, dass ein Ratsherr ohne feste Aufgabe einer Befragung beiwohnte. Breising nahm seinen Becher zur Hand und wiederholte den Willkommensgruß.

Die Männer tranken schweigend einen Schluck Wein. Sie waren sich des Ernstes der Situation bewusst. Der Raum knisterte förmlich unter ihrer Wichtigkeit.

Der Turmmeister gab seinem Weib mit der Hand zu verstehen, dass sie den Raum verlassen möge. »Sag, sie sollen den Gefangenen flugs zu uns bringen«, gab er ihr mit auf den Weg.

Sie nickte, denn sie tat nichts lieber, als die Turmdiener ein bisschen zu triezen. Die ewige Dämmerung im Turm und das viele Leid über die Jahre hatten sie zu einer garstigen Frau werden lassen. Das dachte selbst ihr Ehemann. Der letzte Funken von Zärtlichkeit für sie war in seiner Brust schon längst erloschen. Wenn er etwas für Körper und Seele brauchte, suchte er das in Kölns stadtbekannten Badehäusern.

Die Tür blieb nur kurze Zeit geschlossen, dann wurde sie wieder aufgestoßen und zwei Turmdiener schubsten Franz, den Puppenspieler, in den Raum.

Die Amtsstube war viel heller als der dunkle Gang, aus dem er kam. Franz sah erst gar nichts. Er blinzelte in die Helligkeit, und seine Pupillen zogen sich zusammen. Als sich seine Augen an das Tageslicht gewöhnt hatten, musterte er ängstlich die Männer, die so würdevoll um den großen Holztisch saßen. Sie betrachteten ihn finster. Er fühlte sich klein. Kalte Angst stieg in ihm auf. Schon der eine Tag im Verlies hatte ihn verändert. Ungepflegt sah er aus, roch ungewaschen und nach der muffigen Feuchtigkeit seiner Zelle. Nach Angst roch er. Was wollten diese Männer von ihm? Er hatte doch nichts Unrechtes getan.

»Lasst ihn da stehen«, wandte sich der Turmmeister an die Diener. »Ihr könnt den Raum verlassen, er wird uns schon nicht beißen, wartet vor der Tür.«

Die Turmdiener taten, wie ihnen geheißen, und ließen Franz völlig verunsichert vor seinem Tribunal zurück.

»Wie nennt man dich?«, herrschte ihn Breising an.

Der Gefangene versicherte sich mit einem Blick, dass er gemeint war, dann antwortete er leicht stockend: »Ich heiße Franz Koeren, aber … aber man nennt mich Franz, den Puppenspieler, Herr.«

Das angefügte »Herr« schien Breising ein bisschen zu versöhnen. Er fuhr etwas weniger garstig fort: »Du bist also kein Bürger dieser Stadt. Ein Gaukler, ein fahrender Gesell?«

»Ja, Herr, meine Heimat ist die weite Welt.«

»Das soll sich bald zeigen, ob sie es noch sein wird«, murmelte der Syndikus dazwischen und richtete das Wort an den Befragten: »Man sagt, du habest gestern auf dem Neumarkt mit den Puppen gespielt?«

»Ja, Herr«, antwortete Franz mit einem kleinen Lächeln. Nur allzu gern erinnerte er sich an das bunte Treiben auf Kölns großem Markt, an die Lebensfreude und Freiheit. Franz liebte seinen Beruf, das Lachen der Kinder. Wie gern wäre er wieder dort!

»Was hast du gespielt?«, unterbrach der Syndikus seine Träume.

»Alles, was den Kindermund zum Lachen bringt, aber auch Mann und Frau, Alt und Jung.«

»Rede genau und schwafle nicht«, fuhr der Syndikus ihn an. »Man weiß, du hast von Engelskindern geredet. Du hast den Kleinen den Himmel anempfohlen. Ist das wahr?«

»Das kann wohl sein, Herr, und das ist doch nichts Unrechtes. Denn wer ist engelsgleicher als ein unschuldiges Kind?«

»Hört, hört! Der Kerl scheint wirklich ein ‚Engelmacher' zu sein«, meldete sich der Turmmeister. »Und wenn sie dir nicht engelsgleich genug sind, machst du sie zu Engeln«, sprach er den Puppenspieler lauernd an.

Franz Koeren zuckte erschrocken zurück. Dann stotterte er: »Herr, ich ... ich weiß nicht, wie ihr das meint.«

»Das bedarf nicht vieler Erklärungen«, schnitt ihm der Turmmeister das Wort ab und guckte Zustimmung heischend die anderen an. »Dieser würdige Ratsherr«, sein Finger zeigte auf Heriman Odenthal, »fand einen deiner kleinen Zuschauer von dir dahingemeuchelt, engelsgleich drapiert in einer dunklen Gasse. Er fand ihn nur, weil ihm der Leuchtemann heimgeleuchtet hat.«

»Nein, Herr!« Die Stimme des Puppenspielers war schrill vor Angst. »Ich habe niemandem etwas zuleide getan«, beteuerte er seine Unschuld. »Ihr werdet doch nicht glauben, dass ich gegen meine Wohltäter, gegen die, die mich mit ihrem Eintrittsgeld ernähren, Böses im Schilde führen könnte? Ich bin wahrlich kein Bösewicht!«

Der Kreis der Fragenden blieb für zwei Wimpernschläge stumm. Es schien keiner so recht zu wissen, wie fortzufahren war.

Heriman dauerte der wehrlose Tropf. Ihm war unwohl. Hatte man wirklich den wahren Schuldigen gefunden? Mit einer Frage beschloss er, sich ein umfassenderes Bild von dem Gaukler zu machen: »Wenn du so über Engel sprichst, glaubst du doch sicher auch an Gott?«

Franz war froh, dass die neue Frage von der bösen Untat wegführte. Beflissentlich griff er sie auf: »Aber ja, Herr, ganz gewiss.« Dabei wühlte er in den Taschen seiner Hose und zog ein kleines Holzkreuz hervor. »Und ich bete jeden Tag, mehrmals sogar, in der Früh, um Mittag und zur Nacht.« Er hielt das Kreuz mit seiner Linken vor sich und hoffte, dass seine Worte die gestrengen Herren versöhnlicher stimmen würden.

Doch ganz das Gegenteil war der Fall. Von Arnheim, der Gewaltrichter, fuhr hoch, zeigte auf das Kreuz und schrie: »Das hat gerade noch gefehlt! Gib es her! Leg unsres Menschensohnes Marter hier auf den Tisch!«

Franz wusste nicht, wie ihm geschah. Verdattert ging er einige Schritte vor und legte das kleine Holzkreuz auf den Tisch. Schnell nahm der Gewaltrichter das Kreuz in die Hand, begutachtete es und kam zu dem Schluss: »Sie gleichen sich wie ein Ei dem andren. Genau so eines fanden wir auf der Brust des toten Knaben. So viel Zufall kann es nicht geben! Für mich, Kollegen, ist der Fall jetzt rund.«

Den Puppenspieler umschloss eisiges Schweigen. Der konnte mit den Worten nicht so recht etwas anfangen. Aber die ihn verhörten, nickten zu den Worten des Gewaltrichters. Selbst der Ratsherr, der Franz Koeren etwas freundlicher vorgekommen war, blickte verdrossen von ihm weg.

»Auch ich glaube, wir haben genug gehört«, bestätigte der Turmmeister. Dann rief er nach den Dienern vor der Tür. »Führt ihn ab. Wir wollen allein das Für und Wider disputieren.«

Ehrenfried Kaulhausen, der anwesende Syndikus, erbat sich die Mitschriften vom Turmschreiber. Er musste nun ein Gutachten für den Rat fertigen. Seine Augen flogen flüchtig über das Protokoll, dann resümierte er seine Feststellungen: »Alles scheint mir von großer Eindeutigkeit. Genügend Verdachtsgründe sind bewiesen. Zunächst ist schon besagte Person eo ipso von schlechtem Leumund, denn der ist jedem Gaukler und buntem Hund gegeben. Außerdem hat der Kerl vor Angst gezittert, was könnte ein besseres Zeichen für seine Schuld sein? Auch seine Linkshändigkeit ist mir nicht entgangen. Mit der Linken hat er das Kreuz aus seiner Hose geholt und vor sich hingestreckt. Linkshändigkeit ist der Beweis für Schlechtigkeit und argen Charakter. So konnte es für mich auch kein Wunder sein, dass er daselbst alles bestätigte, was er über Kinder und Engel gesagt und mit ihnen getan hat. Der Meuchler zeigte gar die Frechheit, sich vor uns zu rechtfertigen. Dem Ganzen setzte die Krone auf, dass von Arnheim im Kreuz des Gauklers ein gleiches erkannte wie das, was er auf der Brust der kleinen Leiche gefunden hatte. Wir haben den Übeltäter, für mich gibt es keinen Zweifel.«

Arndt von Arnheim nickte zustimmend: »Das Kreuz hat uns den rechten Weg gewiesen«, sagte er stolz über das Wortspiel. »Sicher fertigt der Puppenspieler die Kreuze selbst und verkauft sie auf den Märkten. Das Kreuz trägt also seine Handschrift genauso wie der Mord, was zu beweisen war.« Bestätigendes Gemurmel bekräftigte diese Feststellung.

Heriman schwankte noch immer in seiner Meinung, doch er schwieg. Zu drückend waren die Indizien.

»So können wir die heutige Befragung wohl beschließen«, resümierte der Turmmeister. »Das Gutachten des Syndikus kann dem Rat Grundlage für seine Entscheidung sein. Die Abgabe des Falles an die erzbischöfliche Hochgerichtsbarkeit wird die Folge sein. Lasst uns warten, was die nächsten Tage bringen.« Die Männer verabschiedeten sich voneinander, und die vor knapp zwei Stunden gekommen waren, fuhren mit der Kutsche zum Rathaus zurück.

Franz Koeren lag wieder zusammengerollt auf seinem klammen Lager und fröstelte. Er zitterte am ganzen Körper, und das nicht nur wegen der Feuchtigkeit und Kälte. Instinktiv fühlte er, dass irgendetwas schiefgelaufen war. Als er das Kreuz hervorgeholt hatte, war es geschehen. Spätestens danach standen alle gegen ihn. Das war ihm unverständlicher als irgendetwas sonst. Das Kreuz sollte doch alle Christenmenschen verbinden. Viele Jahre hatte es ihn beschützt. Er hatte es im Kloster Maria Laach einem Mönch abgekauft. Der hatte ihn gesegnet und gesagt: »*In hoc vinces.*« In diesem Zeichen wirst du siegen. Er würde diesen Satz nie vergessen. Aber nun war alles anders, sein Schutzsymbol hatte er verloren. Er selbst war eingesperrt, und alle Welt hielt es für bewiesen, dass er ein Mörder war. Ein Kindesmörder sogar, wo er doch Kinder so liebte und gerne für sie spielte. Ein trockenes Schluchzen entfuhr seiner Kehle. Er war verzweifelt und wusste nicht, was er tun sollte …

Wie kann man einen Menschen beklagen, der gestorben ist? – Diejenigen sind zu beklagen, die ihn geliebt und verloren haben.

(Helmuth Graf von Moltke)

Mechthild Odenthal hatte am frühen Nachmittag ihre Hausarbeiten abgeschlossen. Sie hatte mit den Hausmädchen das Haus auf Vordermann gebracht. Überall war geputzt worden, gefegt und gescheuert. Bei wichtigen Sachen hatte sie selbst Hand angelegt. Die frisch gewaschene und geplättete Wäsche wurde von ihr zusammengelegt und in die Schränke verstaut, damit ja alles am richtigen Platz lag.

Der Donnerstagabend war, wenn es irgendwie ging, den beiden Geschwistern allein vorbehalten. Da wurde über Gott und die Welt geschwatzt. Mechthild bereitete ein besonderes Nachtmahl, und danach saßen sie bei einem guten Tropfen noch lange am Kamin zusammen. Die Hausfrau liebte diesen Abend.

Heute war frischer Fisch angelandet worden, und sie hatte es selbst übernommen, auf dem Fischmarkt ein besonders gutes Stück auszusuchen. Sie wusste genau, womit sie Heriman eine Freude machen konnte: Vorneweg gab es geräucherte Austern, die Leib- und Magenspeise des Bruders. Als zweiten Gang hatte sie einen mittelgroßen Hecht ausgesucht, der würde mit gehackter Wasserkresse gefüllt und mit grünen Zwiebeln, Petersilie und kleinen Kartoffeln in einem Schmortopf gegart. Der Hauptgang durfte nicht allzu schwer sein, damit es keine Probleme mit dem Einschlafen gab. Die Austern waren Sünde genug. Doch etwas Süßes danach musste sein! Mit Gretchen hatte sie süße Honigkrapfen vorbereitet. Die sollten mit lieblichem Malvasier den Abschluss bilden. Der süße Wein war ein passender Übergang zu dem sanften Roten von der Ahr, der anschließend trefflich munden würde.

Mechthild hatte sich auf einem Schemel in der Küche niedergelassen und ging noch einmal in Gedanken durch, ob alles getan war. Sie wusste allzu gut, warum sie das tat. Sie wollte den schweren Gang hinauszögern, der für den Nachmittag anstand. Sie musste endlich die Eltern von Hannes aufsuchen. Ihr würde es schwerfallen, ihnen in die Augen zu sehen. Schließlich gab sie sich einen Ruck, denn durch Zuwarten wurde nichts besser.

Die Goeddes wohnten in der Weberstraße, nahe dem Rheinufer. Zu Fuß war es ein längerer Marsch, dadurch hatte Mechthild Zeit genug, sich die richtigen Worte zurechtzulegen. Sie machte sich frisch, kleidete sich zum Ausgehen an und begann ihren Weg in den herbstlichen Nachmittag.

Sie kam an einem Branntweinhocker vorbei. Der schenkte aus einem aufgebockten Fass für einen Weißpfennig glasweise Schnaps aus. Mechthild war danach, sich mit einem Schluck für ihren unangenehmen Besuch zu rüsten, doch es war nicht geziemend, als Frau allein auf offener Straße Branntwein zu trinken. So ging sie weiter, ohne der Versuchung nachzugeben. Unterwegs traf sie einige Bekannte. Grußworte flogen hin und her, und einige Male wurde es ein längerer Schwatz. Die Straße ist der beste Ort, alles hautnah zu erfahren, dachte sie, als sie sich gerade wieder von einer Freundin gelöst hatte.

Langsam näherte sie sich der Weberstraße. Der Vater von Hannes war Wollenweber. Das kleine Fachwerkhaus stammte noch aus besseren Zeiten. Peter Goedde betrieb einen der dreihundert zugelassenen Webstühle der Stadt, aber seit einigen Jahren quälte ihn ein schweres Lungenleiden. Die mit dem Weben verbundene körperliche Anstrengung führte zu beißendem Schmerz in seiner Brust und Anfällen trockenen Hustens. Goedde fühlte sich fast immer matt und konnte seiner Arbeit nur noch schwer nachgehen. Wie es so war, wenn der Erfolg wegbleibt, stand man schnell allein. Schon bald verließ ihn sein Geselle, um woanders ein sichereres Auskommen zu suchen. Von diesem Zeitpunkt an lag die Hauptlast des täglichen Lebens auf den Schultern seiner kleinen Frau. Hannes, der einzige Sohn, hatte auch einige Heller zum Unterhalt beigesteuert.

Liveradis Goedde war eine zarte Frau, aber sie war zäh. Die strengen Prüfungen des Lebens hatten sie geprägt. Sie war hart geworden, ließ sich die Butter nicht vom Brot nehmen und hatte Haare auf den Zähnen. Auch sie war im Gewerbe der Tuchmacher tätig, wenngleich nur im Hilfsgewerbe. Sie verrichtete Arbeiten, die speziell Weberinnen vorbehalten waren: Waschen, Rauen, Scheren und Färben. Sie sicherte damit das bescheidene Auskommen der Eheleute. Meister Goedde war nicht einmal mehr in der Lage, die importierte Wolle aus einer der drei Kölner Wollküchen abzuholen, in denen sie nach der Ankunft geprüft wurde. Das gehörte mittlerweile auch zur Aufgabe seiner Frau. Nur so konnte die Tuchproduktion immer dann, wenn es die Kräfte des Gemahls zuließen, in kleinem Umfange vonstattengehen. Für Goeddes Krankheit gab es keine Hoffnung auf Besserung, also hatten sich die beiden mit ihrem Schicksal abgefunden und sich entsprechend eingerichtet. Sie hatten immerhin genug zum Beißen, und ihr Sohn war ein braves Kind gewesen. Sein plötzlicher Tod wurde ein weiterer böser Schicksalsschlag.

Mechthild war vor dem Weber-Haus angelangt. Die Haustür war stark verwittert und konnte einen Anstrich gebrauchen. Hier fehlt wirklich ein gesunder Mann im Haus, dachte Mechthild, als sie an die Pforte pochte. Von drinnen hörte sie Schritte. Die Tür wurde aufgetan. Liveradis stand im geöffneten Türspalt. Ein Erkennen ging über ihre Züge. Ohne etwas zu sagen trat sie zur Seite und ließ die Frau herein. Sie fand kein Wort des Grußes und forderte Mechthild auch nicht auf, weiterzugehen. Mechthild trat zögerlich in den Raum, der gleichzeitig Wohnraum und Arbeitsstätte war. Der große hölzerne Webstuhl war verwaist und füllte eine ganze Ecke des Raumes aus. Der Hausherr war heute nicht fähig zu arbeiten. Er saß zusammengesunken auf der Ofenbank, neben sich einen irdenen Becher. Ob er um diese Zeit schon Wein trinkt?, dachte Mechthild. Doch schuldbewusst musste sie feststellen, dass es Kräutertee mit Minze und Kamille war, gut gegen den schlimmen Husten. Liveradis wies stumm auf den einzigen freien Holzschemel, sah man von dem ab, der hinter dem Webstuhl stand.

»Soll ich Euch auch einen Becher kalten Tee bringen?«, wandte sie sich nun an die Besucherin. »Etwas Besseres habe ich nicht zu bieten«, fügte sie hinzu.

Mechthild schlug die erste nette Geste der Hausfrau nicht ab.

Doch dann sorgte Peter Goedde von seiner Ofenbank aus dafür, dass sich die angespannte Stimmung im Raum ja nicht verbesserte: »Ich dachte, in einem reichen Kaufmannshaus ist man wenigstens seines Lebens sicher«, krächzte er mühsam und wurde für seine bittern Worte auf der Stelle mit einem schweren Hustenanfall bestraft.

Goeddes wussten also, was geschehen war! Mechthilds Blick ging voller Mitleid zwischen den Eheleuten hin und her. Sie hatte zwar den langen Weg genutzt, um Worte des Trostes zu suchen, doch der kalte Empfang brachte sie aus dem Tritt. Wie sollte sie nur beginnen?

Ihre ersten Worte kamen mehr als ungeschickt: »Es geschah nicht in unserem Haus. Es geschah auf offener Straße.«

Liveradis ließ diesen Satz nicht gelten: »Wo es geschah, ist doch egal. Hannes stand unter Euerer Munt. Euer Bruder und Ihr hattet Schutzgewalt über ihn.«

Mechthild kam nicht umhin zu nicken. »Aber Ihr glaubt doch nicht, dass wir das schlimme Schicksal von Hannes gewollt haben? Er war auf einem Dienstgang, und genau dafür war er eingestellt. Wir alle müssen als Kölner Bürger damit leben, dass unsere Straßen nicht sicher sind. Es ist besonders schlimm, wenn es dabei die Besten trifft.«

Mit ihrem letzten Satz berührte sie eine weiche Stelle in Liveradis hart gewordenem Herzen. Für ihren Mann und sie war Hannes das beste Kind der Welt gewesen.

»Hoffentlich finden sie den Unhold, der unseren Jungen auf dem Gewissen hat. Ich würde am liebsten selbst Hand anlegen und ihn für die schlimme Tat bestrafen.«

»Da sitzt schon einer im Turm. Man glaubt, dass er es war. Er ist ein Puppenspieler. Wenn die Beweise sich verdichten, wird er seiner Strafe nicht entgehen.«

»Keine Strafe kann schwer genug sein«, urteilte die Webersfrau.

»Auf welchem Dienstgang war Hannes?«, wollte Goedde wissen.

»Es war ein besonders wichtiger«, berichtete Mechthild. »Er war beim Dompropst, um eine Bestellung für Messwein aufzunehmen. Wir liefern seit vielen Jahren an den Dom«, ergänzte sie stolz.

»Ja, der Dompropst, wie sehr hat Hannes ihn verehrt.« Traurig senkte die Mutter den Blick zu Boden und starrte vor ihre Füße. »Der hatte wohl manch gutes Wort für unseren Sohn. Hannes berichtete stolz, wenn ihm der hohe Herr über das Haar gestreichelt oder die Hand auf seine Schulter gelegt hatte. Wenn man Hannes glauben darf, so mochte der Propst ihn sehr. Er war ihm jedenfalls nicht gleichgültig.«

»Man musste Hannes einfach mögen«, bestätigte Mechthild. Ob ich mir allerdings gewünscht hätte, dass der Dompropst ein Augenmerk auf ihn hat, wage ich zu bezweifeln, dachte sie im Stillen. Diesen Gedanken behielt sie für sich. Sie wollte nun zum Wesentlichen kommen, griff in ihre Tasche und holte ein kleines Säckchen hervor.

Erneut wandte sie sich an die beiden: »Wir können euch Hannes nicht ersetzen, so gern wir das täten. Doch mein Bruder und ich wollen euch wenigstens helfen, so weit wir können.« Sie nahm den kleinen Stoffbeutel, in den sie die Silberlinge abgezählt hatte, und hielt ihn Goedde hin. »Das ist ein Jahr Zehrgeld für Hannes. Es wird euch finanziell über das Ärgste hinweghelfen.«

»Ich will kein Geld«, krächzte der Weber stolz. »Eure Obhut hatte ich erwartet. Meinen Jungen kann man nicht durch Geld ersetzen.« Er drehte sich von Mechthild weg, sein ganzer Körper war abweisend.

Liveradis zeigte sich als die Lebenstüchtigere. Sie setzte sich über den Willen ihres Mannes hinweg und sprach zu der Kaufmannsfrau: »Wir können uns bei unserer Armut Stolz nicht leisten. Habt Dank für Eure Geste, auch wenn sie das Geschehene nicht ungeschehen machen kann.« Sie nahm den Beutel, in dem die Münzen klingelten, und steckte ihn rasch in die Tasche ihrer Joppe. Dann sank sie wieder in verbittertes Schweigen.

Mechthild wurde es zusehends ungemütlich. Sie mied weitere Versuche des Trostes, denn sie merkte, dass die keinen fruchtbaren Boden fanden. Schnell suchte sie die richtigen Worte zum Abschied und war froh, als sie wieder im Freien stand.

Warum bleiben solche Aufgaben immer an mir hängen?, dachte sie. Die hätten auch Heriman gut zu Gesicht gestanden. Sie schritt schnell aus, denn es wurde schon dämmerig. Kurz vor dem Heumarkt stolperte sie fast über ein Paar stramme Beine, die aus einem Strohhaufen herausguckten. Ein gewaltiger Schreck durchfuhr sie. Dieses Mal eine erwachsene Leiche, dachte sie und starrte auf die unbestrumpften Füße und die borstigen Waden, die leblos aus dem Stroh ragten. Ganz vorsichtig trat sie näher, aber dann durchfuhr sie eine Welle der Erleichterung: Der Strohhaufen kam in Bewegung, und aus ihm tönte ein langgezogenes Grunzen und Rülpsen. Dort lag nur ein Tagedieb, der zu tief in den Krug geschaut hatte. Mit einem verächtlichen Blick auf den Trunkenbold setzte sie ihren Heimweg fort.

Zu Hause musste sie sich sputen. Heriman würde bald zurückkehren. Gretchen hatte, Gott sei Dank, schon vieles vorbereitet. Nun musste sie noch Hand anlegen, wo es nottat. Wenngleich der Appetit beim Essen kam, aß das Auge gerne mit, und sie hatte ein Händchen dafür, alles schön zu dekorieren.

Der Hecht war geschuppt und mit dem Grünzeug gefüllt und lag zum Schmoren im Topf. Die wichtige Prise Salz und einige Körner Pfeffer fügte die Hausfrau nun selbst hinzu. Die wertvolle Würze war immer weggeschlossen und wurde nur von ihr zugeteilt. Die geräucherten Austern, für jeden sechs Stück, legte sie fächerförmig auf zwei Zinnteller, schnitt eine eingelegte Gurke in Keile und schmückte die Platten damit. Die Butter stand schon bereit, und das Brot bräunte im Ofen. Genüsslich schnupperte sie über die Schüssel mit den ausgebackenen goldgelben Krapfen. Sie beschloss, noch etwas Zucker über sie zu streuen. Ein Blick in den Wohnraum überzeugte sie, dass auch dort alles zum Besten stand. Der Tisch war gedeckt, die Kerzen waren angezündet, und so blieb ihr noch ein kleiner Moment der Muße bis zur Ankunft des Bruders. Mechthild setzte sich auf die Ofenbank und wollte fast schnurren, als die Wärme gegen ihren Rücken strahlte. Die Herbsttage waren schon empfindlich kalt geworden, deshalb war die Wärme ein willkommenes Geschenk. Sie legte die Hände in ihren Schoß und ließ ihre Seele baumeln.

Heriman kam nach kurzer Zeit. Er sah verfroren und müde aus. Als er den Wohnraum betrat und die schön gedeckte Tafel sah, war die Müdigkeit wie weggeblasen. Ein Lächeln trat auf sein Gesicht. Mit guter Speise und feinem Trank konnte man ihn um den Finger wickeln! Mechthild hielt dem Bruder einen mit Zimt und Nelken gewürzten Becher Wein hin. Der duftete verführerisch. Sie rief Gretchen zu, der Hausherr sei eingetroffen. »Nun kann alles marschieren!«, rief sie fröhlich und führte ihren Bruder zum bequemsten Sessel, den sie noch extra mit einem Kissen aufgepolstert hatte.

Das Essen verging ohne viele Worte. Begeisterte »Ahs« und »Ohs« des Bruders waren die einzigen Laute und erwärmten das Herz der Hausfrau. Die Geschwister hatten es sich zu eigen gemacht, bei den Köstlichkeiten nicht zu schwatzen. Es blieb hinterher dafür noch Zeit genug, beim Schoppen auf der Ofenbank. So völlerten sie unbeschwert. Auch Mechthild war beim Zulangen kein Kind von Traurigkeit.

Schließlich ging das Mahl zu Ende. Gretchen trug ab und legte noch einige Scheite Holz im Kamin nach. Die Geschwister begaben sich zu ihren angestammten Plätzen. Mechthild legte sich eine Decke über die Beine, damit es ihr so richtig wohlig warm wurde. Dann legte sie die Füße hoch auf einen Schemel. Für einen Moment sinnierten die beiden stumm und zufrieden in die himmlische Stille, die den Raum beherrschte. Doch schon bald wartete Mechthild ungeduldig, dass ihr Bruder das Wort ergriff, um von seinem Tag zu berichten.

»Wenn du ihm nicht ein so schönes Ende bereitet hättest, wäre es ein ganz und gar hässlicher Tag geworden«, begann Heriman seinen Bericht. »Alles drehte sich heute um den Tod von Hannes. Die wichtigen Dinge der Welt schienen für einen Moment in Vergessenheit geraten zu sein. Die Syndizi haben dem Rat berichtet. Osenbrück hat dem Dominikanermönch nachgespürt. Er hatte keinen Erfolg. Fordolf war zwar zum Nachtgebet nicht im Kloster, aber er hatte eine Sondererlaubnis des Abtes für seine Abwesenheit. Er war bis spät nachts unterwegs, um die Feiernden anzuhalten, an den Herrn zu denken. Ob er Hannes sah, dem Ort nahe kam, wo man den fand, nichts Genaues weiß man!«

»Ich dachte, der Fall sei gelöst. Ein Puppenspieler ist doch festgesetzt«, fiel ihm Mechthild ins Wort und wartete begierig auf Antwort.

»Ja, das stimmt, Kaulhausen hat dem Rat einen Bericht vorgelegt, der nur so von Fakten und Beweisen strotzt. Der Rat jedenfalls ist überzeugt, den Mörder dingfest zu haben. Doch mir ist immer noch ein bisschen unwohl dabei. Ich bin mir nicht sicher, ob man den wirklich Schuldigen hat.«

»Dein Zweifel hat sich auf mich übertragen«, pflichtete seine Schwester ihm bei.

»Wie war dein Tag?«, wollte Heriman wissen.

»Ich war heute bei Goeddes. Es war ein grauslicher Besuch. Die beiden haben es mir nicht leicht gemacht. Aber ich bin den kleinen Geldbeutel quitt geworden. Auf dem Weg zurück habe ich noch einen Riesenschreck bekommen. Zwei stoppelige Beine ragten aus einem Strohhaufen. Ich glaubte schon, die nächste Leiche läge vor mir. Du hast keinen guten Einfluss auf mich, Heriman.« Sie lächelte ihn schalkhaft an.

»Das tut mir leid, meine Teure. Hannes war übrigens vor seinem Tod noch im Hause des Dompropsts gewesen. Der war zwar nicht zu Hause, doch der Junge hat die Bestellung von dessen Verwalter entgegengenommen. Mich nimmt Wunder, dass man bei ihm nichts Geschriebenes fand.«

»Das überrascht mich gar nicht. Hannes hat Aufträge meistens nur im Gedächtnis behalten. Er war ein heller Kopf. Aber wo du vom Dompropst sprichst, der scheint stets im Spiel zu sein, wenn es um Hannes geht. Der Junge hat seinen Eltern erzählt, wie sehr ihn der Dompropst gemocht habe. Der Junge hat ihn verehrt. Seine Aufträge waren ihm besonders wichtig. Mir kommen die Gerüchte um den Propst und seine Knaben immer wieder in den Sinn.«

Heriman hob drohend den Zeigefinger. »Schwester, ich sagte schon einmal, zügle deine Zunge. Wenn wir alleine sind, dann mag es gelten, dass du solchen Gedanken freien Lauf gibst. Aber wer garantiert mir, dass du es vor anderen unterlässt? Die Küche sollte dein Reich sein, doch ich will nicht, dass du in Teufels Küche kommst.«

Über das viele Erzählen war es spät geworden. Der Krug war fast leer, die beiden hatten die richtige Bettschwere und fanden bald den Weg die Stiege hinauf.

Mechthild entkleidete sich, tief in Gedanken versunken, kniete nieder vor dem Kreuz und betete ihr Nachtgebet. Wie immer schloss sie es mit einem Gloria ab: »*Laudamus te, beneficamus te, adoramus te* ...« **Niemals tut man so vollständig und gut das Böse, als wenn man es mit gutem Gewissen tut.**

(Blaise Pascal)

Das Gutachten des Syndikus hatte ausreichend deutlich gemacht, dass der Puppenspieler Franz Koeren der Mörder des kleinen Hannes war. So blieb dem Rat in seiner Sitzung nur der Beschluss, Koeren an das Hohe Weltliche Gericht auszuliefern. In seinem Fall gingen die Indizien weit über einen Anfangsverdacht hinaus. Es handelte sich um ein Kapitalverbrechen, bei dem über Leben und Tod zu urteilen war. Also war der Erzbischof als Kurfürst und Stadtherr angesprochen. Das Halsgericht würde schon Mittel und Wege finden, das hartnäckige Leugnen des Gauklers zu brechen und die Wahrheit ans Licht zu bringen. Natürlich würde sich dabei der hohe geistliche Herr nicht selbst die Finger schmutzig machen. Zuständig war der Burggraf, in Köln der Greve genannt, und das Schöffengericht.

Johann Breising, der Turmmeister, hatte dem Greve den Beschluss des Rates noch am gleichen Tage zugestellt, und so stand Hillebrand Rommelskirchen am nächsten Morgen in seiner Schlafkammer und legte sein prunkvolles Ornat an. Bald würden die Schöffen, Aldenhoven und Birkmann erscheinen, um mit ihm bei der Übernahme des Delinquenten das kurfürstliche Gericht zu vertreten. Die beiden Männer waren aus höchsten Kölner Patrizierfamilien, hatten Jurisprudenz studiert und gehörten seit vielen Jahren der erzbischöflichen Halsgerichtsbarkeit an.

Die beiden trafen pünktlich ein, und schon bald machte sich die kleine Delegation auf den Weg zum Frankenturm. Das geschah schweigend und würdevoll. Der Rutengänger des Hohen Gerichts und zwei kurfürstliche

Schreiber begleiteten sie. Die Überstellung des Gefangenen musste nach festgelegten Regeln verlaufen: Die Kurfürstlichen trafen zunächst mit dem Gewaltrichter, dem Turmmeister und zwei Ratsherren zusammen. Die übertrugen das Schicksal des Angeklagten in ihre Hände. Rommelskirchen atmete tief durch, er war sich seiner Wichtigkeit wohl bewusst. Als sie den Frankenturm erreichten, ging der Rutenträger in seinem bunt glänzenden Gewand voran und schlug mit seinem Stab dreimal laut hörbar an die Pforte des Turms.

Den Städtischen war die Ankunft des Greven nicht entgangen. Das Tor wurde geöffnet, und sie traten vor, um die Besucher zu empfangen.

Der Greve nahm das Wort als Erster: »Mir wurde Kund und Wissen getan, dass Ihr in Eurem Turm einen Mörder verwahrt, der einen Kölner Bürger meuchelte, einen Knaben in blutjungen Jahren.«

Von Arnheim, der Gewaltrichter, hatte die Abordnung in seiner prächtigen Robe erwartet und antwortete nun genauso wichtig: »Seid willkommen! Es ist, wie Ihr sagt, und nach Beschluss des Rates habe ich diesen Unholden heute an Euch auszuliefern. Er soll sein Urteil finden vor Eurem Hohen Gericht. Der Gefangene ist bereit, sein Bündel ist gepackt, und auch die Abschriften unsrer Untersuchung werden wir Euch übergeben. Doch bitt' ich Euch zunächst herein, lasst uns die Übergabe mit Speis und Trank gebührend vorbereiten, so wie es Brauch ist.«

Rommelskirchen nickte. »Habt Dank für Euren Gruß und Gottes Segen für die Einladung des Rates. Gern fügen wir uns dem, was Sitte und Brauch ist, und folgen Euch zu einer kleinen Atzung.«

Er freute sich wirklich auf ein Stück Gesottenes, Brot sowie einen Becher Wein. Zum Morgenmahl hatte nur Küchenmeister Schmalhans geherrscht. Der Gewaltrichter war hungrig, und schon der Gedanke an einen guten Bissen und einen frischen Schluck ließ ihm das Wasser im Munde zusammenlaufen.

Die Herren betraten den Turm, der schon so viel Leid gesehen hatte, und erklommen die Stufen zu dem Raum hinauf, in dem alles für sie vorbereitet war.

Franz Koeren blieb nicht verborgen, dass ein neuer Tag angebrochen war. Ein Lichtstrahl fand durch den Fensterschlitz den Weg zu ihm in den düsteren Kerker. Er war begierig, ihn zu sehen und zu fühlen, doch der Lichtstrahl gab keine Wärme ab, und so fror der Puppenspieler schrecklich. Wieder war eine Nacht vergangen, und wieder hatte sich sein Schicksal nicht zum Besseren gewendet. Seine Hoffnung darauf sank ins Bodenlose. Als er vor der Tür schlurfende Schritte hörte, klammerte er sich noch einmal an einen Hoffnungsschimmer: Man holt mich, meine Unschuld ist erkannt. Bald werde ich frei sein, dachte er. Die Schlüssel klirrten, und die Tür zur Freiheit öffnete sich. Doch nur das hämische Gesicht der Turmmeisterin grinste ihn im Schein einer Laterne an. Das bedeutete nichts Gutes. Seine Ängste kehrten zurück und seine Hoffnung schwand.

»Du scheinst mir ein Hellseher zu sein, Bürschchen.« Die Alte kicherte. »Du hattest recht, du wirst hier nicht alt. Aber weißt du auch, wie alt du überhaupt noch werden wirst? Bald wirst du nach einer anderen Pfeife tanzen, und der Tanz wird dir bestimmt keinen Spaß machen. Halte dich bereit, nun wird es kurfürstlich. Das Blutgericht ruft nach dir, und das wird gar nicht fürstlich sein.«

Die Worte der Turmmeisterin ließen Franz erschauern. Was Hals- und Blutgericht bedeuteten, wusste er nur allzu gut. Man war also von seiner Schuld überzeugt, und Böses wartete auf ihn. Der Puppenspieler sackte kraftlos in sich zusammen. Gedanken jagten durch sein Hirn, doch sie ließen ihn keinen Ausweg erkennen. Schließlich beschloss er, schicksalsergeben auf das zu warten, was kommen würde. Er folgte den Turmwächtern ohne Gegenwehr.

Die hohen Herren oben im Turm hatten derweilen gut und reichlich getafelt. Worte der Hochachtung und des Dankes waren gewechselt worden, und die Zeit des Aufbruchs stand bevor. Die Meldung: Der Gefangene ist bereit und wartet vor der Pforte auf die Auslieferung, tat das ihre dazu, und die Honoratioren schritten würdevoll die Stufen hinab.

Bald standen sie alle im hellen Tageslicht beisammen. Der Puppenspieler wartete, gebunden an Händen und Füßen mit gesenktem Kopf. Der Augenblick der Übergabe war gekommen. Die Kutsche setzte sich in Bewegung. Zum Domhof, unter der Hacht, dem Gefängnis des Greven, ging die Fahrt, wo noch größere Ungastlichkeit auf den armen Gaukler wartete.

Die düstere Gesellschaft erregte Aufmerksamkeit in den Straßen. Mussten die Bürger an die Seite treten, um das Gefährt passieren zu lassen und so wenig wie möglich vom Matsch beschmutzt zu werden, so hatten sie Gelegenheit, den Kerl zu betrachten, der einen der ihren auf dem Gewissen haben sollte. Böse Blicke und Schmähworte folgten dem Gefangenen. Einigen Passanten lief allerdings auch eine Gänsehaut über den Rücken, wenn sie sich vorstellten, was dem Mörder bevorstand. Als die Kutsche den Domhof querte, hielten selbst die Stadtarmen und Findelkinder mit dem Betteln inne, und die Leprakranken von Melaten, die sonst mit Rasseln vor ihrem Aussatz warnten, wurden für einen Moment ruhig. Da kreuzte einer ihren Weg, den es noch schlimmer getroffen hatte als sie.

Der Dompropst war auf dem Weg von seinem Haus am Domkloster zu den morgendlichen Etüden des Domchors. Er blieb stehen und verfolgte die Gruppe mit den Augen. Dann wandte er sich hastig ab und eilte zur Probe seiner Lieblinge. Nur ungern wollte er einen Moment davon missen, in dem sie mit ihren hohen Stimmen wie kleine Engelein Gott zu Ehren sangen und dessen Größe ahnen ließen. Die zarten Stimmen der Knaben wehten ihn an wie ferne Sphärenklänge, die schon auf Erden die Sehnsucht nach der anderen Welt anfachten …

Mit Franz Koeren machte man nicht viel Federlesen. Wie ein Bündel verschnürt verschwand er unter der Hacht. Seine Phantasie, die ihm bei seinen Puppenspielen so oft behilflich gewesen war, stellte sich nicht im Entferntesten vor, welche Torturen er noch erleiden sollte. Der Greve hatte die Akten des Verhörs bei sich behalten. Er hatte sie studiert, sich ein klares Bild von den Vorgängen gemacht. Der Fall sollte im Fluss bleiben. Er wollte den Bürgern schnell einen Mörder präsentieren und ein Exempel statuieren. Am Ende des Aktenstudiums kam er zu dem Schluss, dass genügend Beweise für ein schnelles Urteil vorlagen. Fünf Gründe hatte er festgestellt: Der Puppenspieler war kein Kölner Bürger, er gehörte zum fahrenden Volk und war damit schon ehrlos. Er war Linkshänder, benutzte die böse Hand also zuvorderst. Er war zum Zeitpunkt der Tat in der Stadt gewesen, sogar in der Nähe des Ortes, an dem man Hannes Goedde gefunden hatte. In einem Puppenspiel hatte er die Tat nahezu angekündigt. Am gewichtigsten erschien ihm, dass der Mörder ein Amulett besaß, welches dem glich, das man auf der Brust des toten Knaben gefunden hatte.

Rommelskirchen stieg in die Zelle unter der Hacht, um dem Gaukler ein Geständnis abzuringen. Er konnte nicht fassen, dass der trotz dieser drückenden Schuldbeweise eine Flut von Unschuldsbeteuerungen von sich gab. Er erkannte schnell, dass es keinen Sinn hatte, Franz Koeren ohne die Tortur vor das Schöffengericht zu stellen. Er beschloss, die Richter für den Nachmittag zusammenzurufen, um den Beschluss herbeizuführen, zum peinlichen Verhör überzugehen. Die Wahrheit musste ans Tageslicht!

So trafen sich sieben würdige Männer am späten Nachmittag am Domhof. Sie gehörten allesamt zur Elite der Kölner Bürgerschaft und waren in der Jurisprudenz ausgebildet. Nicht zu Unrecht spöttelte des Volkes Zunge: »Die Herren von den Geschlechten, sie sitzen im Rath oder in Rechten!« Aufmerksam folgten sie den Schilderungen des Greven, und es gab kaum Fragen, die vorgetragenen Verdachtsgründe waren erdrückend. Schnell gaben sie den Gaukler für das peinliche Verhör frei.

Hat auch dem Schlossvogt anbefohlen,
den Henker gleich zur Stell zu holen:
Er hat sein Geld gekriegt dafür
und muss nun thun auch sein Gebühr.
            (Ludwig Achim von Arnim, Des Knaben Wunderhorn)

Ein Bote wurde ausgeschickt, um Meister Hans, den Scharfrichter von Köln, aufzusuchen. Seinen Namen nahm keiner in den Mund. Der Henker mit seinem unehrenhaften Beruf und seine ganze Familie galten als unrein. Der Bote eilte zum Stockhaus auf dem Hühnermarkt, wo der Henker wohnte. Er trat den Weg nur unwillig an. Er sollte den Meister für den nächsten Morgen unter die Hacht einbestellen. Dort wartete die Folter auf den Puppenspieler. Ärgerlich beschloss der Bote, nach seinem Auftrag noch in den Dom zu gehen, zur Heiligen Mutter Gottes zu beten und um Reinigung zu bitten. Ohne die wollte er den Seinen nicht wieder unter die Augen treten. Er wollte auf jeden Fall vermeiden, Unglück ins eigene Haus zu tragen.

Berauschen wollt ihr euch an Martertönen
Und eurer Henker Wollust wollt ihr fröhnen.

(Felix Dörmann, Neurotica)

Franz Koeren fühlte sich wie gerädert, als man ihn am nächsten Morgen aus seiner Zelle stieß. Schwer hatten ihn Sorgen und Ängste gequält und ihm den Schlaf geraubt. Das war nun schon mehrere Nächte so gegangen. Er fühlte sich kraftlos und schwach. Er fror. Die Fußfesseln hatte man ihm abgenommen, aber seine Hände blieben gebunden und waren ihm unter den festgezurrten Stricken abgestorben. In diesem jämmerlichen Zustand schoben ihn die Gewaltdiener vor sich her und schubsten ihn in einen großen, erleuchteten Raum. Dort erwartete ihn ein zu allem entschlossenes Gericht.

Die Schöffen, einige Ratsherren und Rommelskirchen, den Greven kannte er schon, wenngleich nicht mit Namen. Alle saßen auf ihren mächtigen Armstühlen und sahen ihn in ihren dunklen Roben drohend an. Einer fiel aus dem Rahmen. Er trug ein enges Wams, eine lederne Büx und einen Hut mit bunten Federn. Die andern mieden ihn offensichtlich, er stand abseits. Der Mann war klein und gedrungen, und was ihn so gefährlich aussehen ließ, war das große Schwert, auf das er sich stützte. Die breite Klinge glänzte im Licht. Der mächtige Griff war goldfarben, und auf ihm prangte das Wappen der Stadt Köln. Koerens Blick fuhr gehetzt durch den Raum. Was er sah, ließ ihn erschauern. Allerlei Gerät stand herum, und es war sicher für nichts Gutes gemacht. Es sah nach Folter und Schmerz aus. Kalt stieg ihm der Atem in die Lungen. Der Henker stand vor ihm, wurde ihm klar. Er war für ihn da! Der Mann trat vor, nahm Koeren behutsam von den Gewaltdienern in Empfang, so als wollte er ihm nicht wehtun. Er führte ihn mit der Rechten zu einem hölzernen Schemel und drückte ihn nieder. Seine großen Hände steckten in dunklen

Lederhandschuhen. Selbst den Angeklagten durfte der Ehrlose nicht mit blanker Haut berühren!

Auf einen Fingerzeig des Greven nahm Meister Hans das Wort: »Du stehst hier als Mörder eines Kölner Knaben und willst gestehen, damit wir dich mit Gottes Hilfe von deiner Schuld befreien.«

Die Worte trafen den Puppenspieler wie Peitschenhiebe. Er wollte aufspringen, doch die schwere Pranke des Scharfrichters drückte ihn zurück auf den Stuhl. So konnte er nur weinerlich seine Stimme erheben: »Nein, ich kann es nicht oft genug sagen, nein, ich war es nicht. Mich trifft keine Schuld. Ich liebe Menschen. Niemals könnte ich sie meucheln, erst recht keine Kinder!«

Ein harter Knuff traf ihn am Kopf. »Sei still, keiner hier im Saal will dein Geflenne hören. Dann geht halt alles seinen Gang, denn Lügen haben kurze Beine, und wir haben der Mittel genug, dich anderen Sinnes zu machen.«

Alles verlief nach festem Ritual. Zunächst zeigte der Henker dem Beschuldigten das schreckliche Folterwerkzeug und erklärte es ihm. Viele Angeklagte brachen schon dabei zusammen und gestanden. »Schau her, Bürschchen.« Er hob ein eisernes Gerät ins Licht, das aussah wie ein Stiefel. »Siehst du die Schraubstöcke? Sie sind für dich! Wir haben sie für Daumen, Arme und Füße. Sie quetschen die Wahrheit aus dir heraus, wenn du es nicht anders willst.«

Franz Koeren wurde bleich, und das Herz schlug ihm bis zum Hals.

Der Henker ließ es nicht dabei bewenden. Mit ruhiger Geste legte er die Stücke zurück und deutete in die hintere Ecke des Raumes. Da war etwas zu sehen, das aussah wie eine Bank, obendrüber in die Decke war eine Winde eingeschraubt.

»Vielleicht brauchst du ja das da«, fuhr er fort. »Wir legen dich drauf und strecken dich, bis deine Sehnen klingen wie die Saiten einer Laute, und du wirst singen, glaub mir. Ja, mein Freund, die Wahrheit lässt sich auch singen! Du wirst schon sehen. Oder sieh da im Feuertopf das Brandeisen. Ich brenne dir das Unrechtzeichen direkt ins Gesicht. Und dort die Kiele auf dem Tisch treib ich dir wie Engelsflügel unter deine Nägel.

Der Schmerz wird unvorstellbar sein, wenn sie dann noch Feuer fangen. Du wirst es wie eine Erlösung empfinden, wenn ich endlich die Zange nehme, um dir die Nägel von den Fingern abzuziehen. Wenn du dann immer noch nichts zu sagen hast, kommt diese Eisenbirne heiß in deinen Mund, denn bis dahin werden alle hier im Raum deines Schreiens und Gezeters müde sein. Dann musst du eben Zeichen geben, nicken zum Beispiel, wenn du endlich gestehen willst.«

In Koeren war ein Grauen angewachsen, wie er es noch nie gefühlt hatte. Das konnte doch alles nicht wahr sein! Das ist ein böser Traum, bald muss ich erwachen, dachte er und schloss die Augen. Doch als er sie wieder öffnete, war alles immer noch da. Er rief furchtsam in den Raum: »Nein, das ja nicht! Ich habe ein gutes Gewissen, ich habe nichts getan! Gott weiß es, und er wird mir helfen!«

»Hört ihr«, ließ sich der Greve vernehmen. »Er selbst verlangt nach einem Gottesbeweis. So soll's denn sein, wir wollen sehen, ob Gott ihm wirklich hilft.«

Er fand breite Zustimmung bei den anderen. Da gab er dem Henker das Zeichen zu beginnen. Der legte das Richtschwert auf den Tisch. Die Klinge war scharf und man sah, dass auf der einen Seite von der Spitze bis zum Knauf eine Blutrinne lief. Dann begann er den Gaukler auszukleiden. Koeren, der nicht wusste, was ihm geschah, zitterte nackt und bloß unter den vielen Augen. Der Henker stülpte ihm einen groben Marterkittel über den Kopf. Der Gefangene sah den Mann mit weit aufgerissenen Augen an, und seine Lippen bebten. Er empfand Erleichterung, als der Henker sich von ihm abwandte und in die Ecke des Raumes schritt. Doch ihm blieb nur eine Pause von Sekunden, denn Meister Hans griff nach dem Brandeisen, das im Kohlefeuer glühte, und ehe der Puppenspieler sich's versah, fühlte er sich am Schopf gepackt und das heiße Eisen zischte böse auf seiner rechten Wange. Das glühende Erz war schneller als ein Adler herabgefahren, und schon war der Gefangene mit dem Wappen der Stadt gebrandmarkt. Der Henker zeigte sich darin geübt. Das Eisen hatte die Wange nur schwach versengt und nicht das ganze Fleisch weggebrannt. Er wollte den Beschuldigten schließlich nur als schuldig kennzeichnen. Der körperliche Schaden sollte sich in Grenzen halten. Es galt Blutvergießen zu vermeiden. Das stand nur der strafenden Obrigkeit zu und wäre vor einem Urteil aus seiner Hand Unrecht gewesen.

Der Schmerz war stechend, doch nicht groß genug, um den Puppenspieler in eine rettende Ohnmacht sinken zu lassen. Die Augen quollen ihm aus den Höhlen. Die Adern an Schläfen und Hals traten hervor, als wollten sie bersten. Er schrie auf wie ein Tier. Er drehte und wand sich, obwohl seine Arme fest an den Körper geschnürt waren. Auch die Füße hatte man ihm an den Stuhl gebunden; das alles hinderte ihn an einer Gegenwehr. Nur den Mund konnte er frei bewegen, von dort erwartete man die Wahrheit.

Er schrie erneut: »Ich war's nicht! Ich habe es nicht getan, so glaubt mir doch!«

»Der scheint mir verstockt, der Kerl«, sagte der Greve bitter und befahl dem Henker fortzufahren.

Der sah sich gelangweilt um, dann ging er zu den Schrauben und Eisenschuhen und schaffte sie vor sein Opfer. Er begann mit den Schuhen. Gemächlich schraubte er sie weit und passte sie Koerens nackten Füßen an. Als Nächstes besah er sich Arme und Hände des Gefesselten und schraubte auch dafür die Zwingen passend und setzte sie auf die Glieder. Dem Puppenspieler half kein Aufbäumen. »Bald hast du eine eherne Rüstung«, spöttelte Meister Hans. »Lass uns mal sehen, wie die dich schützt. Du glaubst ja an Gottes Hilfe.«

Dem Greve war es gar nicht recht, dass der Henkersknecht vor aller Ohren den Namen Gottes erneut in seinen ehrlosen Mund nahm. Vor diesem ehrenvollen Kreis in einen ehrlosen Mund! Er wollte aufbrausen, doch dann beherrschte er sich; er durfte den Fortgang der Tortur nicht behindern. Er wollte schnell zum Ziel kommen, das wäre dann sein Verdienst.

Bald drehten sich die Windungen der Schrauben, und die Eisen quetschten die Glieder, bis es knackte. Koeren schrie erneut auf. Er glaubte, Hände, Arme und Beine würden ihm platzen. Als die ersten Knochen brachen, wurde der Schmerz zu groß, und ihn umfing eine tiefe Ohnmacht. Das schwarze Nichts nahm ihn auf und mit ihm den Schmerz. Koeren sackte zusammen. Sein Kopf fiel mit einem letzten Stöhnen leblos auf die Brust.

»Du scheinst mir zu weit gegangen zu sein, Meister Hans!«, zischte der Greve vorwurfsvoll. »Wie sollen wir aus seinem Mund die Wahrheit erfahren, wenn du ihn mit deiner ungeschickten Folter schließt?«

Den Henker traf der Tadel hart. Er wusste, wie wichtig es war, es den hohen Herren recht zu tun. Unrein war er für alle Zeit, doch sein Amt und gutes Auskommen hing von der Zufriedenheit seiner Dienstherren ab. Deshalb zeigte er sich schuldbewusst und eilte beflissentlich an einen Trog mit kaltem Wasser, tränkte einen Lappen und frischte sein Opfer damit auf.

Er musste den Puppenspieler mehrmals ins Gesicht schlagen, bevor der aus seiner Ohnmacht erwachte.

Mit dem Licht kamen für Franz Koeren die Schmerzen wieder.

»Hast du im Traum die Wahrheit gesehen?«, fragte der Greve ihn fordernd.

Der Gaukler war zäh, sein Unschuldsbewusstsein weckte in ihm neue Kräfte. Er war immer noch nicht bereit, irgendetwas zu gestehen. »Nein«, rief er, »ich sah nur Dunkelheit nach all den Qualen! Was sollte ich auch sehen? Ich habe nichts getan!«

»Dann soll es weitergehen.« Und mit den Augen gab der Greve dem Henker den Befehl, den nächsten Grad der Marter anzuwenden.

Kurz danach hing Franz Koeren an der Winde, die in der Decke des Raumes verankert war. Seine gebundenen Hände waren mit einem Tau an dem Flaschenzug befestigt, und der Scharfrichter zog ihn erst langsam und dann schneller in die Höhe. Koeren litt an seinen verdrehten Gliedern entsetzliche Pein. Die wurde noch durch Kanonenkugeln vergrößert, die ihm der Henker zur Beschwerung an die Füße hing. Grelle Blitze platzten in seinem Kopf. Der Puppenspieler brüllte erneut.

»Du sollst uns nicht mit deinen Schreien stören. Du sollst nur die Wahrheit sagen«, drohte Meister Hans. »Gegen das Gebrüll haben wir ein Mittel, wie du weißt, dann müssen wir es eben einsetzen.«

Er bückte sich nach der Mundbirne auf dem Boden. Sie war heiß, so heiß, dass sie schmerzhaft sein würde. Sie durfte Koeren jedoch nicht die Möglichkeit nehmen, zu sprechen und zu gestehen.

Der Henker hatte an alles gedacht. Er fasste die Birne mit einem Lederhandschuh, damit er nicht selbst Schmerzen erlitt. Er riss mit der anderen Hand das Kinn des Wehrlosen herunter und steckte ihm die heiße Birne in den Mund.

Koeren wollte dieses Vorhaben mit seiner Zunge abwehren, doch sie zog sich bei der Berührung des heißen Eisens zurück. Der Schmerz füllte nun auch noch seine Mundhöhle. Er schlug mit dem Kopf wild hin und her, aber sein Geschrei war verstummt und in ein leises Grummeln übergegangen.

»Gib Zeichen, wenn du gestehen willst. Es gibt keinen hier im Raum, der dir weiter Schmerzen wünscht. Wir warten nur auf die Wahrheit«, forderte ihn der Henker beschwörend auf.

Der Puppenspieler blieb standhaft. Selbst als die ersten Sehnen krachten, sträubte sich alles in ihm zu gestehen. Er war kein Bösewicht. Er glaubte immer noch daran, dass es irgendetwas gab, was dem Guten zum Sieg verhalf und ihn retten und erlösen würde. Er war unschuldig! Als die Pein am größten war und der Flaschenzug am höchsten Punkt, kam eine kurzzeitige Erlösung: Er fiel erneut in tiefe, schmerzlose Bewusstlosigkeit.

Der Henker ließ ihn, schon der hohen Herren wegen, diese Erlösung nicht lange genießen. Mehrere Zuber kalten Wassers trafen den gemarterten Leib und holten den Gepeinigten in die Wirklichkeit zurück.

Der Henker fuhr fort zu zeigen, auf welcher Seite die besseren Argumente lagen. Er setzte den Gefangenen auf einen dreibeinigen Holzschemel. Um den Hals legte er ihm ein Lederband, das innen sechs Reihen von je fünfzehn scharfen Dornen hatte. Dieses Folterwerkzeug befestigte er mit zwei Stricken an der Wand des Verlieses und zwang den Beschuldigten, damit aufrecht zu sitzen.

Solange Koeren aufrecht blieb, geschah ihm nichts. Aber die erlittenen Torturen und die geschundenen Sehnen führten fast augenblicklich dazu, dass sein Kopf nach vorn fiel und sein Leib in sich zusammensackte. Sofort drangen die scharfen Dornen in seinen Hals und verursachten weitere schlimme Wunden.

Der Henker schob den Feuertopf vor Koeren hin, um ihn zusätzlich mit dessen heißen Rauch zu quälen. Der beißende Qualm stieg kräftig empor. Der Puppenspieler war augenblicklich bemüht, ihm auszuweichen. Er versuchte, den Kopf zu heben und wegzudrehen. Da fuhren die grässlichen Dornen schon wieder unter seine Haut, und dies an neuen, unversehrten Stellen. Das war der Pein zu viel, Koeren wollte ein Ende. Er war nun bereit, alles zu tun, was man von ihm verlangte. Er versuchte die Bereitschaft mit Gesten zu zeigen.

Der Henker hatte in seinen Augenwinkeln gesehen, dass sein Opfer kapitulierte. Doch er ließ sich Zeit, den armen Tropf aus seiner schlimmen Lage zu befreien. Er wollte sichergehen, dass die Erlösung von der Pein nicht neue Kräfte weckte. Er wollte das Geständnis jetzt und ohne Widerruf!

Erst nach einiger Zeit reagierte er auf die Signale. »Du willst uns was sagen, Bursche? Da muss ich dir wohl helfen.« Vorsichtig löste er das Dornenband von Koerens Hals.

Der Puppenspieler wollte nicht weiter gequält werden. Trotz der Schmerzen der offenen Wunden nickte er unentwegt. Man sollte seine Bereitschaft zu gestehen auf jeden Fall erkennen. Der Scharfrichter griff in seinen Mund und zog die Birne heraus. Sie war mit blutigem Schleim verschmiert, und aus dem Mund, den der Arme gar nicht mehr schließen konnte, tropfte ein langer Faden Rotz und Blut. Er wurde immer länger, riss schließlich ab und klatschte auf den Boden, um schnell wieder anzuwachsen.

Nun sah der Greve seine Stunde gekommen. »Du kennst unsere Vorwürfe und Beweise. Willst du nun endlich dein Gewissen erleichtern? Willst du gestehen?«

In Koeren war der Widerstand gebrochen. Ein schwaches Grunzen, das ein Ja sein sollte, entfuhr seinem geschundenen Mund. »Alles ist, wie Ihr wollt und sagt«, stöhnte er mehr, als dass er sprach. »Doch gönnt mir Ruhe!«

Der Greve schaute sich fragend im Kreis der Schöffen um: »Nun denn, wir haben gehört, auf was wir so lange gewartet haben. Nun bleibt uns nur eine Wahl: Der Mörder muss des Todes sterben. Ich schlage vor, dass dies auf dem Neumarkt geschieht. Dort hat er seinen feigen Mord auch vorbereitet. So grausam er getötet hat, so grausam wollen wir ihn richten. Er gehört aufs Rad, kein anderer Tod scheint mir gerechter.«

Die Schöffen stimmten zu, und ihr Beschluss erfolgte einstimmig. Das Urteil musste nun nach Brauch und Sitte am nächsten Tage auf dem Domhof verkündet werden. Die Vollstreckung erfolgte auf dem Fuße.

Schnell wie ein Feuer verbreitete sich die Neuigkeit in der Stadt. Mit Spannung wartete die Bevölkerung auf das grausige Schauspiel, auf die Rache an dem Mörder eines der ihren.

Von dem Gequälten verlangte man am späten Abend die Konfirmierung, die Bekräftigung seines Geständnisses. Der Puppenspieler war zu schwach, um sich nochmals gegen sein Schicksal aufzulehnen.

Meister Hans sprach ihm gut zu: »Die Würfel sind gefallen. Es liegt an dir, wie sehr du leidest. Ich kann dir mit dem Rad den Brustkorb so eindrücken, dass es nicht mehr allzu lange dauert, bis du stirbst. Sei klug, bedenke, was du tust, und bleibe bei deinem Geständnis.«

Koeren gestand erneut, was er gar nicht getan hatte. Seine Hinrichtung konnte am nächsten Tag ihren Lauf nehmen …

Wenn das Leben beginnt, hätte man Grund genug zur Angst, hat aber keine; wenn es endet, hat man Angst genug, aber keinen Grund.

(Karlheinz Deschner)

Nachdem das Todesurteil gefällt war, trafen Greve und Schöffen nochmals in der Schöffenkammer zusammen. Der Greve fragte jeden der Schöffen um sein Einverständnis. Die gaben ihre Zustimmung mit den gebotenen Worten: »Dat deylen ich myt der bennyger clocken.«

Dann wurde die Bannglocke angeschlagen. Der zum Tode Verurteilte wurde vor die Schranken des Gerichts zwischen die vier Schöffenbänke geholt. Der Schöffenmeister ging von einem Schöffen zum anderen und fragte ihn eindringlich, ob er sich seiner Verschwiegenheitspflicht bewusst sei. Nachdem dies alle Schöffen versichert hatten, erhoben sie sich aus den Bänken und schritten dem Verurteilten auf dem Weg zum Stein voran.

Der berühmte blaue Stein stand auf dem erzbischöflichen Domhof. An ihn wurde jeder Missetäter zum Zeichen der Anerkennung der hochrichterlichen Gewalt des Erzbischofs dreimal mit dem Rücken gestoßen.

Der Morgen war grau, kalt und nass, so recht geschaffen, um sich von der Welt zu verabschieden. Den Gaukler hatte man auf einen Holzwagen gesetzt. An seiner Seite saß ein Benediktinermönch in seinem schwarzen Ornat. Der Wagen war auf den Domhof gefahren, und um ihn herum standen nun viele Amtspersonen. Der Domplatz war gefüllt mit neugierigen Bürgern. Nach der Verkündigung des Urteils wollte man dem Zug zur Richtstätte folgen. Keiner wollte die Hinrichtung versäumen.

Auch Meister Hans war schon anwesend. Er trug sein großes Richtschwert und hatte eine spitze schwarze Kapuze mit kleinen Augenlöchern übergestülpt. Er schritt gewichtig auf dem Platz hin und her und erschreckte die zuschauenden Kinder und Frauen durch Drohgebärden. Die Stimmung der Wartenden wurde immer aufgewühlter.

Franz Koeren bekam von alledem nichts mehr mit. Die erlittenen Torturen hatten ihn geschwächt. Der Henker hatte ihn zudem ruhiggestellt, ihm heißen, schweren Wein eingeflößt und ihn damit betäubt.

Plötzlich trat Stille ein. Der Greve wand sich an zwei der Schöffen und fragte: »Ist nun Richtzeit?«

Die beiden Schöffen antworteten deutlich mit »Ja«.

Da hob der Greve den Stab über seinen Kopf, und in der Totenstille hörte man ihn brechen. Damit wurde das Urteil unwiderruflich.

Der Scharfrichter schritt auf den Henkerskarren zu. Er brauchte die Hilfe zweier Gesellen, um den Todgeweihten herunterzuholen und aufrecht zu halten.

Erstes Murren war zu hören. Die Leute wollten den Mörder leiden sehen. Ein Halbtoter brachte nur halb so viel Spaß.

Die Henkersknechte schleppten den Gaukler zu dem blauen Stein, der in einer Säule eingelassen war, und der Henker stieß ihn dreimal mit dem Rücken dagegen. Er rief dabei mit lauter Stimme: »Ich stüssen dich an dä blaue Stein, du küss din Vader un Muder nit heim.«

Der Greve wandte sich an den Puppenspieler: »Du siehst, dass du nun sterben musst. Hast du noch eine andere Missetat vollbracht, für die ein Unschuldiger in Verdacht kommen könnte, so gestehe sie jetzt! Auch solltest du uns wissen lassen, wenn noch ein anderer an der Tat, derentwegen du sterben musst, als Helfer oder Mitwisser beteiligt war.«

Koeren schüttelte nur stumm den Kopf.

Der Greve wies zwei Schöffen und den Gerichtsschreiber an, zur Hinrichtungsstätte vorzureiten, um alles für die Vollstreckung des Urteils vorzubereiten. Der Puppenspieler wurde auf den Wagen zurückgetragen, und der Zug setzte sich prozessionsartig Richtung Neumarkt in Bewegung. Vornan saß der Greve hoch zu Ross. Vor ihm gingen Wegbereiter, die die Gaffer zurückdrängten und die Straßen von Hindernissen befreiten. Ihnen folgte der Henker. Er war darum bemüht, Angst und Schrecken zu verbreiten. Die Büttel und Gewaltrichterboten schlossen sich an und stachen in ihrer Buntheit von dem schwarzen Henkerskarren ab. Erst dann kamen die Honoratioren und anderen Bürger.

Zunächst rollte der Zug über die Hohe Straße und bog dann auf die Schildergasse. Der Henkerswagen bewegte sich langsam und knarrend. Dem Todgeweihten schlugen Schmähworte entgegen. Er wurde angespuckt, und man wünschte ihm alles Übel der Welt an den Hals.

Fordolf, der kleine, buckelige Dominikaner, nutzte den Auflauf der Massen, um wieder in zündenden Worten vor den Qualen der Hölle zu warnen. Als der Karren an ihm vorbeifuhr, geiferte er: »Du wirst des Himmels Seligkeit schwerlich wie ein unschuldiges Kind erlangen. Auf dich wartet Höllenfeuer und Qual.« Drohend schüttelte er seine Fäuste gegen den Verurteilten.

An Franz Koeren ging alles vorbei wie im Traum. Nur der Benediktinermönch neben ihm stach von dem rohen Verhalten der anderen ab. Er mahnte den Verurteilten salbungsvoll, seine Missetaten zu bereuen, um so doch noch die Seligkeit zu erlangen. »Nicht der Tod ist das große Übel, Bruder, sondern die Verdammnis. Bereue, und ein Engel wird deine Seele gen Himmel bringen.« Er hielt ihm sein Kreuz entgegen und einige stöhnende Laute aus dem Munde des vermeintlichen Mörders konnte man bei gutem Willen als Bestätigung seiner Reue auslegen.

Der Weg zum Neumarkt war nicht lang. Für die Honoratioren hatte der Rat dort eine Tribüne aufbauen lassen, je achtzehn Fuß lang und breit. Auch sonst war jede freie Stelle mit Zuschauern gefüllt. Diejenigen, die den Zug begleitet hatten, fanden nur mit großem Drängeln noch Platz.

Vor der gemauerten Säule hielt der Henkerswagen an. An ihr wurde das Rad befestigt. Fanfaren erklangen und verkündeten, dass die Hinrichtung kurz bevorstand. Für einen Moment verstummte der Lärm der Herumstehenden. Doch bald sorgten Spannung und Aufregung wieder für eine lebhafte Geräuschkulisse, die das Verstehen einzelner Worte unmöglich machte.

Der Scharfrichter und seine Knechte hoben das Rad vom Wagen. Dann holten sie den Verurteilten herab. Der leistete keine Gegenwehr und folgte ihnen willenlos. Sein Kopf hing herab und die Beine bewegten sich mechanisch. Sein Büßerhemd war zerrissen, und einige Blessuren der Folter lagen bloß vor den Blicken der Zuschauer. Bei allem Gejohle gab es einige, die leise, fromme Weisen anstimmten. Aber wie immer obsiegten die Lauten und Bräsigen. Männer klatschten johlend in ihre derben Hände und vollführten obszöne Gesten. Die Büttel legten Koeren auf den Boden, spreizten ihm Arme und Beine und banden sie an Pflöcken fest. Zum ersten Mal zeigte er Reaktionen, wie sie die Leute hören und sehen wollten. Der Schmerz an den geschundenen Gliedern wurde zu groß, als man seine Glieder bewegte. Koeren versuchte sich zu wehren und schrie wie ein gequältes Schlachtopfer. Ein Schauer lief über manchen Rücken.

Bevor der Scharfrichter mit dem Richten begann, trat er vor sein Opfer hin und bat es, wie es der Brauch verlangte, um Verzeihung für das Leid, welches er ihm im Namen der Gerechtigkeit nun zufügen musste. Koeren zeigte keine Reaktion. Der Henker nahm das Rad, hob es über den Kopf und ging mit ihm einmal im Kreis herum. Schließlich näherte er sich dem Delinquenten und begann dessen Arme und Beine mit stumpfen Schlägen zu brechen. Knochensplitter schauten aus dem Fleisch und erneute Schmerzensschreie offenbarten die Leiden des Todgeweihten. Zum Abschluss dieser Tortur hob Meister Hans das schwere Rad über den Kopf und ließ es mit voller Wucht auf den Brustkorb seines Opfers fallen. Als es dort auftraf, drückte er mit seinem ganzen Gewicht nach. Er hatte schließlich dem Mörder versprochen, ihm seine letzte Reise zu erleichtern. Ihm war, bei seiner Ehrlosigkeit, das gegebene Wort heilig, und so hielt er sein Versprechen Wort für Wort. Koerens Rippen brachen nun ebenfalls knirschend und bohrten sich in die Innereien. Der Gaukler verlor endgültig das Bewusstsein. Die Henkersgehilfen befestigten das Rad an der Säule und spannten den Bewusstlosen drauf.

Meister Hans gab dem Geräderten höchstens noch eine halbe Stunde zu leben.

Der Benediktinermönch fand letzte fromme Worte, bevor er sich von der Richtstätte begab: »Also sprach der Herr, der leibliche Körper ist vergänglich, und was vergänglich ist, wird vergehen und aufhören zu sein, und von diesem Moment an besteht keine Hoffnung mehr auf Leben.«

Den sensationslüsternen Zuschauern war nicht allzu viel geboten worden. Sie zeigten lautstark ihre Unzufriedenheit. Als der Gerichtete sein

Bewusstsein nicht zurückfand und nur noch reglos in den Seilen hing, verzogen sie sich murrend.

Auch die hohen Herren verließen den schaurigen Platz. Der Greve lud alle Respektspersonen zum gemeinsamen Essen.

Schon bald wurde getafelt und getrunken. Man war zufrieden mit sich selbst. Man hatte schnell ermittelt und bestraft. Der Puppenspieler war bald vergessen. Andere Probleme traten in den Vordergrund und wurden Gesprächsthema.

Als das Essen vorbei war, blieben viele Reste übrig. Die wurden von den Mägden des Greven am Südportal des Domes an die Armen verteilt. Somit hatten auch Bettler, Krüppel und Kranke noch einen Festtag. Auch sie ließen Brosamen fallen, und die fanden gierige Fresser.

Als es dunkel wurde, wuselte eine große Zahl grauer Nager aus ihren Löchern und tat sich daran gütlich. Die Ratten fühlten sich wohl im Schmutz von Köln. Sie fanden immer etwas zu beißen und waren dabei fett geworden. Ihre Zahl hatte stark zugenommen.

Der Tag ging zu Ende, wie er begonnen hatte, leise, grau in grau. Franz Koeren lebte nicht mehr. Er war unschuldig und qualvoll gestorben. Ein Mörder lebte statt seiner unentdeckt weiter in der schlafenden Stadt!

Es ist ein Fluch, Erlöser zu sein, die Welt ist zu böse,
ihre Erlöser können nicht gut sein.

(Manes Sperber)

Es war Nacht, er konnte nicht schlafen. Seine nervösen Hände lagen auf dem kalten Stein der Fensterbank. Ihn fröstelte, denn der kalte Hauch der Herbstnacht drang zu ihm durch den Fensterschlitz herein. Meist waren die Herbsttage in Köln nur mäßig kalt, aber feucht. Dann füllten über dem Kölner Becken schwere Wolken den Himmel, verdeckten tagsüber die Sonne und nachts den Mond und die Sterne. Diese Nacht war anders. Sie war eisig und klar. Es war Vollmond und viele Sterne glitzerten am Himmel. Sein Blick suchte das fahle Licht und ihm war, als könnte er tief in den Himmel hineinsehen. Die Lichtstrahlen verwandelten sich in seiner Vorstellung in eine Straße, die bis zum Himmel reichte. Sie war mit Teppichen ausgelegt und von zahllosen Lampen erleuchtet. Oben stand strahlend ein Mann von Ehrfurcht gebietendem Aussehen und fragte ihn, für wen dieser Weg wohl sei. Er wusste es nicht, wagte nur zu hoffen. Da sagte der Strahlende zu ihm: »Das ist der Weg, auf dem du, den der Herr liebt, zum Himmel emporsteigen wirst.« Sein Herz weitete sich, und er war wie immer bereit, alles für Gott zu tun. Solange ich noch ein Kind vor dem furchtbaren Los der Hölle erretten kann, bin ich bereit, es zu himmeln, denn ich weiß, ich erfülle den Willen Gottes, dachte er.

Jeder Mensch spürte zu Beginn seines Lebens, was seine innere Bestimmung sein wird. So hatte er schon als Knabe danach gestrebt, Gottes Willen zu erfüllen. So sollte es bleiben. Seine Unruhe wuchs. Gestern hatten sie den Gaukler gerädert. Der hatte für ihn die Schuld übernommen! Das erweckte in ihm kein Schuldgefühl. Er hatte mit seiner Tat doch nur Gottes Willen befolgt.

»Und wer mich dafür hasst, der hasst auch meinen Vater, den allmächtigen Gott«, flüsterte er. Das fahrende Volk war zudem sündig und ehrlos, vielleicht ersparte die erlittene Pein auf Erden dem Puppenspieler nun einen Teil seiner Zeit im Fegefeuer. Konnte der Gaukler sich Besseres wünschen? Ihn drängte es, erneut Gottes Willen zu erfüllen. Wie es im Vaterunser hieß: Dein Wille geschehe, wie im Himmel, so auf Erden …

Er hatte die ganze Zeit über eine neue Möglichkeit nachgedacht, Tag und Nacht. Er hatte sie schließlich gefunden. Gott hatte ihm den Weg mit einem Bibelspruch gewiesen: Wahrlich, ich sage euch, wer nicht das Reich Gottes annimmt wie ein Kind, der wird nicht hineinkommen. Er hatte einen würdigen Knaben gefunden. Er würde ihm helfen, ins Himmelreich zu kommen! Matthäus Kapitel sechs hatte ihm den Zeitpunkt genannt: Darum sorge nicht für morgen, denn der morgige Tag wird für das Seine sorgen. Morgen sollte es geschehen! Diese Erkenntnis ließ wieder Ruhe in ihm einkehren. Er würde der Tröster eines weiteren Knaben! Ein Stein fiel ihm vom Herzen.

Sein Blick ging gen Himmel. Seine Lippen bewegten sich lautlos zu einem Dankgebet. Dann ging er zurück zu seinem Lager, legte sich nieder und schlief für den Rest der Nacht fest und traumlos. Die dicke Ratte, die lauernd in der Ecke gekauert hatte, um den Mann mit ihren giftigen kleinen Äuglein zu beobachten, verzog sich.

Wir haben den Knaben gesetzt auf die Bühne,
worauf er künftig spielen soll.
Es geht dem Unschuldigen wohl!
Wir vertrauen ihn dir an, Erde, du grüne.

(Ernst Moritz Arndt)

Obwohl sich der Kaufmann Walther Eck nach Osten auf Fernfahrt begeben hatte, war sein Haus nicht leer. Nicht nur das Gesinde hütete es ein, auch seine beiden Söhne Jakob und Konrad waren unter Aufsicht zurückgeblieben. An diesem Morgen war Jakob, der Ältere, früh aufgestanden. Er hatte viel vor, und die Zeit sollte ihm nicht zwischen den Fingern zerrinnen. Er war gewaschen und angekleidet. Sein dunkles, glänzendes Haar war gekämmt, und so saß er bei Ermelind, der dicken Haushälterin, und aß mit Genuss sein Morgenmahl.

»Ich muss mich sputen, will vor der Probe des Chors noch ans Grab unserer Mutter gehen und für sie beten«, sagte er mit halbvollem Mund.

Die Alte schaute liebevoll auf und strich ihm über das Haar. »Du bist ein guter Junge. Doch pass auf, bleib auf dem Weg. In der Stadt wimmelt es von gefährlichem Gelichter.«

Der Knabe lachte hell auf. »Gott wird mit mir sein, so muss ich keine Angst haben. Außerdem bin ich schon groß«, fügte er hinzu. Dann zog ein Schatten über sein junges Gesicht. Er fühlte, wie ihn Trauer überkam. Er musste an seine Mutter denken. Sie war bei der Geburt seines Bruders gestorben. Er hatte den Jüngeren dafür anfänglich richtig gehasst. Wie lieb hatte er seine Mutter gehabt. Sie war gütig und zärtlich gewesen und hatte immer ein offenes Ohr für seine Sorgen gehabt. All das war seit damals vorbei …

Die Haushälterin, die Köchin und die Mägde konnten kein Ersatz für seine Mutter sein, und sein Vater war rau und streng und selten zu Hause.

So fraß der zarte Junge Kummer und Sorgen meist in sich hinein. Seine Liebe widmete er Gott. Bei ihm fand er Trost. Wenn er mit seiner hellen Stimme im Domchor Choräle schmetterte, wurde er für kurze Zeit glücklich. Auch die Übungsstunden bei seinem Privatlehrer erwartete er stets mit Ungeduld. Mit ihm hatte er Lesen gelernt und danach vieles in der Bibel gefunden, was ihm Halt und Stütze wurde. Er fand es schön, an diesem Morgen seine Gedanken schweifen zu lassen. Konrad schlief noch. Gott sei Dank, denn der war geschwätzig und hätte ihn mit Fragen gelöchert. Die Haushälterin verschwendete kein Wort an ihn. Sie hatte in ihrem Reich genügend zu tun.

Seine Gemütlichkeit musste ein Ende finden. Er wollte hinaus. Er zog sich warm an, rief einen Abschiedsgruß in die Küche und trat auf die Straße. Dort waren erst wenige Bürger unterwegs. Wie hieß es doch: Morgenstund hat Gold im Mund. Das nahm wohl in Köln kaum einer ernst, dachte er belustigt.

Das Grab seiner Mutter lag auf dem Friedhof an der Gereonskirche. Er machte sich auf Richtung Dom, musste dann den Domhof queren, um zum Friedhof zu kommen. Bald sah er den Dom vor sich. Der gewaltige Kirchenbau war ein beeindruckendes Zeichen für Pracht und Reichtum seiner Vaterstadt, auch wenn er noch nicht vollendet war. Die Klarheit der Nacht war dem schmuddeligen Kölner Herbstwetter gewichen. Die Luft war mit Feuchtigkeit getränkt, und schnell wurde Jakobs wollener Umhang klamm. Er beschleunigte seinen Schritt, um möglichst schnell ans Ziel zu kommen. Die Gegend wurde immer freier. Der Weg führte ihn durch Felder und Weingärten. Dann stand das Stift Sankt Gereon vor ihm. Es lag im Halbrund. Den Türmen mit jeweils zwei Säulenfenstern war die Taufkapelle vorgebaut. Dahinter lugte fast gleich hoch das Dekagon des Haupthauses hervor. Auf seiner Spitze befand sich ein goldenes Kreuz.

Jakob liebte die Kirche. Sankt Helena, die Mutter des römischen Kaisers Konstantin hatte den Bau gestiftet. Der Name erwärmte sein Herz, denn seine Mutter hatte ebenfalls Helene geheißen. Sehr oft besuchte er das Innere der Kirche und betete vor dem Wandbild der Heiligen für das Seelenheil seiner Mutter.

Zwischen stattlichen Bäumen hindurch ging der Weg über die Felder am Stift vorbei, an dessen linker Seite ein kleiner Friedhof lag. Mittlerweile war Jakob ganz allein. Alles um ihn herum wirkte in der diesigen Feuchtigkeit irgendwie bedrohlich. Der Knabe schritt tapfer voran. Die kleine Pforte in der Friedhofsmauer war nur angelehnt und bewegte sich leicht im Wind. Jakob drückte sie mit seiner rechten Schulter auf und betrat den Friedhof. Gräber und Kreuze, so weit er sehen konnte, umfingen ihn.

Den Weg zu dem Grab seiner Mutter hätte er mit geschlossenen Augen gefunden. Schon bald kniete er vor dem Stein, in den ihr Name geschnitten war. Furcht und Gruseln fielen von ihm ab. Er war bei ihr und fühlte sich geborgen. So verweilte er, mit der Mutter verbunden, für längere Zeit.

Er konnte sich nur langsam wieder von ihr lösen. Seine innere Uhr sagte ihm plötzlich, dass er dies müsse, um pünktlich zur Chorprobe im Dom zu sein. Mit einem Seufzer erhob er sich von den Knien. Sie waren ganz steif geworden und wollten wegknicken. Nach einigen Lockerungsübungen stand er wieder fest auf den Beinen …

Irgendetwas war nun anders. Er hatte das Gefühl, nicht allein zu sein. Und wirklich, stechende Augen hatten ihn schon länger beobachtet. Hinter einem hohen Grabstein in seiner Nähe schlug ein menschliches Herz in wachsender Erregung. Es pochte bis an den Hals seines Besitzers. Dessen Atem wurde schneller, und voll Scham merkte er, dass sich sein Geschlecht versteifte. Er spreizte seine Beine leicht und drückte seine Rechte fest auf sein anschwellendes Glied. Diese Erregung war Sünde, er wollte nichts für sich tun, sondern für Gott den Herrn! Ihm wollte er den Wunsch erfüllen: Oh lasset die Kindlein zu mir kommen! Er betete leise: »Lass mich dir, oh Herr, die Seele des Knaben anvertrauen, auf dass ihm ewiger Friede gewährt wird und er das Glück der Ewigkeit erleben darf.«

Seine Daumen und Zeigefinger näherten sich einander und formten einen Kreis. Es schloss sich der Kreis, Anfang und Ende, die Vollendung wurde sichtbar.

Er hatte sich vor Aufregung in die Lippen gebissen. In seinen Mundwinkeln klebte Blut. Nun hatte er die Trauer des Jungen lange genug respektiert. Die Zeit war reif, sich seiner anzunehmen. Eingehüllt in sein dunkles Gewand trat er aus dem Schatten des Grabsteins hervor und kreuzte den Weg des Knaben. Der schreckte zurück und erstarrte in Furcht. Diese düstere Gestalt war eine Bedrohung und es drängte ihn zu fliehen. Aber dann erkannte er das Gesicht des Fremden, und ihm fiel ein Stein vom Herzen. Er kannte den Mann. Er hatte nichts Böses zu befürchten. Jakob lächelte ihn an und grüßte ehrerbietig …

»Du bist ein guter Junge. So früh am Morgen ins Gebet versunken zu sein wird Gott gefallen.«

»Ja, Herr, ich habe meine tote Mutter besucht«, antwortete Jakob schlicht.

Der Mann streckte ihm seine Rechte entgegen, nahm ihn an der Hand. Er sagte dabei: »Komm, lass uns ein Stück des Wegs gemeinsam gehen.«

Jakob stimmte gerne zu. Er merkte in seiner Erleichterung nicht, dass der Mann ihn weg vom Hauptweg führte. Der Weg wurde immer schmaler und uneinsehbar. Er schob das Kind vor sich her und führte es mit der Hand auf seiner Schulter. Dass seine andere Hand unter dem Umhang verschwand und mit einem Kissen wieder hervorkam, bemerkte der Junge nicht.

Nun ging alles sehr schnell. Ihn durchfuhr eine ruckartige Bewegung, und seine Füße lösten sich vom Boden. Gleichzeitig wurde ihm das Kissen vor sein Gesicht gepresst und raubte ihm Sicht und Atem. Der Mann drückte unbarmherzig zu, und schon bald explodierten rote Blitze vor Jakobs Augen. Er versuchte sich zu wehren. Alle Anstrengung blieb jedoch erfolglos. Jakob zappelte noch einen Moment, wie das Opfer einer Spinne im Netz, dann stockte sein Atem und vor seinen Augen wurde es schwarz. Ohne zu erfahren warum, hauchte er sein junges Leben aus.

Der Mörder ließ den leblosen Körper auf ein weiches Bett von totem Laub gleiten. Er streichelte mit den Händen das wächserne Gesicht und nahm ihm die Zeichen des Todeskampfes. Der Körper war noch nicht von der Todesstarre erfasst, und so sahen die Züge bald wieder so friedlich aus, wie sie vorher gewesen waren. Aus seinem Umhang zog der Mörder ein linnenes Gewand und kleidete den Knaben damit. Er ging so ehrerbietig vor, als führte er eine sakrale Handlung durch. Dann faltete er die Hände auf der schmächtigen Brust des toten Knaben und legte, wie bei Hannes, ein Holzkreuz davor. Es glich ihm wie ein Ei dem anderen. Er segnete den kleinen Leichnam. Alles Schwere fiel von ihm ab. Er war Gott zu Diensten gewesen und fühlte sich frei und glücklich. Er sah sich sorgsam um. Er war unentdeckt geblieben. Dann wand er sich ab und floh. Seine eingemummte Gestalt verschwand hinter den Nebelschleiern …

Erbarm dich mein, o Jesu Christ,
Der du für mich gestorben bist;
Sieh an mein Angst und große Not,
Errette mich, du treuer Gott.

(Angelus Silesius, Heilige Seelenlust)

Im Wohnraum war es kalt, aber Ermelind ging nicht der Kälte wegen im Zimmer auf und ab, sie trieb tiefe Besorgnis. Vor Aufregung kratzte sie den großen Pickel auf ihrer Nase blutig. Jakob war ein vernünftiger Junge, man konnte sich auf ihn verlassen, und er war stets pünktlich. Doch inzwischen war er schon eine Stunde über die Zeit. Es war bereits spät am Nachmittag, und der Lehrer hatte das Eck'sche Haus schon wieder verlassen. Er war es leid gewesen zu warten. In Ermelinds Hirn überschlugen sich die Gedanken. Die Stunde mit dem Lehrer war Jakob heilig. Es konnte nur etwas mit ihm passiert sein, sonst wäre er da gewesen. Ermelind musste etwas unternehmen, aber was? Schließlich fasste sie einen Entschluss. Alwin, Jakobs bester Freund, sang mit ihm im Domchor. Sie beschloss, zu seinem Elternhaus zu eilen, um vielleicht dort etwas über Jakobs Verbleib zu erfahren. Sie zog sich sorgfältig an und eilte Richtung Schildergasse, wo Alwins Familie in einem der prächtigen Giebelhäuser wohnte. Hoffentlich würde sich bald alles aufklären!

Inzwischen hatte der Betrieb auf den Straßen zugenommen. Immer wieder musste die korpulente Frau Reitern ausweichen, die gedankenlos durch den Matsch preschten und die Fußgänger mit Schmutz besudelten. Sperrige Handkarren machten den Weg eng. Man konnte nicht aufmerksam genug sein, wollte man unverletzt und einigermaßen sauber an sein Ziel kommen.

Die schwere Haustür war frisch in dunklem Rot gestrichen. Ermelind betätigte den Türklopfer aus Bronze. Er prangte wie ein Schmuckstück mitten auf der Tür. Die Tür wurde ihr nach wenigen Herzschlägen geöffnet. Eine ältere Frau in schwarzem Kittelkleid und mit weißer Haube sah sie neugierig, fast ein bisschen hochnäsig an.

Ermelind grüßte freundlich und sagte: »Ich bin aus Walther Ecks Haushalt und hätte gerne die Herrin des Hauses gesprochen.«

Die Augen der Frau wurden etwas freundlicher. Die Ecks waren eine angesehene Kaufmannsfamilie, die Besucherin war also aus gutem Hause. Sie forderte Ermelind höflich auf, einzutreten. »Ich werde dich bei Frau Mangold anmelden.«

Die beiden Frauen waren inzwischen bis zur Wohnstube durchgegangen. Dort blieb Ermelind aufgeregt zurück.

Es verging nur kurze Zeit, bis Frau Mangold den Raum betrat. Sie war, wie Ermelind erkennen konnte, zum Ausgehen gekleidet. Man merkte ihr deutlich an, dass sie von dieser Störung nicht sehr angetan war.

»Was kann ich für dich tun?«, wandte sie sich brüsk und grußlos an die Haushälterin.

Ermelind berichtete ihr von ihren Sorgen.

Ihr Bericht stimmte Frau Mangold milder. Sie rief die Magd herbei und befahl ihr: »Ruf Alwin und bring ihn her. Er dürfte wissen, was mit Jakob ist. Schließlich kleben sie immer wie Kletten aneinander.«

Die Magd eilte hinaus, und die Frauen blieben schweigend zurück. Als der kleine Alwin durch die Zimmertür trat, schlug Ermelind das Herz bis an den Hals. Bald würde sie Gewissheit haben. Sie war so ungeduldig, dass sie nicht einmal wartete, bis die Mutter ihren Sohn befragte.

»Mein guter Junge«, wandte sie sich an ihn, »du bist doch heute zusammen mit Jakob im Chor gewesen. Sag mir bitte, was Jakob danach tat. Ging er vielleicht sogar ein Stück des Weges mit dir nach Hause?«

»Nein«, antwortete der Knabe schnell, »er war heute gar nicht bei der Probe. Wir dachten, Jakob sei krank. Seine Stimme wurde beim Singen sehr vermisst.«

Eine schlimmere Antwort hätte sich Ermelind nicht denken können. Ihr Junge war also überhaupt nicht im Dom angekommen! Schon auf dem Weg zum Grab seiner Mutter musste etwas mit ihm geschehen sein.

Tränen stiegen ihr in die Augen, dann stammelte sie: »Nein, krank war er nicht, er verließ heute Morgen das Haus und wollte vor der Probe noch ans Grab seiner Mutter bei Sankt Gereon.« Dann drehte sie sich zur Hausfrau um und sprach: »Hier kann mir wohl niemand helfen. Jakob muss viel früher etwas geschehen sein. Hoffentlich werde ich ihn gesund und munter finden!« Sie knickste leicht, und mit einem Schluchzer, der aus ihrer Brust entfloh, trollte sie sich.

Ohne groß nachzudenken, strebte sie auf das Eck'sche Haus zu. Plötzlich hielt sie inne. Was wollte sie da? Dort würde Jakob nicht sein. »Was soll ich nur tun?«, flüsterte sie. Von Jakobs Familie war niemand in der Nähe, den sie um Hilfe bitten konnte.

Endlich kam ihr eine Idee: Kaufmann Heriman Odenthal war Ecks bester Freund und Jakobs Pate. Mit ihm oder seiner Schwester Mechthild musste sie sprechen! Wenn ihr jemand bei der Suche helfen konnte, dann einer der beiden.

Sie änderte die Richtung. Der Blaubach war ihr nächstes Ziel.

Der Kaufmann war nicht zu Hause, doch Ermelind traf Mechthild an. Die stattliche Frau erkannte die rundliche Haushälterin sofort und merkte, dass sie in Sorge war. Sie sah sie mit ihren wachen blauen Augen an und lächelte. »Was gibt es, Ermelind? Hast du Kummer? Kann ich dir helfen?«, fragte sie freundlich.

Die herzliche Art des Empfangs nahm Ermelind die letzte Hemmung. Es sprudelte aus ihr heraus, wie aus einem Wasserfall: »Jakob ist verschwunden. Ich bin schuld daran. Herr Eck ist verreist und ich trage die Verantwortung für die Kinder. Der Junge verließ das Haus kurz nach Morgengrauen. Zum Grab seiner Mutter wollte er und dann zur Chorprobe.« Dann verschwamm ihr Redefluss in einem Meer von Tränen.

Mechthild hatte genug gehört. Es war etwas mit Walthers ältestem Sohn geschehen. Sie nahm die verzweifelte Haushälterin am Arm und drückte sie sanft auf einen Stuhl. In der Küche hatte sie einen Topf warmen Weins. Sie holte einen Becher davon, der würde der Armen guttun.

Ermelind hatte sich wieder etwas gefasst. Ihre nassen Augen sahen die Hausherrin an, und sie fragte: »Was kann ich nur tun?«

»Trink erst mal einen Schluck, der wird dich beruhigen. Dann wollen wir weitersehen. Schlag dir aus dem Kopf, dass du schuld bist. Man kann nicht alles, was passiert, verhindern. Wir alle sind in Gottes Hand. Er befiehlt uns unsere Wege!«

Als Ermelind zögerte, aus dem Becher zu trinken, half Mechthild nach, führte den Becher zum Munde der Verzweifelten und kippte ihn leicht, sodass Ermelind einfach trinken musste. Der starke Wein durchdrang ihren Körper und weckte ihre Lebensgeister wieder. Sie war nicht mehr allein, jemand half ihr, Hoffnung keimte in ihr auf.

Mechthild war derweil in ihren Gedanken schon damit beschäftigt, einen Weg zu finden, wie sie wirklich helfen konnte. »Hast du schon irgend etwas herausgefunden über die Zeit, in der Jakob außer Hause war?«, fragte sie ruhig.

»Aber sicher«, antwortete Ermelind. »Er ist nie bei den Chorproben angekommen. Sein Freund Alwin hat es mir erzählt. Jakob war heute Morgen nicht im Dom. Man glaubte dort, er sei krank.«

»Dann gibt es nur eins«, sagte Mechthild resolut, »wir müssen uns nach Sankt Gereon aufmachen. Ich war sowieso auf dem Sprung, Besorgungen zu machen. Ein kleiner Umweg ist halb so schlimm, erst recht, wenn er Licht in die Sache bringt.«

Die Frauen machten sich auf. Auf dem Domvorplatz trafen sie zwei Gewaltdiener. Mechthild sprach sie an: »Habt ihr irgendetwas über einen Jungen gehört, dunkle Haare, neun Jahre?«

»Solche Bengel gibt es wie Sand am Meer.« Der Sprecher grinste und zeigte eine breite Zahnlücke.

Mechthild fiel ihm ungeduldig ins Wort: »Nicht irgendeinen Gassenjungen, nein, einen Bürgerssohn, den Sohn von Kaufmann Eck, suchen wir. Er ist seit den frühen Morgenstunden verschwunden.«

Das Benehmen der beiden Gewaltdiener wurde sofort respektvoller. Ihnen war allerdings nichts zu Ohren gekommen, und selbst hatten sie auch nichts gesehen.

Bald waren die Frauen auf dem freien Feld angelangt. Das schnelle Gehen hatte Ermelind erhitzt. Sie atmete schwer und stöhnte: »Gott sei Dank ist die Luft hier etwas besser. Es herrscht nicht so ein Gestank wie in der Innenstadt, und es gibt auch nicht so viel Unrat wie in den Straßen. Ich sage Euch, Mechthild, irgendwann fressen uns noch die Ratten und das ganze Ungeziefer auf.« Mechthild fragte ihre Begleiterin: »Kennst du den Weg zum Grab von Jakobs Mutter?«

»Aber sicher«, antwortete Ermelind. »Wie oft habe ich den Jungen, als er noch kleiner war, dorthin begleitet. Ich finde die Grabstätte im Schlaf.«

Sie erreichten Helenes Grab, ohne dass sie irgendetwas von dem Knaben zu Gesicht bekommen hatten. Das Grab wies keine Besonderheiten auf.

Sie wollten enttäuscht den Rückweg antreten, als Mechthild ihre Schritte verzögerte. Auf dem feuchten Kies glaubte sie, eine schwache Spur zu erkennen, die vom Hauptweg zu einem kleinen Nebenweg führte. Sie machte Ermelind darauf aufmerksam und deutete mit ihrem Zeigefinger in die Richtung.

»Oh ja, Ihr habt recht!«, rief die mit neuer Hoffnung aus. »Vielleicht hat Jakob das Grab gepflegt. Dort hinten ist ein Haufen mit Kompost und altem Laub. Lasst uns den Bogen gehen. Vielleicht finden wir doch noch etwas.«

Die Frauen bogen in den Weg ein und folgten der schwachen Spur. Was sie fanden, überstieg alles, was sie sich in ihrer Phantasie ausgemalt hatten. Der Knabe ruhte auf einem Laubbett, wie der Mörder ihn hindrapiert hatte. Sein Gesicht war blass, seine Lippen blau. In dem hellen Leinenkittel, mit den gefalteten Händen und dem kleinen Holzkreuz auf der Brust, lag er da wie ein schlafender Engel.

Mechthild hatte im gleichen Moment Hannes vor Augen und wusste sofort, dass Jakob nicht schlief. Er war tot, gemeuchelt von einem Mörder! Genauso schnell erkannte sie, dass dies eigentlich gar nicht sein konnte. Der Mörder war längst gefasst und gerichtet. Er hing am Rad auf dem Neumarkt und hatte seine Strafe erhalten. Aber auch Herimans Zweifel an der Schuld des Puppenspielers kamen ihr in den Sinn: Hatte Heriman recht gehabt? War der Gaukler unschuldig gewesen? Eine kurze Untersuchung des kleinen Leibes überzeugte sie: Der Mörder lebte noch und trieb sein Unwesen in Kölns Straßen. Kölns Kinder waren immer noch nicht sicher vor ihm!

Ermelind hingegen wollte glauben, dass der Junge nur schlief. Bei ihr kamen die Gedanken nicht so flink wie bei der Kaufmannsfrau. Es dauerte einige Zeit, bevor Mechthild ihr beigebracht hatte, was mit Jakob geschehen war. Dann aber lagen sich die Frauen verzweifelt in den Armen und ließen ihre Tränen hemmungslos fließen.

Wieder war es Mechthild, die sich schneller fasste. »Es wird bald dunkel, wir müssen zurück und die Gewaltdiener informieren. Sie müssen den Tatort untersuchen. Keine Spur darf verloren gehen. Der Junge muss schnell weg von diesem Ort. Er gehört geborgen, bevor Tiere an ihm nagen.« Sie griff nach Ermelinds Hand, die eisig war, und zog die weinende Frau Richtung Innenstadt.

Kurz vor dem Dom trafen sie auf die Gewaltdiener und erzählten von ihrem schrecklichen Fund. Die Männer machten sich sofort auf den Weg.

»Lass uns zunächst zu Euch gehen«, wandte sich Mechthild an Ermelind. »Wir holen Konrad, er sollte erst einmal bei uns wohnen. Heriman wird schon zu Hause sein und wir können alles Weitere mit ihm beratschlagen.«

Ermelind nickte gottergeben und folgte der Kaufmannsfrau, die mit schnellen Schritten ihrem nächsten Ziel entgegenstrebte. Ermelind war froh, dass Mechthild die Initiative übernommen hatte.

Konrad hatte schon länger gequengelt. Ihm war ohne seinen Bruder als Spielkameraden langweilig geworden. Die Mägde und Gehilfen hatten sich wenig um ihn gekümmert. Sie hatten im Hause genug zu tun. Inzwischen quälte den Knaben neben der Langeweile auch Hunger und Durst. Der Kleine war überglücklich, als die beiden Frauen im Hause eintrafen. Sie verschonten ihn mit der schlimmen Neuigkeit und beantworteten seine bohrenden Fragen nur ausweichend.

»Du darfst gleich mit zu Ohm Heriman«, sagte Ermelind und streichelte ihm über den Kopf. Schuldbewusst dachte sie dabei, wie selten sie das je getan hatte. Jakob war ihr immer lieber gewesen. Der Kleine war stets etwas zu kurz gekommen.

Konrad war mit Gott und der Welt versöhnt. Er durfte mit in ein anderes Haus. Er mochte Ohm Heriman. Sein großer Bruder war für den Moment vergessen. Als er auch noch sah, dass Ermelind ein Bündel für die Nacht packte, war er glücklich und zufrieden. Wie lange hatte er nicht mehr woanders geschlafen! Das würde ein richtiges Abenteuer!

Er wurde mit jedem Schritt vergnügter, den sie sich dem Haus am Blaubach näherten.

Bei den beiden Frauen war es genau umgekehrt. Die letzten Schritte fielen ihnen am schwersten. Bald würden sie auf Heriman treffen, und das ganze Geschehen käme grausam zurück. Wie gerne würden sie die bösen Bilder verdrängen. Wie sehr wünschten sie sich alles ungeschehen.

Heriman saß in einem Sessel im Wohnraum. Er hatte eine Felldecke über den Beinen. Die Füße steckten in Pantoffeln und standen auf einem gewärmten Stein.

Die Holzscheite knisterten im Kamin und strömten wohlige Wärme aus. Alles im Zimmer war gemütlich und friedlich. Herimans Freude, seine Schwester zu sehen, verflog schnell, als er ihre sorgenvolle Miene sah. Auch dass Walthers Haushälterin mit Konrad zu dieser Stunde mit ihr war, war ungewöhnlich. Es musste etwas passiert sein.

»Kommt rein ins Warme. Ihr seht verfroren aus. Welche Sorgen treiben euch um?«

Mechthild hielt nichts zurück. Das schreckliche Erlebnis sprudelte aus ihr heraus, und der Kaufmann wurde unter dem Eindruck ihrer Worte immer fassungsloser.

Er unterbrach seine Schwester nicht, doch als sie zum Ende gekommen war, saß er in sich zusammengesunken da, bewegte leicht den Kopf hin und her und sprach abwesend vor sich hin: »Ja, aber warum gerade Jakob, der liebe Jakob? Ich habe es geahnt, dass der Mörder noch lebt. Nachts habe ich davon geträumt, immer wieder stand es deutlich vor meinen Augen und immer größer wurde meine Furcht, dass bald wieder etwas Schlimmes geschähe. Und nun Jakob, mein Patenkind, oh, wie kann Gott nur so grausam sein?«

Heftiger und schneller bewegte er in seinem Kummer den Kopf, als könnte er damit alles Übel von sich abschütteln und ungeschehen machen.

Mechthild wollte den Bruder trösten. Sie legte sanft ihre Hand auf seine Schulter: »Warum hast du denn nichts gesagt, warum hast du deine Zweifel nicht mit mir geteilt?«

Heriman antwortete: »Ach, auch das hätte nichts genützt, Jakob wäre dadurch nicht am Leben geblieben.« Mechthilds Hand drückte Heriman förmlich in die Wirklichkeit zurück. Er wurde wieder zum Mann der Tat: »Wir müssen den richtigen Mörder finden. Er muss bestraft werden! Auch Walther muss ich unbedingt informieren! Er ist schließlich auch für mich auf Fernfahrt«, sagte er schuldbewusst. »Wie kann ich ihn nur schnellstmöglich unterrichten?« In seinem Kopf überschlug er, dass Walther schon mehr als drei Wochen unterwegs war. Für den hohen Norden oder gar den Osten hatte Heriman keine Brieftauben. Seine Tauben brachten Botschaften nur bis Flandern oder nach Süddeutschland, das waren seine üblichen Handelsziele. Ansonsten blieben nur reitende Kuriere, und die waren für sein Anliegen zu langsam. Selbst wenn Stafetten immer wieder auf frischen Pferden ritten, konnten sie nicht mehr als fünfzig bis achtzig Kilometer am Tag zurücklegen. Walther war in Brügge bestimmt schon längst in See gestochen. Lübeck, seine nächste Zwischenstation, war schwerlich vor seinem neuerlichen Aufbruch durch Reiter zu erreichen. Über die Ostsee aber konnte ihm die Nachricht dann gar nicht mehr folgen. Auf See verlor sich Walthers Weg in den rauschenden Wellen!

Heriman beschloss, ihm wenigstens einige Zeilen zu schreiben, die Walther bei seiner Rückkehr nach Lübeck vorfinden konnte. Er tat sich bei der Wahl der Worte schwer, als er begann, seinem besten Freund den Schicksalsschlag zu beschreiben. Am liebsten wäre *ich* für den Jungen tot, dachte er. Nein, riss er sich zusammen. Ich werde tun, was Walther täte. Ich werde nichts auslassen, um den Mörder aufzuspüren!

Über sein Selbstgespräch hatte der Kaufmann gar nicht gemerkt, dass Ermelind den kleinen Konrad an der Hand genommen hatte. Sie war mit ihm in die Küche gegangen, damit seine unschuldigen Ohren diese schlimmen Geschehnisse nicht hören mussten. Dort saß der Junge nun vor einer großen Schüssel mit süßem Mus. Wenigstens er war zufrieden und wohlgelaunt. Er wusste ja nicht, welch dunkler Schatten auf seine Familie gefallen war.

Tatkräftig ging es im Wohnzimmer zu. Mechthild unterstützte den Bruder bei seinen Überlegungen. Bald sah sie nichts, was noch bedacht werden musste. Die Geschwister verband Verbitterung und Trauer über den Tod des kleinen Jakob und der Wunsch nach Bestrafung des feigen Mörders.

Ermelind störte ihre Zweisamkeit, um sich zu verabschieden. Mechthild gab ihr einen Knecht als Leuchtemann mit. Es war inzwischen völlig dunkel geworden.

Dann saßen die Geschwister noch einige Zeit stumm zusammen und starrten in die Flammen. Unterschiedliche Bilder zogen an ihren Augen vorbei. Bilder von Jakob, wie er im Dom gesungen oder in ihrem Weingarten herumgetobt hatte. Wie er sich mit großen Kinderaugen über die Christfestgaben gefreut hatte. Auch schreckliche Bilder tauchten auf. Sie sahen, wie man den unschuldigen Gaukler auf dem Neumarkt gerichtet hatte. Mechthild sah mit schreckgeweiteten Augen Jakobs kleinen Leichnam vor sich, wie sie ihn auf dem feuchten Laubbett im Friedhof gefunden hatte. Heriman hingegen sah das Bild des toten Hannes, wie er ihn in der Nacht seines großen Schützentriumphes entdeckt hatte.

Erst als alle Holzscheite herabgebrannt waren und nur noch leicht glimmten, wurde es den Geschwistern kalt und sie gingen zu Bett. Sie hatten gar nicht gemerkt, wie viel Zeit verflogen war. In ihren Betten unter den dicken Decken wälzten sie sich noch ruhelos hin und her und konnten nicht einschlafen. Mechthild versuchte vergeblich, über fortwährendes Beten in den Schlaf zu kommen. Heriman wartete ungeduldig auf den nächsten Morgen. Er wollte etwas tun. Er musste etwas tun! Erst kurz vor Morgengrauen, die Nacht war schon von Sprenkeln des Tageslichts durchsetzt, schlief er vor Erschöpfung ein. Aber der Lärm der Straße und die Helligkeit sowie die Geräusche im Haus gestatteten ihm nur eine kleine Mütze voll Schlaf. Sein Tagwerk rief ihn mit aller Macht!

Die Nachricht von Jakobs Tod verbreitete sich wie ein Lauffeuer unter der Bevölkerung. Die beiden Morde glichen sich wie ein Ei dem anderen. Jedermann zählte an seinen zehn Fingern ab, dass der Mörder von Hannes noch lebte. Das Volk murrte über die Unfähigkeit des Rates, für Sicherheit zu sorgen. Überall, wo man zusammentraf, war der Meuchelmord Tagesgespräch. Auf den Märkten stand man in Trauben und schimpfte über die schlimmen Verhältnisse in Köln. Selbst am Heumarkt, in der großen städtischen Fleischhalle, war der Kindsmord einziges Gesprächsthema. Dabei war der neunundzwanzigste September, Sankt Michaelis, gerade hier ein besonderer Tag: Die Schlachtzeit begann! Von nun an bis Weihnachten würde sie dauern. In dieser Zeit gab es für alle frisches Fleisch. Es war kalt genug, um das Geschlachtete in frischem Zustand aufzubewahren. In den wärmeren Monaten wurde es geräuchert oder gepökelt. Der Michaelistag wurde deshalb immer herbeigesehnt. Er war normalerweise ein Tag der ungetrübten Freude und des Feierns. Zwar standen auch heute die Metzger an ihren kleinen hölzernen Verkaufsbuden und boten ihre Ware an, aber die Leute waren durch die schlimme Mordgeschichte abgelenkt. Dabei war alles so schön zur Schau gestellt und streng nach Fleischsorten getrennt! Die Besucher flanierten zwischen den Ständen und begutachteten das Angebot nur mit schwachem Interesse. Viel lieber standen sie in Grüppchen zusammen und sprachen über die Morde.

Der Tag brachte noch mehr Unerfreuliches: Nahe Sankt Jakob hatte eine Magd eine Katze aus der warmen Asche des Kamins vertrieben. In ihrem Fell blieben einige glimmende Kohlestückchen hängen, und das Tier trug sie hoch auf den Speicher, wo Hobelspäne lagerten. Die Späne entzündeten sich schnell, und bald brannte das ganze Haus lichterloh. Die Funken sprangen zum Fenster hinaus. Gott sei Dank geschah das Malheur tagsüber, so wurde der Brand wenigstens schnell entdeckt. Viele helfende Hände sorgten mit Wasserkübeln dafür, dass nur einige Häuser abbrannten. Die Fassade bürgerlicher Ruhe und Sicherheit bekam durch dieses ungute Omen weitere Risse und bröckelte.

»Warum in Gottes Namen passiert das alles?«, fragte eine Frau ihre Nachbarin.

»Du wirst sehen, es wird noch schlimmer kommen. Uns stehen böse

Zeiten bevor«, munkelte die andere. Ihre Hände zitterten, ihr Blick ging in die Ferne und wurde unstet. Die düsteren Zeichen machten ihr Angst.

Wenn einen würdigen Biedermann,
Pastoren oder Ratsherrn lobesam,
Die Wittib lässt in Kupfer stechen
Und drunter ein Verslein radebrechen,
Da heißt's: »Seht hier mit Kopf und Ohren
Den Herrn, Ehrwürdig, Wohlgeboren!«
(Johann Wolfgang von Goethe)

Der Mörder lebte noch unter ihnen. Das war nun auch dem Rat der Stadt bewusst. Unruhe herrschte unter den Ratsherren. Jeder von ihnen wusste genau, wie schnell der Volkszorn erwachen konnte. Der Rat war für die Sicherheit der Stadt verantwortlich, und es war erneut deutlich geworden, dass es keine genügende Sicherheit gab. Die Bürger würden darüber bald ihren Unmut kundtun.

Alle der neunundvierzig Ratsherren hatten sich im großen Ratssaal versammelt. Wie immer, wenn man nicht wusste, was zu tun war, erreichte man wenigstens in einem Einigkeit: Es musste etwas geschehen!

Die Ratsherren saßen in zwei Bankreihen entlang der Außenwände. In ihren dunklen Roben und Hüten sahen sie bedrohlich aus. Sechsunddreißig von ihnen kamen aus den Gaffeln, weitere dreizehn waren dann aus der gesamten Bürgerschaft hinzugewählt worden. Die beiden Bürgermeister saßen am Kopf. Durch den Raum schwirrten laute Gespräche.

Endlich bat der erste Bürgermeister um Ruhe und eröffnete die Sitzung. Nur langsam wurde es still. Der Bürgermeister half dabei geschickt nach, indem er das ansprach, was alle berührte: »Du hattest recht, Odenthal. Der verurteilte Puppenspieler war nicht der Mörder von Hannes.«

Heriman fühlte sich geschmeichelt, gleichzeitig wurde seine Brust schwer vor Schuldgefühlen. Er hatte Bedenken gehabt, aber er hatte nicht genug für sie gekämpft. Er hatte sich Scheinbeweisen geschlagen gegeben und damit den Gaukler einem grausamen Tod ausgeliefert. Er blieb eine Antwort schuldig, senkte verschämt den Blick und nickte dem Bürgermeister nur stumm zu.

Der gab nicht auf und suchte den Wortwechsel mit Odenthal: »War es nicht der bucklige Dominikanermönch, den du der Tat verdächtigt hast?«

»Ja«, antwortete der Kaufmann unwillig. »Es sprachen einige Anzeichen gegen ihn, doch es war auch bei ihm nichts bewiesen. Vergiss nicht die Gerüchte um den Dompropst. Auch der stand in besonderem Licht.«

»Hört, hört!«, rief einer der Ratsherren dazwischen. »Sei etwas bedachter mit deiner Zunge. Du sprichst von zwei Männern der Kirche. Wir wollen nicht schon wieder Ärger mit dem Erzbischof und seinen Leuten haben.«

Einige der Ratsherren wurden nachdenklich. »Auch Kirchenmänner sind schon verbrannt worden!«, rief einer von ihnen trotzig in den Raum und fand Zustimmung.

»Nur Mut, wenn es der Wahrheitsfindung dient.«

»Sachte, sachte«, kam sogleich die Antwort eines Besonnenen. »Wünschst du dir für dich und die deinen solche Zeiten zurück?«

Der Bürgermeister merkte, dass ihm die Aussprache entglitt, und griff ein: »Alles, was bisher gesagt wurde, hat seine Berechtigung. Wir wollen nichts unter den Tisch kehren. Aber unser vorrangiges Ziel muss es sein, den Mörder zu finden und den Bürgern zu zeigen, dass wir fähig sind, für Sicherheit zu sorgen. Wenn es nottut, darf dabei auch kein Kirchenmann verschont werden. Lasst uns mit Bedacht an die Sache herangehen. Wir sollten bei unseren Überprüfungen so wenig wie möglich Aufhebens machen und versuchen, ohne Eklat ans Ziel zu kommen. Odenthal sollte den Gewaltrichter dabei auf jeden Fall unterstützen. Wir kennen ihn als besonnenen Mann. Außerdem stand Hannes in seinem Haus in Lohn und Brot und Jakob war sein Patenkind. Er wird bestimmt mit Herzblut darum kämpfen, den beiden Jungen Gerechtigkeit zu verschaffen.«

Breite Zustimmung erscholl aus dem Plenum. »Wie steht es damit, Odenthal, was schlägst du vor?« Alle Augen im Raum richteten sich auf ihn.

Vor Erregung fand der Kaufmann nicht sofort die richtigen Worte. Er zermarterte sich den Kopf, was er sagen sollte, dann meinte er: »Nun ja, mir ist unwohl in meiner Haut, dass ich meinen Bedenken so wenig nachgegangen bin. Der Gaukler ist tot, aber erwiesenermaßen unschuldig hingerichtet worden. Beide Knaben müssen noch Gerechtigkeit erfahren. Ich bin dabei! Wir dürfen nicht in die gleichen Fehler verfallen wie zuvor und nur bei denen suchen, die schon als verdächtig galten. Lasst uns den Fall gänzlich neu aufrollen. Natürlich verdienen auch der Mönch und der Probst unser Augenmerk. Bei beiden ist es möglich, sie zunächst nicht selbst zu verhören. Wir können behutsam vorgehen, wie du verlangst.« Heriman holte kurz Luft und fuhr fort: »In den Dombauhütten geht schon morgens recht früh die Arbeit los, vielleicht finden wir jemanden unter den Handwerkern, der aussagen kann, wann der Dompropst an besagten Tagen sein Haus verließ. Möglicherweise können wir mit einem Alibi den Propst aus dem Kreis der Verdächtigen ausschließen, ohne den Groll des Erzbischofs auf uns zu ziehen.«

»Das ist ein guter Vorschlag«, lobte ihn Arndt von Arnheim. »Du willst mir wohl im nächsten Jahr mein Amt streitig machen«, fügte er schmunzelnd hinzu und hatte die Lacher auf seiner Seite.

Heriman war nicht in der Stimmung, darauf einzugehen. Zu sehr berührte ihn der Fall. Er fuhr mit seinen Überlegungen fort, als wäre der Zuruf gar nicht geschehen: »Mit Fordolf, dem buckeligen Mönch, haben wir ähnliche Möglichkeiten. Ich will selbst in der Stollgasse im Kloster vorstellig werden und den Abt über den Tagesablauf der Klosterbrüder befragen. Ich traue mir zu, dabei etwas über den Buckligen in Erfahrung zu bringen, ohne ihn zu beschuldigen. Der Ton macht bekanntermaßen die Musik. Meine Mutter sagte immer: Nimm niemals etwas für wahr, nimm niemals an, dass du etwas weißt. Also sollten wir mit Sorgfalt versuchen, erst die Wahrheit zu finden, bevor wir meinen, etwas zu wissen.«

Odenthal schaute sich um. Keiner wich seinem Blick aus. Überall sah er Zustimmung. Von Arnheim lächelte ihm anerkennend zu. Dieses Mal erwiderte Heriman Odenthal das Lächeln.

»Dann nimmst du dich des Mönchleins an und ich kümmere mich um den Dompropst«, schlug der Gewaltrichter vor.

Der zweite Bürgermeister meldete sich zu Wort: »Zufrieden sehe ich, wir sind uns einig. So wollen wir Odenthals Vorschlag folgen. Ich wünsche euch beiden Erfolg. Wir können ihn gebrauchen.« Dann richtete er das Wort an den gesamten Rat: »Meine Herren, es gibt auch anderes zu bereden. Nach diesen feigen Morden bezweifeln die Bürger, dass wir in unserer Stadt die Sicherheit aufrechterhalten. Wir müssen Zeichen setzen. Ich erwarte Vorschläge. Wer von euch will das Wort?« Fragend ging sein Blick an der Reihe der Ratsherren entlang.

Es verging nicht viel Zeit, bis einige Hände aus den weiten Ärmellöchern der Roben hervorschossen und anzeigten, dass Kölns Ratsherren nicht ratlos waren. Der Bürgermeister erteilte dem Ersten das Wort und ließ ihn seine Vorstellungen entwickeln.

»Die Kirche ist uns einen Schritt voraus. Unsere Bürger pilgern nach diesen Untaten schon zum Gnadenbild der Schmerzhaften Muttergottes nach Kalk und suchen dort Hilfe. Wir Städtischen müssen den Kölnern nun ebenfalls das Gefühl von Sicherheit zurückgeben. Dazu mein Vorschlag: Viel Böses tut der Mensch, wenn ihm der Kopf mit Alkohol besäuselt ist. Es ist nicht recht, dass die Wirtshäuser bis tief in die Nacht geöffnet sind. Das ist oftmals die Wurzel des Übels! Man sollte die düstersten Kaschemmen ganz schließen und ansonsten Sperrstunden einführen.«

Unruhe machte sich breit. Viele Ratsherren suchten in diesen Häusern selbst gerne den Gutenachttrunk und den letzten Schwatz vor dem Zubettgehen.

»Man muss nicht gleich ins Extrem verfallen. Unsere hart erkämpfte Freizügigkeit sollten wir verteidigen! Wenn es Orte gibt, wo sich auch das Böse trifft, dann weiß man wenigstens, wo man es suchen muss. Denn Böses gibt es so oder so«, kam als Widerrede. Viele Fäuste klopften Beifall. Deshalb ging der Bürgermeister nur vorsichtig auf den Vorschlag ein: »Ganz abwegig ist die Forderung nicht. Aber Für und Wider müssen gut abgewogen werden. Jeder redliche Mann braucht nachts seine Bettruhe und den erfrischenden Schlaf, um am nächsten Morgen sein Tagwerk verrichten zu können. Dem Redlichen dürfte es keinen Abbruch tun, wenn die Häuser nicht mehr bis in die tiefe Nacht hin offen sind. Um neun

Uhr braucht man schon längst den Leuchtemann. Dann wäre es, wie ich meine, für jeden von uns spät genug. Können wir uns darauf verständigen, die Sperrstunde auf neun Uhr anzusetzen?«

Eine Einigung fiel nicht leicht. Noch viele Worte schwappten hin und her, und einige Nachtschwärmer versuchten, den Zeitpunkt nach hinten zu verhandeln. Man foppte sie dafür. Als sie merkten, dass der Spott zu groß wurde, gaben sie nach und stimmten zu.

»Das Ergebnis macht mich stolz«, lobte der Bürgermeister die Stimmberechtigten. »Wir können auf diese Weise Strenge zeigen und klarmachen, dass es uns Ernst ist mit der Sicherheit. Trotzdem bleibt den Bedürfnissen der Bürger Rechnung gezollt. Gibt es noch mehr dazu zu sagen?«

Ein Kollege meldete sich: »Freunde, auch wenn es mit dem Gaukler den Falschen traf, wo wurde er aufgegriffen? Im Hurenhaus! Ich sage euch, da trifft sich das Böse noch öfter als in den Braustuben. Das müssen wir bekämpfen! Jeder brave Familienvater unter euch wird dem zustimmen. Die Zahl der Hurenweiber hat in unserer Stadt immer mehr zugenommen. Die Dirnen setzen sich sogar über das Gebot hinweg, sich durch ihre Kleidung und den roten Schleier als sündige Frauen zu kennzeichnen. Die Schlupfhuren sind die Schlimmsten!«

»Du scheinst ja Erfahrung zu haben!«, rief einer aus dem Saal und tat alles dafür, dabei unerkannt zu bleiben. Herzhaftes Lachen schallte durch das Plenum.

Erbost und noch heftiger als zuvor fuhr der Redner fort: »Es wurde schon gesagt, das Böse kann man an festen Orten leichter kontrollieren. Dirnen müssen wieder an ihre Kleidervorschriften erinnert werden. Wir sollten sie zusätzlich auf bestimmte Stadtteile und feste Häuser konzentrieren.«

»Es kommt darauf an, an welche Stadtteile du denkst. Ich will das Gelumpe nicht vor der Haustür haben«, fiel ihm ein Ratsmitglied in die Parade.

»Wir sollten alles um den Berlich konzentrieren. Das dürfte keinen von uns treffen«, versuchte der zu vermitteln.

»Warum nicht um die Spielmannsgasse? Im Kirchspiel Sankt Christoph gibt es heute schon suspekte Häuser genug. Denkt nur an das Haus zum Ross, in aller Mund nur anzüglich ‚Zom Pertgen' genannt. Die Gegend könnte sicher auch ohne Widerspruch ausgebaut werden«, bestätigte der Bürgermeister.

»Ich bin mehr dafür, die Mädchen zu bessern, als sie in Häusern festzusetzen«, wurde ein weiterer Vorschlag zur Debatte gestellt.

Er fand Unterstützung: »Es steht in der Bibel, dass sich Gott mehr freut über einen Sünder, der sich bessert, als über neunundneunzig andere, die keiner Buße bedürfen. Wir sollten Büßerinnenkonvente einrichten.«

Die beiden Bürgermeister sahen besorgt, dass hier Meinung und Gegenmeinung sehr weit auseinanderlagen und heute schwerlich unter einen Hut zu bringen waren. Deshalb griffen sie zu einem probaten Mittel. Sie setzten eine sechsköpfige Kommission ein. Ihr gehörten die beiden Gewaltmeister und die Turmmeister an. Die sollte in Ruhe darüber befinden, wie man mit den ehrlosen Frauen umzugehen hatte.

Die Reihe der Vorschläge war noch immer nicht zu Ende. Zu eifrig wollten die würdigen Herren deutliche Zeichen setzen und Tatkraft beweisen: »An unwürdige Volksbelustigungen müssen wir ran! Das Schweineschlagen auf dem Altermarkt ist ein Beispiel dafür. Es ist fürwahr ein makaberes Spektakel! Blinde Krüppel werden mit Schweinen im Pferch eingesperrt. Man gibt ihnen Knüppel und das Versprechen, dass sie die erschlagenen Säue verspeisen dürfen. Blind, wie sie sind, schlagen sie auch auf ihre Gefährten. Das Volk johlt umso mehr, je heftiger sie sich Blessuren zufügen. Wo bleibt da die Achtung vor dem Menschen?«

Betroffenes Schweigen trat ein. Viele ertappten sich dabei, selbst schon über das Schauspiel gelacht zu haben. Diese derben Späße fanden auch in anderen Städten statt. Sie verbieten, brachte die Gefahr mit sich, die Spektakel ins Verborgene zu treiben. Auch für diesen Vorschlag fand sich am heutigen Tag keine Mehrheit. Das erboste den Redner so, dass er den Raum verließ.

Friedliche Stimmung kehrte erst wieder ein, als ein letzter Antrag breite Zustimmung fand: Der Rat erteilte den Torschließern den Befehl, künftig niemanden mehr nachts aus der Stadt zu lassen, außer Fürsten und fürstliche Räte. Kein Mörder sollte mehr die Möglichkeit haben, im Dunkeln zu meucheln und dann nächtens der Strafe zu entfliehen. Die Regelung schien allen sinnvoll und wurde beschlossen.

Das viele Disputieren hatte Kraft gekostet. Das Konzentrieren auf das Pro und Kontra ermüdete. So tat es nicht wunder, dass alle Ratsherren erleichtert waren, als der erste Bürgermeister den Sitzungstag beschloss. Er tat dies mit Lob: »Ich bin stolz auf unsere Ergebnisse. Wir haben gezeigt, dass wir nicht nur disputieren, sondern auch handeln können. Die Bürger werden dies registrieren. Ich danke euch. Der Sitzungstag ist beendet. Geht mit Gott und helft, jeder an seiner Stelle, dass das Beschlossene auch umgesetzt wird.«

Heriman war froh, dass die Sitzung zu Ende war. Er war hungrig. Schon mehrfach hatte sein Magen geknurrt. Das hatte ihn zum guten Schluss stark davon abgelenkt, noch mitzudenken. Er beeilte sich, das Rathaus zu verlassen. Mechthild wartete schon mit dem Mittagessen auf ihn.

Die Kälte draußen belebte. Kein Lüftchen regte sich. Der Rauch aus den Schornsteinen stieg pfeilgerade zum Himmel hinauf. Alles war in Kälte erstarrt. Selbst der Gestank in den Gassen schien erfroren. Auf dem Weg nach Hause wog Heriman die verschiedenen Möglichkeiten gegeneinander ab, die zum Ergreifen des Mörders führen konnten. Schließlich zwang er sich jedoch, wenigstens für diesen Moment abzuschalten. Er wollte das schöne Essen genießen und es nicht gedankenlos in sich hineinschlingen. Den Genuss hatte er nach diesem harten Morgen verdient.

Kalbsnierenbraten mit Senfsauce und Ingwer gab es, sein Lieblingsgericht. Das Wasser lief ihm im Mund zusammen, als es dampfend vor ihm stand …

Dann denkt er an Maria rein
und an sein heißes Flehn.
Er ministriert am Altarschrein,
Und barfuß muß er gehn.
Als Bettelmönch mit Spottgewinn,
So dankt er seiner Helferin
Marien Magdalen.

(Detlev von Liliencron, Adjudantenritte)

Heriman Odenthal hatte schlecht geschlafen. Wirre Träume störten seine Schlafruhe. Bilder von der Hinrichtung des Spielmanns hatten sich mit solchen von der Ermordung der beiden Knaben abgewechselt. Dabei hatte er diese Szenen doch in Wirklichkeit nie gesehen! Die Gestalt des Mörders blieb in den Traumbildern im Dunkeln. Eine verschwommene, vermummte Gestalt beging die Taten.

Der Kaufmann stieg mit durchgeschwitztem Nachtkleid aus seinem Bett. Sein Haupthaar klebte glänzend an seinem Kopf. Er fühlte sich wie gerädert. Nachdem er sich zurechtgemacht hatte, stieg er gedankenversunken die Treppe hinab.

Er betrat ganz gegen seine Gewohnheit ohne jede Freude den Frühstücksraum. Mechthild wartete schon auf ihn. Er fand heute selbst für sie kein liebes Wort. Er grüßte sie nur abwesend.

Mechthild sah ihn sorgenvoll an und fragte: »Was ist mit dir, Heriman? Bist du krank?«

Er antwortete schnell: »Nein, nein, ich bin gesund, aber ich habe schrecklich schlecht geschlafen. Schlimme Träume haben mich verfolgt. Ich fühle mich schlapp und kaputt. Vielleicht ist der Vollmond schuld daran. Es heißt ja, dass die Gestirne unser Leben beeinflussen.«

Mechthild antwortete überrascht: »Darüber habe ich noch nie nachgedacht. Aber jetzt, wo du das sagst, fallen mir durchaus Beispiele dafür ein: Hannes und Jakob starben beide an Tagen mit Vollmond. Ob der Mörder unter dem Zwang der goldenen Kugel handelte?«

Die Worte seiner Schwester machten den Kaufmann nachdenklich. »Wenn ich mir das so überlege, hast du recht, es herrschte an beiden Mordtagen Vollmond. Doch ob man die Bedeutung des Mondes so hoch ansetzen kann, wage ich zu bezweifeln. Ein Meuchelmörder wird schlichtweg vom Teufel geritten. Der Satan bringt also das Böse ins Spiel und siegt damit über das Gute. Ich glaube nicht, dass der Mond den Teufel ersetzen kann.«

»Aber weißt du denn, welcher Hilfsmittel sich der Teufel bedient, um das Böse in die Welt zu tragen?«, fragte ihn Mechthild bockig zurück.

Heriman war nicht danach, zu diskutieren. »Nun gut, dann haben wir eben eine Sorge mehr. Lass uns hoffen, dass du nicht recht behältst und wieder ein Knabe mit seinem Leben bezahlen muss, wenn Vollmond ist.« Lustlos stocherte er in seinem Frühstück herum, nahm ein paar Schlucke heißen Kaffees zu sich und aß einige Brocken Brot dazu. »Ich will heute mit den Untersuchungen beginnen, die mir der Rat gestern aufgetragen hat. Ich werde zum Dominikanerkloster gehen, vielleicht gelingt es mir, dort etwas Licht in den Fall zu bringen.«

»Du solltest nicht gehen! Es ist immer noch kalt draußen, heute sogar feucht dazu. Der Weg ist lang, nimm lieber dein Pferd. Ich sag dem Knecht Bescheid, er soll es aus dem Stall holen und satteln.«

Heriman war einverstanden. Warum sollte er sich diese Bequemlichkeit nicht gönnen? Er konnte dadurch Zeit sparen und für Arbeiten in seinem Kontor nutzen. Diese Arbeit musste ebenfalls erledigt werden, da lag noch einiges, was auf ihn wartete!

Als er ins Freie trat, fand er die Worte seiner Schwester bestätigt. Es war kalt und feucht, richtig ungemütlich. Er wickelte sich so fest als möglich in seinen warmen Mantel und nahm vom Knecht die Zügel des Pferdes entgegen. Er führte es vorsichtig hinaus auf die Straße und saß auf. Die Straßen waren leer. Es waren nur die Leute vor der Tür, die es wirklich mussten, so kam der Kaufmann zügig voran.

Schon bald erreichte er das Kloster. Es war lange nicht so groß und prächtig wie die anderen im Stadtbezirk. Die Dominikaner waren schließlich ein Bettelorden, Reichtümer zu besitzen war nicht ihr Ding. Es gab zwar alles, was zu einem Kloster gehörte, doch alles war ein bisschen ärmlicher als bei den anderen Orden.

Den Mittelpunkt der Anlage bildete die Kirche mit dem Kreuzgang. Daran grenzten das Dormitorium an, der Schlafsaal der Mönche, das Refektorium, der Speisesaal und der Kapitelsaal, der Versammlungsraum.

Auch alles, was für die Versorgung der Klosterbrüder wichtig war, war vorhanden: ein Kornspeicher, ein Backhaus, ein Gemüse-, Obst- und Kräutergarten. Selbst einen eigenen Friedhof, ein Infirmarium für die Kranken, Stallungen für die Tiere, eine Mühle und ein Gästehaus gab es.

Vor dem schweren Eingangstor stieg der Ratsherr vom Pferd, bediente den Türklopfer und begehrte Einlass. Ein kleines Fenster wurde geöffnet, ein Mönch maß ihn mit wachem Blick und fragte nach seinem Begehr. Odenthal stellte sich als Kölner Ratsherr vor, der den Abt sprechen wolle. Der Mönch musterte ihn abschätzend, dann wurde die Tür geöffnet. Odenthal führte sein Ross am Zügel auf den Klosterhof. »Binde das Tier hier an der Pforte an«, sagte der Mönch und wies mit dem Zeigefinger seiner Rechten auf einen eisernen Bügel, der neben dem Eingang im Mauerwerk eingelassen war. Der Bügel war für diesen Zweck bestimmt, und Heriman befolgte den Ratschlag des Mönches.

»Folg mir, wir werden sehen, ob der Abt Zeit für dich hat.«

Die beiden machten sich auf den Weg zu einem kleinen Haus, das etwas abseits stand. Darin wohnte der Vorsteher des Klosters. Sie traten ein und befanden sich in einer kleinen Halle.

»Warte hier, ich werde sehen, was ich für dich tun kann«, sagte der Mönch und ging allein weiter.

Heriman sah sich in der Halle um. Ein wunderschönes Bild der Muttergottes zierte die Stirnwand des Raumes. Vier gepolsterte Lehnsessel und ein massiver Eichentisch bildeten das einzige Inventar und luden den Gast zum Sitzen ein. Heriman blieb jedoch stehen, während er auf die Rückkehr seines Begleiters wartete.

Es dauerte nicht lang, bis der Mönch zurückkam. Er hatte ein Lächeln im Gesicht. »Du hast Glück, Bruder, unser Vater hat Zeit für dich. Er erwartet uns, folge mir.«

Heriman folgte ihm mit zufriedener Miene.

Der Abt stand hinter seinem Schreibtisch, auf dem einige schwere Folianten lagen. Er war von würdevoller, hochgewachsener Erscheinung und passte gut in den stilvollen Raum. An den Wänden des Saals hingen Ölgemälde mit kirchlichen Motiven und ein gewebter Wandteppich mit Adam und Eva darauf. Die Fenster waren hinter schweren Vorhängen verborgen, die leidlich die Kälte von draußen abhielten. Alles an dem Raum wirkte gediegen.

Der Abt scheint es mit der Forderung Christi nach Besitzlosigkeit nicht so genau zu nehmen, dachte Heriman. Dann neigte er ehrfurchtsvoll sein Haupt und bedankte sich für den schnellen Empfang. Eine Mischung aus Orangen- und Rosenduft betörten seine Sinne. Er schaute sich um und entdeckte auf einer Abseite eine kleine Kristallschale mit getrockneten Blütenblättern. Die Luft wurde durch die Blätter angenehm aufgefrischt.

Der Abt begrüßte ihn mit einer segnenden Bewegung. »Für das Begehren eines Ratsherrn unterbreche ich gern mein Tagwerk«, sagte er freundlich. »Ich war draußen in unserem Treibhaus und habe die Rosen gepflegt, die Rosa alba und die Rosa centifolia. Sie sollen ihre prächtigen Blüten dem Neugeborenen zu Ehren zur Weihnachtszeit entfalten. Der Garten ist zudem ein Ort der Ruhe. Man kann vieles in ihm bedenken und für sich ins Reine bringen.«

Heriman nickte nur. Er wollte nicht mit der Tür ins Haus fallen. Deshalb wartete er, bis der Abt fortfuhr und ihn nach seinen Wünschen fragte. Erst dann erläuterte er sein Ansinnen: »Vater, in meinem Amt als Ratsherr ist es meine Absicht, Probleme zwischen Kirche und Staat schon früh im Keime zu ersticken. Dazu muss ich vieles verstehen lernen. Dafür suche ich jemanden, der mir Rede und Antwort stehen kann. Ich hoffe, Ihr könnt das sein.«

»Du hast mit mir gut gewählt, mein Sohn. Es ist meine Aufgabe, Gäste zu empfangen und mit ihnen zu reden. Ich stehe dir gern mit Rat und Tat zu Verfügung. Frag nur, was möchtest du wissen?«

»Nun, ich weiß, dass alle Orden für ihre Brüder strenge Regeln haben. Einige Mönche dürfen zum Beispiel nach ihrem Beitritt in die Gemeinschaft das Kloster nicht mehr verlassen. Dominikaner sieht man jedoch häufig als Prediger oder um Almosen bittend durch Kölns Straßen ziehen. Welche Regeln gelten also in eurem Orden?«

»Das hast du richtig beobachtet«, lobte ihn der Abt. »Du sprichst von der Stabilitas loci, der Bindung an den Ort, einer Vorschrift des heiligen Benedikt, nach der sich viele Orden richten. Wir aber sind der Ordo fratrum Praedicatorum, der Predigerorden. Unsere Aufgabe besteht darin, den Glauben im Volke zu verbreiten. Auch die Seelsorge und Krankenpflege betreiben wir mit viel Eifer. Wir bleiben nach dem Eintritt in den Orden also nicht nur im Kloster. Wir gehen hinaus unter die Leute und erfüllen dort unsere Aufgaben.«

»Habt ihr trotzdem feste Zeiten für Gottesdienste und Gebete, an die eure Brüder gebunden sind?« »Aber ja, wir kennen natürlich die einzelnen Momente zwischen Frühgottesdienst und Nachtgebet. Bei meiner Aufgabe, die Seelen der Brüder zu leiten und ihren unterschiedlichen Eigenarten gerecht zu werden, gebe ich allerdings dem einen Bruder gütigst den langen Zügel, dem anderen mit strikter Weisung festen Rahmen und feste Order. Deshalb besteht nicht für jeden Bruder Zwang, bei den Gottesdiensten anwesend zu sein. Wenn einer etwas anderes, Gottgefälliges tun will, so kann ich das erlauben.«

Heriman fühlte, dass er konkreter werden musste, wollte er über die Zeitspannen während der Mordfälle etwas erfahren. »Einer eurer Brüder ist mir besonders bekannt. Er ist aus unserem Stadtbild kaum wegzudenken. Ich rede von Fordolf. Wo immer sich Menschentrauben zusammenfinden, trifft man auf ihn. Er beschimpft uns wegen unserer Sünden. Er verlangt, dass wir so werden wie die Kinder, so unschuldig und rein. Nur dann dürfen wir uns nach seinen Worten Hoffnung machen auf einen Platz im Himmel.«

»Diesen Spruch aus den Psalmen nutzt Fordolf gern. Er ist einer meiner eifrigsten Prediger und Mahner. Fordolf geht bei mir am langen Zügel. Er ist ein Gottesstreiter und zögert vor keiner Pein zurück, wenn sie der Sache dient. Wenngleich mir alle Brüder gleich lieb sein sollten, gestehe ich, dass er mir einer der Liebsten ist.«

Das Gespräch verlief so freundlich und angenehm, dass Heriman es wagte, sich vorsichtig zu offenbaren. »Vater, mir will es kaum über die Lippen kommen, aber es muss wohl sein. Sicher kennt Ihr auch als Kirchenmann die Boshaftigkeit von Gerüchten, die Gefährlichkeit von Geschwätz. Leicht können sie des Volkes Wut entfachen.«

»Natürlich«, fuhr ihm der Abt ins Wort. »Wir müssen das Böse kennen. Wie sollten wir es sonst bekämpfen? Doch was hat dies mit unserem Gespräch zu tun?«

»Vater, ich hoffe, Ihr könnt mein Problem verstehen: Fordolf hatte neulich die Sünde der Kölner Bürger beschimpft und ihnen abverlangt, wie Kinder zu sein, damit sie in den Himmel kommen. In der Nacht darauf fand man ein Kind, einen Knaben, gemeuchelt in Kölns Straßen und hingelegt in weißem Gewand, mit gefalteten Händen und einem Kreuz auf der Brust, ganz wie ein Engel. Inzwischen ist sogar ein zweiter Mord geschehen, und wieder fand man den toten Knaben auf gleiche Weise. Böse Gedanken kreiseln seitdem in den Köpfen mancher Leute. Es geht das Gerücht um, Fordolf sei wirr im Kopf und versuche selbst, Kinder zu Engeln zu machen, damit sie in den Himmel kommen.«

Der Abt erstarrte hinter seinem Schreibtisch, erhob sich und sah den Ratsherrn ungläubig an. Zum ersten Mal äußerte er sich mit einer gewissen Schärfe: »Das wagst du, mir zu sagen?« Dann besann er sich und fuhr mit gemäßigter Stimme fort: »Verzeih meine Erregung, sie ist wohl verständlich, ich muss schließlich Schutzschild für meine Brüder sein. Du indessen hast das Gerücht nicht in die Welt gesetzt. Du bist es nur, der davon berichtet. Ergo darf ich dir nicht böse sein.«

Heriman war es heiß und kalt über den Rücken gelaufen, als er die Reaktion des Abtes miterleben musste. Umso erleichterter fühlte er sich, als dieser einlenkte. Er nickte schnell und eifrig, um dessen Worte zu bekräftigen.

Der Kirchenmann ließ sich wieder in seinen Sessel gleiten. Man konnte sehen, wie er die Sekunden nutzte, sich zu bedenken. Schließlich antwortete er in wohlgesetzten Worten: »Ja, Fordolf ist ein Prediger in Kölns Straßen. Er ist nahezu frei in seinem Tun. Ich vertraue ihm und führe nicht Buch darüber, wann er kommt und geht. Er ist unser strengster Mahner. Mit drastischen Bildern versucht er die unzähligen Sünder dieser Stadt auf den richtigen Weg zu leiten. Ich kann nicht glauben, dass ihn der Zorn, den er predigte, zu so schrecklichen Taten verleitet. Ich bitte dich, nimm meine Einschätzung als Gewissheit. Ein schnödes Gerücht darf nicht genügen, einen der unsrigen zu verdächtigen. Bestimmt nicht Fordolf! Er ist so unschuldig in seinem Denken. Er würde nicht einmal erkennen, dass man Böses von ihm glaubt. Nimm dies als meine Antwort auf deine Frage. Weiter kann und will ich dir nicht dienlich sein.«

Der Abt machte zum Abschied ein segnendes Zeichen.

Heriman stand noch ganz unter dem Eindruck des Auftritts seines Gegenübers. Er war aufgewühlt bis in sein Innerstes und von den Worten des Abtes berührt und überzeugt. Aber dann kam die Vernunft und das Kalkül des Kaufmanns durch und sagte ihm: Einen Beweis für Fordolfs Unschuld habe ich nicht an der Hand. Ich besitze allerdings auch keinen für seine Schuld. Bei dem, was bekannt ist, können wir gegen den Mönch keine härtere Gangart einschlagen.

Er verließ nachdenklich das Kloster und ritt zu seinem Kontor, wo er sich für den Rest des Tages in die Arbeit stürzte. Er musste auf andere Gedanken kommen.

Schon früh, auf dass sich Einheit nie verliert,
Erbauten sie den Riesenturm zu Babel,
Doch ward das Wort, wie längst der Sinn, verwirrt,
Und Turm und Widmung kennt nur noch die Fabel.
(Franz Grillparzer, aus: Kölner Dombau)

Von Arnheim saß an jenem Morgen in seinem Wohnraum vor dem Frühstück. Er genoss die Eierspeise mit Schinken, das saftige Bratenstück, das warme Brot und den Kaffee mit Milch. Ihm lagen die beiden ungeklärten Mordfälle nicht so im Magen wie Heriman Odenthal. Solche Untersuchungen und Verhöre mit unbefriedigendem Ausgang waren für ihn täglich Brot. Er hatte gut geschlafen, war bestens gelaunt und ging den Morgen mit guten Vorsätzen an. Seine Devise war: Wer sich vor Arbeit nicht tut schrecken, der lässt sich's vorher richtig schmecken! Er hob den großen dampfenden Becher mit beiden Händen an den Mund und zog den würzigen Duft voll Lust durch seine Nasenflügel. Dabei rieb er seinen Rücken wohlig an den warmen Kacheln des Ofens. Es war kalt bis ins Zimmer hinein, umso gemütlicher empfand er, mit all den guten Speisen so mollig an die warme Ofenecke gedrückt zu sitzen.

Nach dem Frühstück wollte er zu Nachforschungen bei den Domhandwerkern aufbrechen.

Er wusste, dass dort heute einiges los sein würde. Gestern waren im Rheinhafen mehrere Oberländer mit Quadersteinen aus dem gräflichen Steinbruch am Drachenfels vor Anker gegangen. Steinhauer hatten den Trachyt, den porösen Stein, der beim Dombau Verwendung fand, grob behauen und mit dem Schiff auf die Reise nach Köln geschickt. Da der Strom in diesem Teil recht untief war, musste man für den Transport einen besonderen Schiffstyp, den Oberländer, verwenden. Er war geeignet, Stromschnellen zu umschiffen und in der starken Strömung zu bestehen.

Da die Fahrt in Fließrichtung des Rheins verlief, brauchte man keine Schlepptechnik für die schwere Last. Die Steine wurden von der Strömung nach Köln getragen. Dort warteten heute Pferde- und Ochsenfuhrwerke, um die Ladung hin zur Dombaustelle zu bringen.

Von Arnheims Haushälterin hatte ihn vor dem feuchten und kalten Nebel gewarnt, aber er war fest entschlossen, zu Fuß zu gehen. Von seinem Haus bis zur Kathedrale war es nicht weit. Ein bisschen Bewegung würde seinen Gliedern guttun. Die Gelenke sollten nicht einrosten.

Der Richter war zurzeit Strohwitwer. Seine Frau war für zwei Wochen zu den Eltern nach Düren gereist, und Gretel, die Haushälterin, verwöhnte ihn so richtig. Er bekam Lieblingsspeisen vorgesetzt, die sein Weib ihm oft vorenthielt, denn von Arnheim neigte zur Fülle. Seine Frau hielt aus Liebe ein strenges Regiment über ihn und achtete darauf, dass er genügsam lebte. Ich muss aufpassen, dass ich mir in dieser kurzen Zeit kein Ränzlein anesse, dachte er. Das gäbe Ärger!

Diese Gedanken trübten seinen Appetit, und obwohl noch einige Leckerbissen vor ihm lagen, bezwang er seine Lust und beschloss, es für heute gut sein zu lassen. Er rief ein lobendes Wort in die Küche und einen Abschiedsgruß, dann ging er davon.

Als er vor die Tür trat, übertraf das schlechte Wetter seine Erwartungen. »Das geht nun schon drei Tage so«, klagte er vor sich hin. Nieselregen mit einer feuchten Kälte ließ den Atem vorm Gesicht stehen. Obwohl er sich warm eingemummelt hatte, kroch die Feuchtigkeit mit suchenden Fingern in jede Öffnung seiner Kleidung. Sie fand Raum zwischen Kragen und Hals und stieg auch an den Handgelenken in die Ärmel hoch. Von Arnheim klappte die Ohrenschützer an seiner pelzgefütterten Kappe herunter, um sich wenigstens dort zu schützen. Er war froh, dass er an sie gedacht hatte.

An solchen Herbsttagen wurde es unter der tiefen grauen Wolkendecke nie richtig hell. Sie begannen und endeten im Halbdunkel. Sie wirkten kurz, denn die Stunden, die etwas Sicht zuließen, vergingen schnell.

Von Arnheim bewegte sich vorsichtig über den klebrigen Lehm der Hohe Straße. Viel zu wenige Katzenkopfsteine waren in den Boden geschlagen, die zwischen Matsch und Unrat festen Tritt boten. Als er an der Apotheke der Witwe Möller vorbeiging, war es ihm, als röche es aus den Kellerfenstern nach Kräutern und Gräsern. Vielleicht bildete er sich das auch nur ein, weil er wusste, dass die Witwe dort für ihre Medikamente und Tinkturen Vorräte hielt. Das laute Gezeter der Möwen ließ seinen Blick himmelwärts gehen. Die Vögel waren vor Hunger vom Rhein her in die Stadt gekommen, um mit ihren kleinen scharfen Augen Nahrung in den Gassen zu suchen. Von Arnheim traf nur wenige Passanten. Es entfiel die sonst übliche Begrüßung, denn alle waren so gut eingehüllt, dass man sich nicht erkannte. Man kann gerade noch Männlein und Weiblein unterscheiden, dachte er belustigt. Schnell senkte er sein Kinn wieder auf die Brust, um sein Gesicht vor dem feinen Nieselregen zu schützen. Doch als er über einen Haufen Unrat stolperte und fast stürzte, hob er den Kopf wieder an. Er hatte kein Verlangen danach, im klebrigen Kot zu landen.

Plötzlich wurde er aus seinen Gedanken gerissen. Vielstimmiges Glockengeläute tönte über der Stadt. Die Uhr schlägt zur vollen Stunde, dachte er. In den vielen Kölner Kirchen wurden fleißig die Seile gezogen.

Ein verschmutzter Straßenjunge hielt ihm bettelnd die Hand entgegen. Von Arnheim gab nichts, er war abgehärtet. Kein Herz war groß genug für all dies Bitten und Flehen. Es gab inzwischen zu viel Bettelei in der Stadt. Selbst der Dombau konnte nur durch kirchliches Betteln aufrechterhalten werden. Die Kathedrale wurde den Gläubigen in den Gottesdiensten als »himmlisches Jerusalem« im wahrsten Sinne des Wortes stückweise verkauft. Man versprach den Spendern, dass sie für ihre Almosen in der Ewigkeit genauso prächtig wohnten wie im Dom. Er sinnierte weiter über den jungen Bettler: Meist sieht man dieses Pack zu guter Letzt auf dem Gefängniswagen. Viele stehen dann sogar vor ihrem letzten Treffen mit Meister Hans!

Irgendwie hatte ihn der schmächtige Junge trotzdem gerührt. »Vielleicht wird er das nächste Opfer des Mörders. Da stehe Gott vor«, murmelte er. »Ich werde alles dagegen tun!«

Vor ihm öffnete sich die Hohe Straße und gab den Blick auf den Domhof frei. Nun habe ich Kölns ewige Baustelle und Spendengrab erreicht, dachte er. Links von ihm standen die Häuser um das Domkloster. Sie waren von einer alten Mauer eingefasst. Fast vor ihm erhob sich der Rumpf des südlichen Kathedralturms. Der war vor vielen Jahren von Dombaumeister Andreas von Eberdingen in Angriff genommen worden. In dessen Amtszeit hatte man bereits den schweren Kran auf dem Torso errichtet. Unter dem jetzigen Dombaumeister Nikolaus von Düren erreichte der Turm immerhin schon die Höhe von achtundfünfzig Metern. In dem unfertigen Stumpf hingen sogar mittlerweile Glocken! An ihm und um ihn herum wurden zurzeit die Hauptbautätigkeiten ausgeführt. Schon seit über hundert Jahren war der prächtige Chorraum vollendet. Er war hinter dem Turm zu sehen und mit einer Trennwand gegen die offene Baustelle der Vierung abgemauert.

Der Blick des Gewaltrichters ging zurück zu den Häusern am Domkloster. Ihre Eingangsportale waren vom Domplatz her gut einzusehen. Das traf auch für das Haus des Dompropstes zu. Nun gilt es nur noch, jemanden zu finden, der mir sagen kann, ob und wann der Dompropst an besagten Tagen sein Haus verlassen hat. Ich werde den Dombaumeister am besten selbst befragen, entschied er. Vielleicht kann er mir helfen. Zumindest wird es mir mit seiner Hilfe leichter fallen, einen Zeugen zu finden. Er schritt über den Platz zum Südturm hin. Ochsenwagen mit Steinquadern fuhren vor. Ihre schweren Holzspeichenräder drehten sich langsam und knarrend über den Platz. Schon viele steinerne Rohlinge waren neu aufgeschichtet. Sie stammten aus den frisch angelandeten Partien. Vor Wochenfrist hatte sie der Richter noch nicht gesehen …

Er schlenderte weiter und hielt dabei Ausschau nach dem Dombaumeister. Er war ihm schon sehr nah, als er ihn entdeckte. Der massige Mann stand inmitten einiger Steinmetze und hatte verschiedene Schablonen in den Händen. Sie waren für Einzelstücke des Turms angefertigt worden. Er erklärte den Handwerkern, wie sie die Rohlinge mit Hammer und Meißel in die gewünschte Form bringen sollten.

Als der Gewaltrichter die Gruppe erreichte, blickte von Düren missmutig auf. Er fühlte sich gestört. Doch als er den Ankommenden erkannte, huschte ein Lächeln über sein Gesicht.

»Gott zum Gruß! Wollt Ihr zu mir? Was kann ich für Euch tun?«

»Auch ich grüße Euch«, antwortete der Gewaltrichter. »Ja, ich habe Euch gesucht. Doch nun habe ich ein schlechtes Gewissen, Euch von der ewigen Baustelle abzuhalten«, fügte er spöttisch hinzu.

»Ihr wisst, das ‚Ewig' liegt nicht an unserem fehlenden Fleiß«, antwortete der Baumeister. »Es liegt am Geld. Das Geld regiert nicht nur die Welt, es fehlt auch oftmals sehr. Wenn es zu spärlich fließt, herrscht Stillstand am Bau. Zu wenige Kölner Bürger stellen in ihrem Testament Geld für unseren Dom bereit. Immer wieder muss ich Handwerker freisetzen und die Arbeit unterbrechen, bis der Geldhahn wieder sprudelt. Dann ist es schwer, die guten Kräfte zurückzuholen. Sie sind längst in andere Städte abgewandert.«

Der Gewaltrichter nickte mitfühlend. »Nun, im Moment scheint Eure Sache gut zu stehen. Die Ochsenkarren bringen neuen Stein, und Eure Baustelle zeigt viele tüchtige Hände am Werk. Ich wünsche Euch, dass es noch lange so bleibt. Habt Ihr für mich vielleicht doch ein wenig Zeit?«

»Aber sicher, ich helfe gerne, wenn ich kann. Kommt mit in meine Bauhütte. Dort sind wir ungestört.« Der Baumeister drehte sich noch einmal zu den Handwerkern um und mahnte sie: »Vergesst nicht, die Steine, wenn sie fertig sind, wie auf den Schablonen vermerkt, zu kennzeichnen. Sonst werden wir später die Stellen nicht finden, an denen wir sie einpassen müssen.« Ihm blieb verborgen, dass einige der älteren Männer die Augen rollten. Als hätten sie es nötig, so belehrt zu werden! So etwas wussten sie doch selbst!

Von Düren berührte mit der linken Hand den Rücken des Gewaltrichters und wies ihm den Weg zu der Bauhütte. Als sie dort ankamen, sagte er entschuldigend: »Ich kann Euch nicht einmal etwas zu trinken anbieten. Es ist noch zu früh. Man hat mir noch nichts gebracht. Doch was kann ich sonst für Euch tun?«

Von Arnheim kam sofort auf den Punkt: »Ihr habt sicher mitbekommen, dass zwei unserer Chorknaben ermordet wurden.«

»Natürlich, ich war sogar bei der Hinrichtung des falschen Mörders mit auf dem Neumarkt. Seid Ihr auf der Suche nach dem wahren Täter?«

Von Arnheim nickte. »Aber das ist schwer, denn die Spur ist schon kalt. Ich steh am Anfang und muss nach allen Seiten suchen.«

»Die beiden Knaben kamen regelmäßig zum Chorsingen hierher. Das kann ich bestätigen. Der kleine Hannes war mir persönlich bekannt. Er war auch öfter für Kaufmann Odenthal hier. Der liefert nämlich den Messwein für den Dom. Den kleinen Jakob kannte ich nur vom Sehen. Er war eher ein scheues Kind, schnell auf dem Weg zur Probe und ebenso schnell auf dem Weg nachhause zurück. Hannes war ganz anders als Jakob. Der war immer neugierig, verweilte gerne auf der Baustelle und sah uns bei der Arbeit zu.«

»Ihr seid ein guter Beobachter und könnt mir bestimmt eine Hilfe sein«, lobte ihn von Arnheim. »Ist Euch jemand aufgefallen, der besonders Anteil an den Chorknaben nahm?«

Der Dombaumeister bedachte sich, wiegte sein Haupt hin und her und antwortete: »Da gibt es einige brave Bürger, die gerne zuhören, wenn die Knaben wie Englein jubilieren. Einer der treuesten von ihnen ist der Dompropst. Er lässt fast keine Probe aus.«

»Das kam mir schon zu Ohren«, pflichtete ihm der Richter bei. »Er war auch Hannes besonders zugetan. Der kleine Kerl verehrte ihn zutiefst und riss sich um den Botendienst für den Messwein. Könnt Ihr Euch daran erinnern, ob der Probst auch an den Tagen der feigen Morde bei den Proben war?«

Von Düren legte seine Stirn in Falten und der Gewaltmeister glaubte fast zu hören, wie angestrengt er nachdachte.

»Der Tod des kleinen Hannes liegt zu lang zurück, da kann ich nichts mehr mit Bestimmtheit sagen. Den Todestag von Jakob hab ich noch fest in Erinnerung. Es war ein garstiger Tag, so einer wie heute. Ich war schon früh auf dem Bau und habe den frommen Herrn gesehen. Er kam aus seinem Haus und war spät dran. Die Probe hatte schon begonnen. Es war ungewöhnlich, den Propst zu dieser Zeit noch auf dem Platz zu sehen. Ich selbst hatte bereits einige Zeit mit Wohlgefallen den Stimmen der Knaben gelauscht. Der Propst war in Eile, er rannte über den Platz. Wir grüßten uns von ferne. Vielleicht hatte er verschlafen und eilte, um möglichst wenig zu versäumen. Sagt, Richter, warum findet der Propst bei Euch so starkes Interesse?«

Der Gewaltrichter suchte händeringend nach einer plausiblen Antwort und war froh, dass er sie schnell fand: »Ich habe Euch gut zugehört. Der Propst war oft bei den Proben, vielleicht kann ich ja über ihn etwas in Erfahrung bringen, was mir bei meinen Nachforschungen hilft. Vielleicht finde ich durch ihn den Weg zu dem feigen Kindermörder.« Nach kurzem Zögern fügte er hinzu: »Aber das ist wohl kaum wahrscheinlich. Der kleine Hannes wurde spät am Abend gemordet, und als Jakob starb, war der Dompropst nach Euren Worten noch zu Hause.«

»Ihr habt recht, es sieht so aus, als könnte ich Euch mit meinen Auskünften nicht wirklich helfen, genauso wenig wie der Dompropst«, bedauerte von Düren. »Was bin ich froh, meinen Beruf zu haben. Da sieht man, was man tut und wie der Hände Werk heranwächst. Ich könnte nicht dauernd nur im Ungewissen herumstochern.«

»Stellt Eure Arbeit nicht zu einfach dar. Auch Ihr seid öfter Sklave von Ungewissheiten. Wisst Ihr heute schon, wann der Geldhahn nur noch tropft und Euer Bau wieder zur Ruhe kommt?«, frotzelte der Gewaltrichter.

Er hatte mit der Befragung mehr erreicht, als er erhofft hatte. Den Propst konnte er als Verdächtigen ausschließen. Der war zur Zeit des Mords an Jakob in seinem Haus gewesen. Von Arnheim wechselte noch einige belanglose Worte, bis er sich verabschiedete.

Vielleicht bringt ja Odenthal die Lösung des Falls, dachte er. Mit dem Kaufmann wollte er am späten Nachmittag zusammentreffen. Sie hatten verabredet, so schnell wie möglich ihre Erkenntnisse auszutauschen …

Von Arnheim wartete voll Neugierde auf Odenthals Erscheinen. War der bucklige Mönch vielleicht der Mörder? Seine Unruhe ließ ihn nicht im Amtssessel sitzen. Rastlos ging er im Zimmer auf und ab.

Dann kam Heriman Odenthal endlich. Er grüßte den Gewaltrichter mit einem Nicken. Sein Gesicht wirkte düster und ein bisschen müde. Da gab es bestimmt keine Erfolgsmeldung. Das bestätigten Herimans erste Worte: »Hast *du* wenigstens Erfolg gehabt?«

Von Arnheims Schultern sanken hinab. Betrübt schüttelte er den Kopf. »Nein, ich auch nicht. Für die Zeit von Jakobs Tod hat der Dompropst ein Alibi. Der Dombaumeister höchstpersönlich sah ihn erst weit nach der Tatzeit das Haus verlassen. Da er den ganzen Morgen das Haus im Blickfeld hatte, können wir ausschließen, dass der Propst vorher schon mal draußen war. Wir müssen ihn als Täter vergessen.«

»Ja, das scheint Beweis genug zu sein. Auch wenn meine Überprüfungen nicht so eindeutig ausfielen, komm ich bei dem Dominikaner zum gleichen Schluss: Er ist es nicht gewesen! Ich habe mit dem Abt gesprochen, und der hat mir überzeugend erklärt, dass der kleine Mönch kein Mörder ist.«

Heriman schilderte von Arnheim ausführlich die Argumente des Abtes und der Richter folgte seiner Unschuldsvermutung.

Kummervoll stöhnte er: »Heute Morgen hatten wir noch zwei Fäden in Händen und waren sicher, dass einer davon zum Täter führt. Nun stehen wir wieder am Anfang. Wir halten gar keine Fäden oder eine Menge davon, wissen aber nicht, wohin sie führen. Was tun wir nur?«

»Du solltest die Stadtsoldaten einsetzen«, fiel ihm Heriman ins Wort. »Die müssen ihre Augen und Ohren offen halten und allem nachspüren, was verdächtig erscheint.«

»Unsere Vaterstadt ist groß, über dreißigtausend Seelen leben darin. Den Mörder zu finden, ist wie die Suche nach einer Nadel im Heuhaufen. Das kann uns nur mit Gottes Hilfe gelingen oder mit Glück«, warf von Arnheim niedergeschlagen ein.

»Nun ja«, wiegelte der Kaufmann ab. »Wir können natürlich vernünftige Eingrenzungen vornehmen. So wie die Leichen der Knaben hingelegt waren, spricht vieles dafür, dass der Täter aus dem Kirchendienst kommt.«

»Er könnte auch ein gläubiger Bürger sein. Unzweifelhaft erscheint mir allerdings die Vorliebe des Mörders für junge Knaben. Dort, wo die zu finden sind, müssen meine Leute die Augen offen halten und Spuren suchen. Besonders dann, wenn Dunkelheit herrscht, die solche Taten verdeckt. Denk daran, der eine Knabe starb am Abend, der andere am frühen Morgen in der Dämmerung.«

Das leuchtete Heriman ein.

Von Arnheim fügte noch einen guten Ratschlag hinzu: »Ich weiß aus Erfahrung, dass solche Missetäter ihr böses Tun nicht lange für sich behalten. Es treibt sie, sich mitzuteilen, sei es aus Sendebewusstsein oder aus Lust am Prahlen. Das geschieht am ehesten in Kaschemmen, wenn der Wein oder das Keutebier die Wangen gerötet und die Zunge gelöst hat. Dort muss ich die Kontrollgänge verschärfen. Meine Gewaltmeister müssen die Wirtsleute anhalten, Verdächtige zu melden. Schon mancher Wirt wurde für uns zum wertvollen Zuträger.«

»Es ist vertrackt«, resümierte Heriman. »Wir haben gerade beide zum Ausdruck gebracht, wie schwer das Feld einzugrenzen ist. Der Mörder kann ein Mann der Kirche sein, genauso ein Bürger. Wir müssen Knaben aus ehrsamen Häusern und genauso Arbeiterkinder im Auge behalten. Höchst unterschiedlich war schließlich der Stand von Hannes und Jakob. Für mich kommen nicht nur Weinstuben, Keutebierhallen und dunkle Kaschemmen in Frage. Badehäuser und Hurenwirtschaften gehören ebenfalls unter Beobachtung! Ich wünsche dir viel Glück, denn für mich ist nun nichts mehr zu tun …«

Kölns Bürgern blieb in den nächsten zwei Wochen nicht verborgen, dass die Gewaltmeister öfter als sonst durch die Straßen liefen, Leute überprüften und die Sperrstunde kontrollierten. Als der Erfolg ausblieb, ließ bei den Büttel der Elan genauso nach wie bei den Bürgern die Aufmerksamkeit. Alles sank in scheinbare Normalität zurück. Der Mörder hatte sich derweilen zurückgehalten, sich niemandem mitgeteilt und alle drängten den Gedanken an ihn weit nach hinten, hinter die Alltagssorgen. War er vielleicht gar nicht mehr in der Stadt? Bei vielen blieb jedoch ein Angstgefühl bestehen. Der Mörder saß vielleicht irgendwo wie eine Spinne im Netz und wartete auf die nächste Beute. Er war bereit zu weiteren bösen Taten.

Böses braute sich wirklich über Köln zusammen. Es kam unerwartet von ganz anderer Seite, doch dafür umso heftiger.

Nicht minder elend und entsetzlich ist,
wann die nimmersatte Pest
uns in gesundem Blute plötzlich
ein wildes Feuer wüthen lässt:
Wann uns ein unerträglichs Brennen,
als wie ein Blitz, den Leib durchfährt;
wodurch, eh wir es hindern können,
der gantze Cörper fault und gährt.
(Barthold Heinrich Brockes, aus: Irdisches Vergnügen in Gott)

Kölns Straßen versanken immer noch in Schmutz und Unrat, besonders in dieser nassen Jahreszeit. Der Kampf des Rats dagegen war erfolglos geblieben. Besonders in den westlichen Stadtgebieten mit ihren unbefestigten Wegen und armseligen Hütten türmte sich der Dreck meterhoch. Selbst Sümpfe gab es dort mitten zwischen den Wegen. Im Rinkenfuhl und auf dem Perlengraben moderten die fauligen Abfälle der Weißgerber vor sich hin. Die Luft war mit Gestank geschwängert. Jede Art Ungeziefer bis hin zu den dicksten grauen Ratten wurde davon angezogen …

An einem diesigen, feuchten Morgen quälte sich eine große Ratte durch einen Müllhaufen, der vor einer der ärmlichen Hütten lag. Irgendetwas stimmte mit dem Tier nicht. Es nahm nicht einmal Notiz von einem Hühnerknochen, an dem sogar noch Haut- und Sehnenstücke hingen. Die Ratte war krank, ihr Leib aufgedunsen, und sie hatte beulenförmige Höcker. Der hässliche Nager kroch schwerfällig durch die Gegend. Dann hörte seine Fortbewegung ganz auf, und es liefen nur noch krampfartige Zuckungen durch den Körper. Aus Maul und After troff eine zähflüssige dunkle Brühe und breitete sich unter dem aufgedunsenen Leib aus. Das Tier war zu kraftlos, um sich aus der Lache fortzustehlen. Noch einmal bäumte es sich auf, und mit einem leisen Fiepen, fast einem Seufzer, hauchte die Ratte ihr Räuberleben aus. Der schwarze Tod, die Pest, hatte in Köln ihr erstes Opfer gefunden!

Der noch warme Pelz war mit Flöhen besetzt. Die erkannten schon, bevor ihr Ernährer erkaltete, dass sie einen neuen Wirt brauchten. Sie hüpften mit großen Sprüngen davon, auf die spärlichen Wärmesignale zu, die durch die maroden Hüttenwände nach draußen in die Kälte drangen. Mehrere der Parasiten fanden den Weg auf die schmutzige Schlafstatt der Frau eines Tagelöhners, die in Lumpen gehüllt auf dem Lehmboden lag und noch selig schlummerte. Sie merkte nicht, wie die kleinen Boten der Pest sie bissen und anzapften.

Nachdem sie erwacht war, verrichtete sie ihr schweres Tagwerk. Erst am Abend, als noch immer viel zu tun war, bemerkte sie Zeichen des Unwohlseins. Ihre Glieder schmerzten mehr als sonst nach einem harten Tag. Ihr fröstelte. Dann wurde es ihr heiß, als hätte sie Fieber. Ihr Kopf tat bald schrecklich weh und wollte fast bersten. Erschöpft ließ sie sich auf einen Schemel nieder und wies ihre beiden Kleinen mit schwacher Stimme zurecht: »Hört auf mit der Quengelei. Ich weiß, dass ihr Hunger habt, doch mir geht es nicht gut. Ihr müsst euch gedulden, ich brauche eine Rast. Denkt mal an das Wohl eurer Mutter!«

Die beiden Kinder guckten sie mit Unverständnis an. Sie waren es gewohnt, sich abends zu sputen. Sie mussten aus den Füßen sein, wenn ihr Vater müde von der Arbeit kam. Warum sollte dies heute anders sein?

Als nach einiger Zeit der Hausherr in die Hütte trat und sich hungrig auf die Vesper freute, erstaunte er: Sein Weib saß zusammengesunken am grob gezimmerten Tisch. Ihr Körper bebte und dumpfe Hustenstöße klangen durch die Kammer. Der kalte Luftzug, der mit dem Öffnen der Tür in die Hütte gedrungen war, hatte Marie den Kopf anheben lassen. Sie guckte stumpf in die Augen ihres Mannes. Erschreckt sah er, dass sie sich in einem schlimmen Zustand befand. Ihr Haar und die Stirn glänzten schweißnass. Ihre sonst so schönen blauen Augen guckten trüb und waren fiebrig gerötet.

»Was ist mit dir, Weib?«

»Nichts, Jan, es geht gleich wieder«, antwortete sie leise und bemühte sich aufzustehen. Es gelang ihr jedoch nicht. Ihr wurde schwindlig und schnell suchte sie wieder Halt auf dem Schemel, stützte sich mit den Händen auf die Tischplatte und begann, erneut zu husten.

»Natürlich hast du was. Ich seh doch, wie du aussiehst, Marie«, wandte sich der Tagelöhner erneut mit sorgenvoller Stimme an seine Frau. »Leg dich hin und ruh dich ein bisschen aus. Ich werde auch einmal ohne dich zurechtkommen.«

Er ging an das Feuer und bereitete für sie daneben ein Lager. Sie sollte es so warm wie möglich haben, denn der Wind pfiff durch die Ritzen der Hüttenwände. Dann ging er zu ihr an den Tisch, stützte sie an den Armen und führte sie behutsam zur Schlafstatt hin. Sie ließ es einfach geschehen.

In den Blicken der Kinder, um die er sich noch gar nicht gekümmert hatte, erschien Angst. So kannten sie ihre Eltern nicht. Was war los? Längst hatten sie aufgehört, zu maulen und zu fordern. Sie wussten, dass der Vater ein viel härteres Regiment mit ihnen führen würde. Seine Hand saß lockerer. Ein Schlag hinters Ohr war leicht gegeben.

An diesem Abend fiel ihr Abendessen noch kärglicher aus als sonst. Dem Vater fehlten die Zauberhände der Mutter, die über die Jahre gelernt hatte, aus dem Wenigen, was zu Verfügung stand, immer etwas Schmackhaftes zu bereiten. Ein Kanten trockenes Brot und ein Schluck gewärmtes Wasser waren alles vor der Nachtruhe. Kein Brei, kein Kräutersud als Schlummertrunk!

Die Nacht brachte nur für die Kleinen Schlaf, obwohl Jans abgearbeiteter Körper ihn ebenso dringlich brauchte. Am nächsten Morgen musste er wieder in die tägliche Tretmühle. Doch diese Nacht wollte er für sein Weib da sein. Zu unruhig war der Schlaf von Marie. Sie stöhnte ununterbrochen, warf sich hin und her, ihr Körper zog sich ruckartig zusammen. Jan hatte sein Lager erst gar nicht bestiegen. In eine Decke gehüllt, eine kleine Funzel zu Füßen, saß er vor Marie und wusste nicht, wie er ihr helfen sollte. Aber ihr nah sein, über sie wachen wollte er auf jeden Fall!

Plötzlich begann sie zu würgen und hob dabei schwach ihren Kopf an. Obwohl sie gar nichts zu sich genommen hatte, ergoss sich ein Schwall von übel riechendem Erbrochenem auf den Lehmboden und beschmutzte ihre Kleidung und Decke. Jan hielt ihr den Kopf. Als nichts Flüssiges mehr kam, würgte sie immer noch weiter, bis sie vor Schwäche in Ohnmacht sank. Das machte auch Jan Angst. Er ging zum Wassertrog, befeuchtete einen Lappen und, obgleich ihn der Ekel plagte, siegte die Liebe zu seiner Frau über alle Unbill. Er begann, das Erbrochene aufzuwischen, und tupfte Kleidung und Decke ab. Mehrmals reinigte er den Lappen im Wasser. Bei seinen Berührungen verrutschte Maries Gewand, und im trüben Licht sah er einen großen ingwerfarbenen Fleck auf ihrer linken Schulter. Um sie nicht aufzuwecken, hob er ihren Arm ganz vorsichtig an. Seine Augen weiteten sich vor Entsetzen. Unter ihrer Achselhöhle hatte sie eine beulenartige Schwellung! Die Atemluft in seinem Schlund wurde eiskalt. Er fühlte sich, als wäre seine Brust von Eisenringen umklammert. Er hatte den schwarzen Tod noch nie gesehen, aber viel davon gehört, denn Menschen hatten es an sich, erlebte Schrecken zu erzählen. Marie hatte die Zeichen der Pest, da gab es kein Vertun!

Jan schloss die Augen, als könnte er so das Gesehene ungeschehen machen. Was soll ich nur tun? Zum Kräuterweib laufen, zum Bader oder zum Medikus? Nein, er würde Marie und die Kinder in der Nacht nicht allein lassen. Wer würde ihm auch so spät noch hinaus in die Kälte folgen? Er müsste den Helfer sogar um den Lohn vertrösten, denn er hatte kein Geld mehr in seinem Beutel. So beschloss er, den Morgen abzuwarten und bis dahin seine Frau selbst zu umsorgen.

Er holte vom Bord an der Wand einen neuen Lappen, befeuchtete ihn mit frischem Wasser und strich Marie mit seinen rauen Händen, so zart wie er konnte, über die schweißglänzende Stirn und betrachtete sie unentwegt.

Ihr Gesicht war fahl und spitz. Die kleine Frau sah noch zarter aus als sonst. Wie oft hatte er sich schon darüber gewundert, was diese kleine Person leisten konnte. Zwei gesunde Kinder hatte sie ihm geboren, seine Eltern bis zum Tode gepflegt und immer dabei den gleichen Frohsinn gezeigt, selbst wenn sie wieder ununterbrochen von früh bis spät geschuftet hatte. Doch jetzt war sie hilfsbedürftig.

Marie begann wieder zu würgen. Eine Mischung von Speichel und Blut floss dieses Mal in die zerwühlten Kissen. Mit großer Sorgfalt reinigte er alles aufs Neue, hielt sie dabei fest im Auge, denn er wollte nicht versäumen, wenn sie aus ihrer Bewusstlosigkeit zurückkommen sollte. Maries Hände hingen leblos zur Seite herab. Sie lag da, als habe sie den Kampf mit der Geißel Gottes längst aufgegeben. Uringestank und der scharfe Geruch des Erbrochenen machte das Atmen in der Kammer immer unerträglicher.

Jan wurde zunehmend mutlos. Er, der sich immer so schwertat, Gott um etwas zu bitten, wusste keinen anderen Ausweg mehr, als dies jetzt zu tun: »Herr, hilf mir in dieser Not! Ich kann nicht ohne sie sein. Was soll ich allein mit den Kindern? Ohne Marie sind wir verloren. Herr, hilf uns!«, betete er und presste seine Hände so fest zusammen, dass die Knöchel weiß wurden, als könnte er so Druck ausüben auf den allmächtigen Gott.

Die Nacht wollte nicht vorübergehen. Manchmal übermannte ihn fast der Schlaf, aber er blieb wach. Er hoffte nach seinem Gebet auf eine glückliche Wendung. Die Kinder schliefen fest und bemerkten nichts von dem Todeskampf der Mutter. Er war mit seinem Kummer allein, ihn plagten Zweifel. Seine Gedanken flogen ängstlich in die Zukunft. Was würde werden? Würde Gott wirklich helfen und Marie gesund machen? Sicher waren seine Bitten viel zu unbedeutend dafür, dass der Herr sich um Marie kümmerte. Gott hat bestimmt mit den großen Herren genug zu tun, dachte er verbittert …

Es wurde kalt in der Hütte. Es herrschte noch kein Frost vor der Tür, und in dieser Übergangszeit gingen sie mit dem wertvollen Brennmaterial sparsam um. Nachts ließen sie das Feuer ausgehen und wärmten sich nur unter den Lumpen und Decken. Wie er da so vor seinem Weib saß, kroch die Kälte an ihm hoch. Daran ist auch etwas Gutes, dachte er und klapperte mit den Zähnen. Das Zittern und Frieren hält mich vom Einschlafen ab.

Endlich brach der Morgen an. Jan hörte erste Geräusche von der Gasse. Der Schlaf seiner Kinder wurde unruhig. Bald würden sie erwachen wie Marie, die aus der Ohnmacht zurückgekehrt war. Sie keuchte und stöhnte, und ihr Körper bebte unter Wellen von Schüttelfrost. An ihrem Hals hatte sich ein weiterer Knoten gebildet. Es schien alles aussichtslos! Trotzdem redete er Marie tröstend zu und versuchte, ihr Hoffnung zu machen. Als Antwort erhielt er nur neuerliches leises Stöhnen.

Bald vermied er, Marie weiter zu stören. Er hatte für sich eine Entscheidung getroffen: Er wollte nun doch zu der Alten eilen, die am Ende der Gasse hauste.

Das Kräuterweib wurde von allen hier hinzugezogen, wenn Krankheiten den Weg in die Hütten fanden. Da brauchte er auch keine blanken Taler. Es reichte, wenn er für sie den einen oder anderen Handschlag ausführte. Die Alte lebte allein und bedurfte ab und zu zur Unterstützung einer kräftigen Männerhand. Sie konnte ihm vielleicht sagen, was getan werden müsse. Den Medikus konnte er dann immer noch aufsuchen.

Die beiden Kinder waren inzwischen erwacht. Ihnen blieb nicht verborgen, dass sich in der Hütte etwas Beängstigendes abspielte. Sie sahen, wie sich ihre Mutter auf dem Lager krümmte, und hörten ihr Wimmern. Das machte ihnen Angst. Sie blieben unter ihren Decken und rührten sich nicht.

Ihr Vater trat vor sie hin und befahl ihnen streng: »Bleibt in euren Betten und verhaltet euch still. Eure Mutter ist krank, und ich muss hinausgehen, um das Kräuterweib zu holen. Mutter braucht Hilfe. Seid also brav!«

Er warf einen letzten Blick auf Maries Lager. Ihr Zustand hatte sich verschlimmert. Schnell öffnete er die Tür und eilte ungewaschen und übernächtigt, wie er war, zur Behausung der Alten.

Nach dem scheußlichen Gestank in ihrer Hütte sog er draußen die frische Luft mit vollen Zügen in seine Lungen. Auf dem Weg zur Heilerin beschloss er, mit seinen Vermutungen über die Art der Krankheit hinter dem Berg zu halten. Er wollte die Alte nicht ängstigen. Nicht, dass sie erst gar nicht mit mir kommt, dachte er.

Er traf sie in ihrer Hütte an. Sie war mit der Feuerstelle beschäftigt, und als er sein Ansinnen vortrug, erklärte sie sich missmutig bereit, ihm zu folgen. Sie nahm einen Leinensack von der Wand. Den kannte Jan, denn darin trug sie immer all ihre Heilmittel und Tinkturen mit sich. Hoffentlich ist etwas dabei, was Marie hilft, dachte er.

Als er zuhause die Tür öffnete, schlug ihnen sofort der furchtbare Gestank entgegen.

Die Kräuterfrau verzog angewidert das Gesicht. »Lass die Tür auf, hier muss Luft rein! Zuallererst müssen wir den teuflischen Gestank austreiben.«

Jan tat das nur ungern. Er wusste, wie schnell sich Gaffer einfanden und nichts Besseres zu tun hatten, als das, was sie sahen, weiterzutratschen.

Die Frau näherte sich dem Krankenlager und bückte sich, um die Kranke zu begutachten. Schon auf halber Höhe erstarrte sie. Ihre alten Augen hatten schon viel erblickt, und so wusste sie schnell, was hier vorlag. Hastig schlug sie das Kreuz über sich, fuhr mit der rechten Hand in den Medizinsack, holte einen Kräuterbeutel hervor und drückte ihn sich fest auf Mund und Nase. Mit tonloser Stimme flüsterte sie: »Das ist der schwarze Tod! Hier kommt meine Hilfe zu spät.« Dann wurde ihre Stimme schrill, und auf der Flucht zur Tür rief sie: »Das ist die Pest! Bleib drinnen mit deiner Brut! Schließe die Tür fest zu. Der schwarze Tod wird noch früh genug nach draußen entweichen!«

Sie rannte hinaus, schlug die Tür hinter sich zu. Flugs eilte sie zu ihrer Hütte, um sich gründlich zu reinigen. Beim Laufen schrie sie die Schreckensbotschaft laut hinaus, und schon bald war die schlimme Tatsache über die Gasse hinaus bekannt.

Jan stand wie versteinert im Halbdunkel. Nun hatte er Gewissheit. Plötzlich waren er und die Seinen Ausgestoßene! Der Mob auf der Straße würde sie totschlagen, wenn sie ihm zu nahe kämen. Auf dem Lehmboden sah er das Kräutersäckchen liegen. Die Heilerin hatte es vor Schreck fallen gelassen. Er hob es auf und drückte es auf das Gesicht von Marie, in der Hoffnung, er könne mit dem Mittel, das die Alte für sich selbst gebraucht hatte, auch seiner Frau helfen. Das sollte jedoch nicht gelingen …

Inzwischen hatte der schwarze Tod einen reitenden Boten gefunden, der die kranke Ersatzwirtin verlassen hatte und auf den Leib des kleinen Rolf gesprungen war. Der Jüngste der Tagelöhnerfamilie spürte den Biss. Doch Flohbisse war er gewohnt, er erduldete ihn ohne Wehklagen und kratzte nur über die juckende Stelle. Er ahnte nicht, dass ihm soeben die tödliche Krankheit der Mutter übertragen worden war.

Sein Vater musste erleben, dass sein Jüngster, noch bevor er seine Frau betrauern konnte, todgeweiht in seinen Armen lag ...

Die Pest hielt sich nicht lange in den Elendsvierteln auf. Bald schwappte sie auf das ganze Stadtgebiet über. Ob arm oder reich, alle wurden betroffen. Schon nach wenigen Tagen zählte man täglich mehr als hundert Tote. Die Totenkarren rumpelten ohne Unterlass durch die Gassen. Der Rat verordnete, dass jeder Leichnam sofort beerdigt werden müsse. Die Totengräber kamen nicht mehr nach. Gerichte und Bursen wurden wegen der Seuche geschlossen. Auf den Märkten wurde nichts mehr verkauft. Die Nahrung wurde selbst in den edelsten Häusern knapp. Vom Umland kam kein Nachschub an frischen Produkten mehr, und so backten die Bäcker bald Kastanien und dicke Bohnen ins Brot. In den Straßen wurde es still, kein Hundegebell, kein Wiehern der Pferde. Jeder vermied es, das eigene Heim zu verlassen.

Nur einige Unentwegte trieb es abends noch in die Schänken. Dort lauschten sie den Berichten der Diener einzelner Häuser. Grauenhafte Geschichten wurden erzählt. Ein Diener wusste zu berichten, dass sich ein vom Tode Gezeichneter auf dem Friedhof bei lebendigem Leibe selbst begraben habe. Er wollte in gesegneter Erde auf die Auferstehung warten und nicht, wie andere, von den überlasteten Totengräbern auf einen Haufen geworfen und verbrannt werden.

Wie immer, wenn die Not am größten war, suchte das Volk Hilfe bei Gott. In großen Gruppen zogen Menschen durch die Stadt, geißelten sich bis aufs rohe Fleisch, sangen fromme Lieder und versuchten, Reliquien zu küssen. Aber auch zu ihnen kam kein Retter in der Not.

So mancher falsche Medikus und Scharlatan trat auf die Bildfläche. Diese Wunderheiler boten ihre Dienste an und warben mit immer neueren Experimenten. Sie ließen zur Ader, schröpften und purgierten. Sie verkauften die kleinen Kräuterkissen, die man vor Mund und Nase tragen sollte. Sie verordneten in Weinessig getunktes Röstbrot, sich mit Essigwasser zu waschen und die Häuser mit Kalktünche zu reinigen. Nichts davon war von wahrem Nutzen. Aber wenn trotz der Mittel ein Erkrankter überlebte, wurde der Scharlatan als Held gefeiert. Einer von ihnen ging besonders grausam vor. Er hatte die unterschiedlichsten Brenneisen bei sich, schnitt Pestbeulen bis aufs Blut auf und brannte sie mit den Eisen aus. Er erhöhte damit nur die Leiden seiner Opfer und beschleunigte ihren Tod. So gab es selbst in dieser schrecklichen Zeit Mitmenschen, die am Leid ihrer Brüder und Schwestern verdienen wollten, sei es durch falschen ärztlichen Rat oder Plünderung leer stehender Häuser. Gott sei Dank folgte die Strafe oft auf dem Fuße, und der schwarze Tod griff sich diese Taugenichtse ebenfalls. Sie trugen zwar meistens lederne Schutzkleidung und dicke Brillen mit Blechschnäbeln über den Nasen, aber dieser Schutz blieb unwirksam. Selbst in den allerschlimmsten Zeiten starben Spötter nicht aus, und so hatten die Scharlatane in ihrer Verkleidung bald den Namen »Doktor Schnabel« weg.

Als man in den begüterten Häusern merkte, dass selbst die berühmten Doktores, die nur gegen reichlich Goldtaler zu Werke gingen, nicht helfen konnten, beschloss Familie für Familie, aus der Reichsstadt zu fliehen. Nach einer Woche glich die Stadt einem Totenhaus. Über viertausend Menschen waren in den letzten sieben Tagen gestorben. Viele, die noch lebten, hatten keine Kraft und keinen Willen mehr, sich weiter aufzubäumen. Ganze Familien starben unbemerkt in ihren Häusern. Erst starker Verwesungsgeruch machte auf die Unglücklichen aufmerksam, und oft gab es keinen, der die Toten zur letzten Ruhe bettete. Übrig gebliebene Kinder sammelten sich vor den Kirchen und warteten verwahrlost darauf, dass sich jemand ihrer annahm. Köln war kein Ort mehr zum Bleiben. Man machte sich zu Verwandten im Umland auf, suchte nach Dörfern und Städten, die von der schrecklichen Plage noch nicht erreicht waren.

Viele der geistlichen Würdenträger vernachlässigten ihre Pflichten. Statt die letzte Ölung zu geben oder die letzte Beichte abzunehmen, flohen sie aus der Stadt. Der Dompropst war einer von ihnen. Den Einwohnern in den Dörfern und Städten vor Köln war der Besuch gar nicht recht. Zu groß war die Angst vor dem, was er mit sich bringen könnte. Manche Tür blieb fest verrammelt, und oftmals erzwangen sich die Stadtflüchtlinge nur mit roher Gewalt Quartier. Manchmal vertrieben sie sogar die Eigentümer, um selbst ein Dach über dem Kopf zu haben.

Heriman Odenthal hatte für sich und die Seinen ebenfalls den Beschluss gefasst, Köln zu verlassen. Das Gesinde hatte schon mit dem Packen begonnen. Er wollte zu seinen Verwandten nach Düren. Heriman war zuversichtlich, dass Blut dicker als Wasser war und sie dort willkommen sein würden. Aber der schwarze Tod war schneller als seine Fluchtplanung. Er befiel den Haushalt und dort das schwächlichste Glied.

Am Morgen kam der kleine Konrad nicht aus seinem Bett. Als Mechthild nach ihm sah, zitterte er am ganzen Körper und sein kleiner Kopf wollte ihm zerspringen. Bei näherem Hinsehen fand Mechthild an dem kleinen Kerl alle Anzeichen der Seuche. Sie versuchte, mit ihm zu sprechen, doch Konrad konnte ihr keine Antwort geben, so schwach war er. Ihr weiches Herz war voll Anteilnahme. Nicht er, dachte sie. Sein toter Bruder ist doch für die Familie Bürde genug. Wie sollen wir das alles nur Walther erklären, wenn der zurückkommt? Ihr Gesicht nahm einen gehetzten Ausdruck an. Soll ich den Beichtvater für die letzte Ölung rufen?, fragte sie sich.

Er wird nur unwillig herbeikommen, wenn er überhaupt noch in Köln weilt. Vielleicht ist es besser, den Medikus herzubitten. Viel haben diese Gelehrten allerdings bisher nicht erreicht, dachte sie. Sie wollte trotzdem nichts unversucht lassen. Das war sie Walther schuldig. Sie beschloss, den berühmtesten Arzt aufzusuchen. Kein Goldstück sollte zu schade sein, wenn es galt, den Knaben zu retten.

Es dauerte über eine Stunde, bis der Arzt kam. Mechthild hielt in der Zwischenzeit Wache am Bett des Kranken. Sie musste hilflos miterleben, wie er mehr und mehr verfiel. Er würgte ununterbrochen. Eine Mischung von Speichel und Rotz floss in die frisch gerichteten Kissen. Es war nicht zu übersehen, wie der Knabe gegen die Krankheit kämpfte. Hier kann nur noch Gott helfen, dachte die gläubige Frau. Sie löste das kleine goldene Kreuz vom Hals des Knaben und drückte es ihm fest auf die Lippen. Vielleicht gibt das Zeichen Christi dem Jungen Kraft. Hoffentlich rettete ihn Gott von der Totenliste des schwarzen Fürsten, der überall in der Stadt sein schlimmes Geschäft verrichtete!

Endlich traf der Arzt ein. Er ging stolz erhobenen Hauptes und wirkte selbstsicher. In Mechthild keimte Hoffnung auf. Der Doktor bedeckte sich Mund und Nase mit einem blütenweißen Tuch, das nach Essig roch, und näherte sich Konrad. Er berührte nichts mit seinen Händen, sondern benutzte dafür einen Stab, mit dem er Decken und Nachthemd des Kranken zur Seite schob. So blieb ihm nicht verborgen, dass er überall dunkle Flecken hatte. Hinter dem linken Ohr befand sich auch schon eine Pestbeule. Zwei weitere sah er in der Leistengegend.

»Gevatter Tod hat den jungen Mann in seinen Händen«, sagte er und guckte die Hausfrau mit stechenden Augen an. »Aber es ist noch nicht zu spät, wir können den Kampf noch aufnehmen. Wenn der Knabe am Leben bleibt, bis die Beulen aufbrechen und ihr grünes, übel riechendes Gift aussondern, wird sein Fieber sinken und seine Chance zu überleben steigt. Die Hoffnung wächst mit jedem Tag, den er durchhält. Wenn er Blut bricht, war alles vergebens. Dann steht sein Tod unmittelbar bevor. Kühlt ihm die Stirn, flößt ihm Flüssigkeit ein. Wascht seinen Leib mit Essig ab, besonders gründlich die Beulen! Wickelt ihn fest ein, er wird versuchen, sich unter Fieberschauern freizustrampeln. Er darf sich nicht verkühlen. Mehr kann auch ich zurzeit nicht tun. Ich gebe den Kleinen in Gottes Hand und komme morgen wieder zur Visite. Seid tapfer und lasst den Kopf nicht hängen. Ich sehe einige gute Zeichen für sein Schicksal. Heute ist Dienstag, da herrschen Mars und das männliche Prinzip. Das wird ihn in seinem Kampf unterstützen und die vier Körpersäfte vielleicht wieder in Einklang bringen. Haltet morgen früh ein wenig von seinem ersten Harn für mich zurück. Ich werde ihn überprüfen.«

Die Worte des Arztes hatten Mechthild erschreckt, ihr aber auch Mut gemacht. In meine Hände, in meine unerfahrenen Hände gibt er das Kind, dachte sie besorgt. Oh Gott, lass alles gut werden, es scheint noch eine Chance zu geben!

Heriman versuchte sich ebenfalls rührend um den Jungen zu kümmern. Immer wieder bot er an, die Wache an dessen Bett zu übernehmen, doch Mechthild ließ sich diese Arbeit nicht abnehmen.

»Lass mich nur machen«, sagte sie bestimmt. »Das ist Frauensache.«

So sorgte der Kaufmann für warmes Wasser aus der Küche, frische Tücher und auch für kleine schmackhafte Leckereien, damit seine Schwester bei Kräften blieb und es ihr an nichts fehlte.

In der Nacht nickte Mechthild, trotz aller Gegenwehr, kurz ein. Aber bald schreckte sie auf, und ein schuldbewusster Blick ging zu Konrad hin. Was sie sah, ließ ihr einen Schauer über den Rücken laufen. Das weiße Tuch unter dem Kranken wies eine große dunkle Stelle auf. Hatte er Blut gespuckt? Ging es dem Ende zu? All mein Bitten und Flehen und mein Tun war vergeblich, dachte sie. Als sie jedoch genauer hinsah, kamen ihr Zweifel. Der Fleck war nicht blutrot, sondern grünlich, dunkel. Waren etwa die Beulen aufgebrochen? Mechthild hob das Nachthemd an und sah ihre Vermutung bestätigt. Es war kein erbrochenes Blut! Sie schob dem Jungen das Nachtgeschirr unter und wartete geduldig, bis er Urin ließ. Schließlich rief sie laut nach der Magd und befahl ihr, den Doktor zu holen.

Der kam schneller als beim ersten Mal und bestätigte ihre Diagnose. Er nahm den Harn und schüttete ihn vorsichtig in ein Glasgefäß. Er betrachtete ihn lange gegen das Licht. Dann ging er zu dem kleinen Blumenstrauß auf dem Beistelltischchen und besprenkelte ihn mit dem Urin. Nach einem Moment des Zuwartens sagte er: »Gut so, die Blumen welken nicht. Das ist ein schönes Zeichen. Der junge Mann hat tapfer gekämpft. Er fühlt sich wohl noch zu jung zum Sterben. Nur weiter so, dann schafft er es.«

In den nächsten Tagen ging es mit Konrad stetig aufwärts. Er schlief immer weniger und wurde immer ungeduldiger in seinem Bett. Mechthild fiel ein Stein vom Herzen. Sie erlebte förmlich am eigenen Leibe mit, wie Konrads Genesung fortschritt. Der Arzt befahl ihr trotz der Fortschritte streng, in ihrer Pflege nicht nachzulassen. »Der Junge muss wieder zu Kräften kommen. Einen Rückschlag müssen wir unbedingt vermeiden.« Seine Vorgabe vertrug sich schwer damit, dass Konrad sich immer mehr langweilte und sein kleiner Körper nach Bewegung schrie. Mechthild redete mit Engelszungen auf ihn ein, war abwechselnd streng und gütig und zwang ihn, im Bett zu bleiben.

Wie erleichtert war sie, als er die ersten festen Speisen zu sich nahm. Er trank eine kräftige Brühe und aß einen Teller süßen Brei.

Unverändert schritt die Genesung voran. Um Konrad abzulenken und zu beschäftigen, verfiel Mechthild darauf, ihm Geschichten und Sagen zu erzählen. Sie erzählte auch eine Geschichte aus früheren Tagen der Pest, die sich in Köln zugetragen hatte. Sie wollte Konrad mit der Mär ermuntern, durchzuhalten und auf dem Weg der Besserung Geduld zu zeigen:

»*Vor vielen Jahren lebte in unserer Stadt ein braver Mann. Sein Name war Mengis von Aducht. Er war Stadtrat, was dein Vater im nächsten Jahr ebenfalls werden will.*«

Der Kleine fiel ihr ins Wort: »Oh ja, mein Vater, wäre er nur hier, könnte uns alle beschützen, nicht wahr, Tante Mechthild? Vater kann alles.«

Mechthild sah ihn liebevoll an und wischte mit einem feuchten Lappen über seine Stirn. Es war weniger ein Wischen als ein Streicheln, so zärtlich waren in diesem Moment ihre Gefühle für den Knaben. Dann fuhr sie fort:

»*Mengis war jung und verliebte sich in ein Fräulein, Richmodis von Namen. Die war sehr schön und lieb. Mengis umwarb sie viele Monde, bis endlich zwischen den beiden Familien der Ehebund für die Kinder geschlossen wurde. Eine prächtige Hochzeit wurde gefeiert und das junge Paar bezog ein schmuckes Haus am Neumarkt, dort wo dein Vater und Onkel Heriman immer zum Schießstand gehen.*«

»Und wo man Puppenspieler und wilde Tiere sehen kann«, fügte der kleine Meister Allwissend hinzu.

Mechthild ließ sich nicht ablenken:

»*Zum Zeichen seiner Liebe und als Treueschwur steckte Mengis seinem Eheweib einen wunderschönen funkelnden Ring an die Hand. Aber bald brauste die schwarze Pest mit ihrem giftigen Hauch über das Land und kam auch nach Köln. Ihre todbringenden Dämpfe flogen von Haus zu Haus und Kölns Bürger starben wie die Fliegen. Die Straßen wurden still und leer. Keiner traute sich mehr vor die Tür, nur die Totenkarren rumpelten unentwegt in den Gassen.*

Wochen vergingen, und es schien, als bliebe das Heim von Richmodis und Mengis verschont. Die beiden priesen den lieben Gott dafür, und das brave Weib tat alles, um denen zu helfen, die das Unglück traf. Sie verteilte

Speisen, Kleidung und linderte Tag für Tag die Not der Erkrankten. Abends war sie oft vor Erschöpfung zu müde, um noch etwas zu sich zu nehmen. So schwanden ihre Kräfte zusehends.

Eines Abends kam sie nach Hause, war blass und bebte am ganzen Körper. Ihr Mann nahm sie in seine starken Arme und sagte: ‚Ruh dich aus und schone dich.' Aber irgendwie fühlte er, dass sie ganz anders war als sonst. Richmodis war erkrankt. Die bösen Krallen der Pest hatten sie doch noch erreicht. Sie bekam Fieber und Erbrechen. Beulen wuchsen ihr am ganzen Leib. So geschwächt, wie sie durch ihr aufopferndes Tun war, konnte sie den Kampf gegen den Tod nicht gewinnen, obwohl Mengis immer bei ihr saß und sie umhegte.«

»Das hast du auch für mich getan, Tante Mechthild«, sagte Konrad zufrieden und wartete, dass sie weitererzählte.

»Alle im Haus nahmen Anteil an Richmodis' Schicksal. Geredet wurde nur noch mit leiser Stimme. Jeder ging lautlos die Treppe hinauf oder hinab, und das Lachen war ganz ausgestorben. Leider half nichts davon. Eines Abends hauchte Richmodis ihr Leben aus und brach zum allerletzten Mal ihr rosenrotes Blut auf die Bettdecke.«

»Das ist dir erspart geblieben, Konradchen. Was haben wir aber auch darum gebetet! Die Ärzte sagen nämlich: Schießt der Lebenssaft erst aus dem Mund, dann erlöscht das Leben zur selben Stund.«

»Ich hätte bestimmt Blut genug gehabt, um auch das zu überstehen«, meinte der Kleine im Brustton der Überzeugung und bat sie ungeduldig, weiterzuerzählen.

»Der herbeigerufene Medikus bestätigte Richmodis' Tod. Sie wurde in einen Sarg gelegt und schnell zum Friedhof getragen, denn in Zeiten der Pest war das Abschiednehmen von den Toten nur kurz. Man wollte sich nicht anstecken. Im offenen Sarg fuhr man sie auf dem Totenkarren vor ihr Grab. Mengis' Gesicht war starr und unbeweglich vor Trauer. Seine Augen guckten leer geweint und tot. Er bemerkte kaum, was mit seinem Weib geschah. Die Totengräber hoben den Sarg von dem Karren herab. Auch sie hatten es eilig. Diese schlimme Zeit brachte ihnen Arbeit zuhauf. Es war gut, Taler zu verdienen, aber die Furcht, selbst von der Pest befallen zu

werden, war immer dabei. So gönnten sie der Toten kaum einen Blick. Doch ein Sonnenstrahl traf den Ring an ihrem Finger, und der sprühte Funken. Einem der Totengräber stach das glitzernde Juwel ins Auge. Welch prächtiger Ring, dachte er. Der ist ein Vermögen wert, das ich in vielen Tagen harter Arbeit nicht erringen kann. Gierig schweiften seine Augen über das wertvolle Schmuckstück. Nur widerwillig begann er damit, den Sarg mit langen Nägeln zu verschließen. Dann schob er ihn zusammen mit seinem Gefährten in die dunkle Gruft. Der Ring ging ihm nicht aus dem Sinn. Selbst abends im Wirtshaus beim Keutebier musste er an ihn denken. Langsam, aber sicher reifte in ihm ein Plan.

Nach dem dritten Krug weihte er seinen Gefährten ein: ‚Hast du den Ring an der Hand der toten Richmodis gesehen?'

Der Geselle an seiner Seite schüttelte träge den Kopf. ‚Bekommst du nicht einmal abends beim Zechen unsere schreckliche Arbeit aus dem Kopf?', erwiderte er vorwurfsvoll und nahm einen Schluck aus seinem Krug.

‚Dieser Ring ist ein Vermögen wert, er kann uns reich machen. Lass uns die Nacht nutzen und den Ring holen. In unserem Säckel sind die Goldstücke dafür besser aufgehoben als der Ring in seinem kühlen Grab.'

Das traf schon eher das Interesse seines Kumpans. Schnell waren sie sich einig und brachen in die dunkle Nacht auf. Beim schwachen Licht einer Laterne öffneten sie die Gruft und den Sarg. Als der Totengräber, um den Ring abzustreifen, die Hand der Toten berührte, schreckte er zurück: Die Hand war warm und er glaubte ein leichtes Zittern zu verspüren.«

»Tante Mechthild, das geht doch gar nicht! Wer tot ist, ist kalt und kann sich nicht mehr rühren«, nahm ihr Konrad zweifelnd das Wort.

»Hör mir zu, du wirst gleich erfahren, was passierte«, beschwichtigte ihn die Erzählerin.

»*Als auch noch ein Stöhnen aus dem Sarg drang, packte die beiden Räuber das Grausen. Sie gaben Fersengeld. Die Laterne ließen sie vor Aufregung am offenen Grabe zurück. Es war wirklich ein Wunder geschehen. Richmodis war gar nicht tot gewesen, als man sie begrub. Sie war nur in einen tiefen Schlaf gefallen, einen todesähnlichen Schlaf, der am Anfang ihrer Genesung stand. Nun war sie erwacht, blickte sich verwundert um* und erkannte entsetzt, dass sie in einem Sarg lag. Sie dachte bei sich: Mengis hatte es eilig, mich loszuwerden! Schnell stand sie auf, nahm die Laterne in die Hand und machte sich auf den Weg nach Hause. Der Weg war nicht weit. Mit dem Türklopfer klopfte sie fest an die Tür und rief: ‚Lass mich ein, ich bin es, Richmodis!'*

Ein Knecht, der sie als Erster hörte und die Tür öffnete, erlitt einen Schock. Er schrie vor Schreck: ‚Das kann nicht sein, unsere Hausfrau ist tot! Das ist ein Spiel des Teufels!' Er warf die Tür wieder zu und rannte davon.«

Mechthild sah, wie der kleine Konrad ebenfalls erschauerte. Ist es ein erneuter Fieberschauer?, dachte sie besorgt. Sie wollte schnell zu Ende kommen:

»*Dann öffnete sich oben das Fenster und der Hausherr guckte persönlich heraus. Wieder rief Richmodis: ‚Mach auf, ich bin es, dein Weib! Ich stehe hier und friere. Lass mich herein!' Auch Mengis antwortete: ‚Das kann nicht sein, Richmodis ist tot, die Pest hat sie mir gestohlen! Du kannst es nicht sein, eher könnten meine beiden Schimmel oben auf dem Turm stehen und wiehern.' Er hatte es kaum ausgesprochen, da erschallte ein Wiehern aus dem Pferdestall, und mit Hufgeklapper sprengten die beiden weißen Tiere über den Hof und trampelten mit Gepolter die Stiegen hinauf. Oben steckten sie ihre Köpfe aus den Fenstern und wieherten kräftig um die Wette.*

Da wurde Mengis klar, dass ein Wunder geschehen war. ‚Maria und Jesus, sie lebt!', jubilierte er, rannte die Treppen hinab an die Haustür und schloss seine Frau voll Glück in die Arme. Er herzte sie und war selig. So lebten die beiden Eheleute noch viele Jahre zusammen, bekamen Kinder und waren ein glückliches Paar ...«

Mechthild war am Ende der Geschichte angekommen, warf einen Blick auf den Jungen und sah zufrieden, wie erleichtert er über den glücklichen Ausgang war. »Du siehst, man kann die Pest besiegen. Auch du bist auf dem besten Weg. Doch hab Geduld, schone dich und bleib brav liegen. Tu alles, was der Medikus befohlen hat.«

Konrad druckste herum: »Ja, Tante Mechthild, ich möchte nicht sterben, aber bitte, ich möchte auch nicht erst in ein Grabgemäuer, bevor ich weiterleben darf.«

Mechthild lächelte liebevoll. Sie hatte gemerkt, dass den Knaben etwas bedrückte, und war nun froh zu wissen, was. »Nein, mein Kind, wenn du artig bist und brav im Bett bleibst, sollte das bei dir reichen. Iss und trink, damit du wieder stark und kräftig wirst.«

Konrad war erleichtert. Schon bald fielen seine Augen zu und er glitt in einen tiefen Erholungsschlaf ...

Zum ersten Mal seit langem verließ seine fleißige Wächterin das Zimmer. Unten am warmen Kachelofen im Wohnraum fand sie ihren Bruder. Er saß dort in Gedanken versunken, schien fast zu träumen, und vor seiner Rechten stand ein Pokal mit rotem Ahrwein. Sie ging zu ihm und setzte sich neben ihn. Sie liebte dieses gemütliche Beisammensein.

»Ich glaube, Konrad ist über das Schlimmste hinweg«, störte sie ihn in seinen Träumereien.

Heriman sah sie verdutzt an. Aber als er begriff, was sie gesagt hatte, lächelte er und antwortete: »Gott sei Dank. Natürlich habe ich bei deiner Pflege nichts anderes erhofft. Was bin ich froh, dass wir Walther bei seiner Rückkehr wenigstens einen seiner Söhne noch lebend vorzeigen können! Der Kleine ist mir in der kurzen Zeit, die er bei uns wohnt, so ans Herz gewachsen, ich hätte seinen Tod kaum überwunden. Schlimm wäre es gewesen, hätte er uns auch verlassen.« Er nahm Mechthilds Hände und streichelte sie zärtlich.

Seine Schwester nickte und sagte: »Gottes Segen liegt über unserem Haus, es ist eines der wenigen, das der Pesttod verschonte.«

Die Geschwister verweilten noch einige Zeit in der Wärme des Ofens und sinnierten über die grausame Pest und ihre Folgen.

Dann kam Heriman wieder etwas in den Sinn, das er Mechthild schon lange sagen wollte: »Deine These hat die Nagelprobe nicht bestanden, meine Liebe. Wir sind schon im zweiten Monat. Die Tage des letzten Vollmonds gingen vorbei, ohne dass ein Knabenmord geschah. Du gingst also fehl in der Annahme, dass der Vollmond den Mörder zu seiner Tat rief.«

Mechthild war verblüfft. Die ganzen vergangenen Tage hatte sie nur all ihre Sinne darauf gerichtet, Konrad am Leben zu halten. Die schrecklichen Morde waren ganz in den Hintergrund getreten, sogar in Vergessenheit geraten. Aber Heriman hatte recht, der Vollmond war gekommen, und es hatte keinen weiteren Mord gegeben.

»Vielleicht ist der nächste Mord unter den unzähligen Toten gar nicht aufgefallen«, sagte sie bockig.

Heriman lächelte sie von oben herab an und sagte: »Das willst du doch selbst nicht glauben. Die beiden Knabenleichen waren so besonders hergerichtet, so etwas wäre selbst zwischen den vielen Pesttoten aufgefallen.«

Mechthild musste das dem Bruder zugestehen, doch sie suchte fieberhaft nach anderen plausiblen Argumenten: »Vielleicht hat der schwarze Tod ja den Mörder erwischt. Dann hätten wir ein für alle Mal Ruhe vor ihm. Vielleicht gehört er auch zu den Glücklichen, die aus der Stadt fliehen konnten. Das taten schließlich viele. Selbst einer unserer vermeintlich Verdächtigen hat die Stadt verlassen. Der Dompropst ist schon lange vor Vollmond zu seinem Amtsbruder nach Mainz gereist.«

»Der Dominikanerabt hat Fordolf ebenfalls auf Pilgerfahrt ins Kloster nach Brügge geschickt. Auch das bereits lange vor Vollmond«, ergänzte Heriman ihren Gedanken.

»Dann lass uns hoffen, dass es so ruhig bleibt.«

Heriman nickte, und sie saßen noch einige Zeit stumm auf ihrem Lieblingsplatz.

Aber Mechthild kam ein weiterer Gedanke, und der musste raus: »Bei dem Glück, das unserem Haus bisher beschert war, solltest du einen Flügelaltar für unsere Kirche Sankt Pantaleon stiften. Ihr wurdet dort getraut, und unsere Eltern liegen in ihr zu Grabe. Ich kann den Altar schon vor mir sehen«, schwärmte sie. »Auf der Mitteltafel die Kreuzigung und du als Stifter kniend vor dem Kreuz. Auf der linken Tafel die Geburt Christi und die Anbetung der Heiligen Drei Könige, schließlich rechts Himmelfahrt und Pfingsten.«

Heriman fand fürs Erste keine Worte, aber der Vorschlag gefiel ihm. Ihm ging es gut, die Geschäfte liefen bestens, er stimmte ihr gerne zu: »Du hast wie so oft recht, Schwesterlein, aber du sollst dich auch auf dem Bildnis wiederfinden.«

Mechthild sah ihn beglückt an und gab ihm einen Kuss auf die Wange.

Auch der nächste Monat verging, und seine Vollmondtage zogen ohne Mord vorüber. Inzwischen stand der Winter vor der Tür, und mit den Herbststürmen wurde die Pest, so schnell wie sie gekommen war, aus der Stadt vertrieben. Große Lücken hatte sie in der Bevölkerung gerissen. Viele Häuser standen leer. Kindergeschrei ertönte nur noch selten, aber es gab doch noch Menschen genug für einen Neuanfang. Nach und nach kamen sie aus dem Umland zurück. Es dauerte nicht lang und auch der Dompropst war wieder da. Fordolf hingegen schien sich in Brügge wohlzufühlen.

Walther Eck war nun seit Wochen auf Fernreise, und niemand wusste, wann und ob er gesund wiederkommen würde ...

So fuhr ich hin gen Reußen,
Wo ich viel Zobel fand,
Gen Liefland und gen Preußen,
Dem Bernstein reichen Strand.
Da kauft ich reiche Felle
Und dacht in meinem Sinn,
Es würd an jeder Elle
Wohl dreifach mein Gewinn.
  (Gerhard Unmarce, aus: Gedicht über den Kölner Kaufmann, um 1200)

… Walther Eck hatte die Reisegruppe seinen Wünschen entsprechend zusammengestellt. Zwei weitere Fernkaufleute hatten sich mit vier zusätzlichen Wagen angeschlossen. Sie steuerten fünf bewaffnete Begleiter bei. In dieser Zusammensetzung war die Reisegruppe gut gesichert. Die Kaufleute beschlossen, auf offenem Feld oder im Wald zu kampieren. Sie waren dadurch freier in ihrer Entscheidung, das tägliche Reisepensum zu beenden, und sparten Kosten. Das Wetter blieb wechselhaft und kalt. Windböen aus dem Westen brachten öfter Regenschauer. Große Pfützen und Morast erschwerten die Fahrt mit den schweren Fuhrwerken.

Um auf der sicheren Seite zu sein, hatten die Kaufleute neun Tage für die Fahrt nach Brügge angesetzt. Sie planten mit der wertvollen Ware zwischen dreißig und fünfundvierzig Kilometer pro Tag. Walther Eck hatte vorn auf der Bank Platz genommen. Sein Wagen führte den Zug an. Am ersten Reisetag blieb es trocken, doch in der Nacht zuvor hatte es Bindfäden geregnet. So unterließen die schweren Holzräder das stete Knattern und Schmatzen nicht. Nur langsam und mühevoll arbeiteten sie sich durch den zähen Lehm. Die Kolonne kam kaum von der Stelle. Wir werden den einen oder anderen Tag zugeben müssen, dachte Walther besorgt. Die langsame Fahrt kam der wertvollen Fracht zugute. Auch wenn alles sorgsam verpackt worden war, minderte sich so das Bruchrisiko.

Die Eintönigkeit der Fahrt ermüdete. Walther wäre gerne eingenickt, aber die Flüche der Fuhrwerker und die rohen Witze der Wachsoldaten verhinderten, dass er wegdöste.

Als erstes Nachtquartier wählten sie eine Lichtung in einem Wäldchen.

»Ich schätze, wir sind eine Tagesfahrt vor Jülich«, sagte der Fuhrmann.

Am Rastplatz wurden die Wagen im Rund gestellt und die Beine der Pferde zusammengebunden. Die Männer griffen sich eine Hand voll von dem Stroh, mit dem die Ladung gepolstert war, und rieben die Pferde ab. Ein Wasserlauf ganz in der Nähe kam ihnen zupass. Sie holten mit Ledereimern Wasser und tränkten die Tiere.

Die Nacht im Freien machte Walther zu schaffen. Das fahle Licht des Mondes hinderte ihn einzuschlafen, genauso wie die vielen Geräusche und Bewegungen. Waren es nur Rehe, die durch das Unterholz brachen, oder waren ihnen Strauchdiebe auf den Fersen? Fledermäuse wischten lautlos über ihre Köpfe hinweg und erschreckten die Männer mit ihren kleinen Schatten. Der Schrei einer Eule beunruhigte den Kaufmann. Er deutete ihn als böses Omen. Da ihn der Schlaf nicht in seine Arme nahm, ging Walther seinen Gedanken nach. Er hatte selbst seinem besten Freund Heriman verschwiegen, was ihn wirklich zu dieser Reise getrieben hatte. Er war des Alleinseins müde, vermisste zwar immer noch seine verstorbene Frau, aber Tote konnte man nun mal nicht erwecken. Er sehnte sich nach einem neuen Weib, und da gab es eines, das ihm immer wieder in den Sinn kam. In Lübeck lebte eine Kaufmannsfrau, ein prächtiges Weib mit strahlend blauen Augen und langem blondem Haar. Er kannte sie aus dem Kontor, mit dem er schon Jahre zusammenarbeitete. Auch sie war in jüngster Zeit Wittfrau geworden, und ihm war nicht verborgen geblieben, dass sie ihn früher schon mit wohlwollenden Augen betrachtete. Walther war fest entschlossen, um sie zu werben. Sie gefiel ihm als Frau, wäre bestimmt eine gute Mutter für seine Kinder, und außerdem hatte sie noch ein beträchtliches Vermögen ererbt, was ihnen mit seinem zusammen ein mehr als sorgenfreies Leben garantieren würde. Diese schönen

Gedanken führten ihn schließlich doch noch in das Land der Träume. Er schlief ein …

Als er morgens erwachte, fröstelte es ihn unter den Fellen. Er war ganz steif, und seine Glieder schmerzten. Er war eben doch ein echter Stadtmensch! Wie anders ging es da den Fuhrwerkern und Wachmännern. Sie konnten überall schlafen, wo Rast eingelegt wurde. Sie schnarchten sitzend an die Wagen gelehnt, unter den knarrenden Tannen und selbst beim Geruckel der Fahrt.

Nach einem reichlichen Frühstück brachen sie auf. Sie wollten abends Jülich erreichen. Walther freute sich auf eine richtige Herberge, einen schmackhaften warmen Bissen und einen lieblichen Schoppen Wein.

Der Tag verlief ohne Zwischenfälle. Es hatte wieder nicht geregnet. Unter dem starken Westwind war sogar der lehmige Boden abgetrocknet. Sie kamen zügiger voran als am Vortag. Nun hörte man die Holzräder geschwind knattern. Da, wo es richtig trocken war, fuhren Staubwolken in den Hals und ließen die Männer husten. Hatte Walther sich noch gestern gewünscht, die Straße wäre nicht so verschlammt, so wünschte er sich heute, sie wäre nicht so trocken. Die Fässer mit dem feurig herben Rüdesheimer Johannisberg wurden ganz schön durchgerüttelt!

Sie erreichten Jülich kurz vor der Dämmerung und fanden eine Herberge, in der ihre Wagen auf einem großen Innenhof über Nacht stehen konnten. Die Fuhrleute und Wachsoldaten schliefen draußen im Hof. Die Kaufleute freuten sich auf eine warme Schlafstätte im Schankraum des Wirtshauses. Für die Nachtruhe wollten sie rund um den großen Ofen lagern, doch zunächst saßen sie lange zusammen, aßen eine warme Suppe, Hämmchen mit Kraut und hinterher frischen Schafskäse. Walther trank einige Schoppen Roten. So kann man es besser aushalten, dachte er.

Der Wirt erhielt einige Heller zusätzlich, dafür dass er den Ofen nachts durchheizte. Als sie sich zur Ruhe legten, schlief Walther sofort weinselig ein.

Der nächste Morgen brachte ihm ein Erwachen ohne Frösteln und schmerzende Glieder. Nur der Kopf pochte etwas vom übermäßigen Alkohol.

Die Kaufleute beratschlagten den nächsten Reiseabschnitt. Dann ging es bei trockenem, aber stürmischem Wetter weiter über plattes Land auf Maastricht zu. Heute hielten sich die Fuhrleute und Soldaten mit ihren Zoten merklich zurück. Lag es an der eintönigen Fahrt, oder hatten auch sie den Abend zuvor dem Keutebier zu reichlich zugesprochen?

Walther ermüdete selbst auf dem harten Kutschbock schnell und lehnte sich immer öfter an den weichen Futtersack, der neben ihm hing. Nur der kalte Stahl seines Schwertes, das dort für alle Eventualitäten stand und an das er manchmal stieß, verhinderte, dass er einschlief.

Plötzlich krachte es laut. Der Wagen hing schief. Die Zugpferde scheuten und der Kutscher hatte liebe Not, sie zu zügeln.

Walther sprang vom Bock und sah, dass sich das linke Vorderrad gelöst hatte. War er in Gedanken achtlos gegen einen Stein gefahren? Er sah erleichtert, dass ihn keine Schuld traf. Unter der Wegdecke verlief ein Karnickelbau. Der schwere Wagen war durch den dünnen Belag gebrochen. Gott sei Dank hatte das Unglück nur den Bolzen aus der Radnabe geschlagen und einige Speichen angebrochen. Das Rad selbst war unbeschädigt geblieben. Die Reparatur würde nicht allzu lang dauern.

Wie alles bisher hielt sich auch dieses Malheur in Grenzen. Sie waren von überhöhten Zoll- und Wegegebühren verschont geblieben. Ihr Geleitschutz hatte Wegelagerer abgeschreckt und Pannen hatte es nicht gegeben. Allerdings verhinderten die Reparaturarbeiten, dass sie Maastricht am Abend erreichten.

Wieder wurden die Wagen auf offenem Feld zusammengestellt und die Nacht musste im Freien verbracht werden. Walther fand das äußerst ärgerlich. Ameisen und Käfer krabbelten ihm in die Kleidung, kitzelten, bissen und stachen. Dauernd musste er sich Fliegen aus dem Gesicht klatschen, die ständig aufs Neue von den Pferden angezogen wurden. Ich glaube, ich bin doch zu alt für ein Leben auf Wanderschaft, dachte er. Er hatte bei der Reparatur des Rades mitangepackt und sich eine breite Quetschwunde zugezogen.

»Ungeschicktes Fleisch«, murmelte er am Abend, als er sich die Stelle mit Rinderfett und Beifuß einrieb, damit sie ohne Entzündung verheilte.

Die folgenden Tage vergingen ohne Vorkommnisse. Allerdings blieben die Reisenden nicht mehr vom Regen verschont. Der Westwind blies graue Wolken über das flache Flandernland hinweg und schwere Schauer regneten über dem sandigen Boden ab. Den Männern wurde es unmöglich, irgendetwas am Leib trocken zu halten. Wenn sie abends in einer festen Unterkunft Unterschlupf fanden, wurden zunächst einmal alle getragenen Kleidungsstücke um den Ofen gelegt.

Alle waren froh, als sie nach zehn Tagen die Mauern von Brügge sahen, die Kirchen und den hohen Belfried, den Walther von früher kannte. Er freute sich auf die reiche Stadt und darüber, dass die erste Etappe der Fahrt ein gutes Ende fand.

Walther mochte die Flamen und liebte das streng katholische Brügge. Dort gab es tüchtige Menschen, die bis nach Florenz und Venedig Handel trieben. Ihr unverarbeitetes Tuch ließen sie in den italienischen Städten weiterbearbeiten und veredeln. Sie verkauften es dann auf allen Messen und Märkten Europas. Bis hin in den Orient gingen ihre Handelsbeziehungen. Auch beim Geldhandel und bei der Einfuhr anderer Waren spielten die Brügger Kaufleute eine wichtige Rolle.

Die Kauffahrer aus der Hansestadt Köln waren in Brügge willkommen. Kölner genossen viele Privilegien und unterhielten sogar ein eigenes Außenhandelskontor, das nur Kölner Kaufleuten vorbehalten war. Ihr Kommen war durch Brieftauben angekündigt. Es war für die Weiterfahrt genügend Lagerraum auf einer Kogge reserviert. Mit ihr wollten sie die Fahrt über die Nordsee um Dänemark herum in die Ostsee bis Lübeck wagen. Mit dem neuartigen Schiffstyp war Walther noch nie zu Wasser gewesen. Koggen waren schnelle Segler mit hohen Bordwänden und sicheren Steuerrudern. Sie konnten den heftigen Stürmen besser als andere Schiffe trotzen und boten durch ihre Schnelligkeit ein gerüttelt Maß an Sicherheit gegen Seeräuber.

Brügge brodelte vor Betriebsamkeit. Trotz der vielen Menschen, die sich in der Stadt tummelten, hatte man das Gefühl, alles laufe organisiert und planmäßig ab. Nachdem Walther seine Ware im Kontor übergeben hatte, Fuhrleute und Begleitschutz ausbezahlt waren, heuerte er einen

Lastenträger an und ließ sein persönliches Gepäck zu seiner Unterkunft bringen. Er freute sich auf den »Gouden Dag«. Das Haus lag mitten im Zentrum an einer Gracht. Mit seinen Kollegen hatte er sich dort zum Nachtessen verabredet, zu frischem Plattfisch, rosigen Krabben, dem guten flämischen Schnaps und Bier …

Nach der Nachtruhe nahm Walther eilig sein Frühstück zu sich und ließ sich von einer Kutsche zum Hafen fahren. In hurtigem Trab ging es am breiten Kanal vorbei. Der war links und rechts von einer windschiefen Baumreihe umrahmt. Die Windböen ließen die Blätter wie große Schneeflocken durch die Luft wirbeln und drückten sie schließlich auf den Boden, wo sie noch für kurze Zeit Fangen spielten, um dann zu einer dreckigen Schicht Moder zu verschmelzen.

Im Hafen sah Walther endlich die Kogge. Ihm blieb beim Anblick des mächtigen Schiffs die Spucke weg. Wie klein kam er sich vor! Dieses Schiff fasste bis zu hundert Wagenladungen. Das große Ladevolumen ermöglicht problemlos, meine Güter gemeinsam mit denen der Kumpane zu verschiffen, dachte Walther zufrieden. Er war froh, mit den anderen Kölnern zusammenzubleiben. Das gab ein Gefühl von Sicherheit. Manche Vorteile brachte die Gemeinsamkeit mit sich. Man handelte nicht aus Konkurrenzangst gegeneinander, sondern arbeitete gemeinsam, sparte Geld und war auf der weiten See nicht allein.

Mit großem Interesse betrachtete er die schwenkbaren Tretradkräne auf der Hafenanlage. In einem abgedeckten Holzrad liefen Männer ihre Runden und bewegten mit ihrer Rotation über Zahnräder die schweren Winden, die in den langen holzverschalten Kranarmen liefen und beim Laden und Entladen für schnellen Frachtumschlag sorgten. Die tüchtigen Brügger Bürger hatten das Hafenbecken mit hohen Pfahlkonstruktionen ausgebaut. Selbst die Großschiffe mit erheblichem Tiefgang mussten nicht mehr draußen auf Reede bleiben und von kleineren flachen Booten be- und entladen werden.

Schließlich sprach Walther an Bord vor. Der Kapitän war zugegen und zeigte dem wissbegierigen Kaufmann gern sein Schiff. Die Kogge hatte gerade, flache Kielplanken und schräg ausfallende Vor- und Achtersteven.

Die waren durch ein aus Krummholz gefertigtes Stevenknie miteinander verbunden. Die Beplankung der Rumpfschale war auf dem Boden plan. An den Schiffsseiten hingegen war sie wie Klinker übereinanderkonstruiert. Die Nähte der Kogge waren mit Moos kalfatert. Es war in die Zwischenräume eingepresst und mit Leisten befestigt. Das Schiff hatte eine Länge von circa dreiundzwanzig und eine Breite von ungefähr siebeneinhalb Schritten. Die Seitenhöhe betrug etwa drei und zehn Schritt von Unterkante Kiel bis zur Oberkante. Die Mastlänge war fast so hoch wie das Schiff lang. Die Segelfläche von knapp zweihundert Quadratmetern vermittelte eine Vorstellung von der Schnelligkeit des Seglers. Mit einer Besatzung von vierzehn Mann schaffte man ein Fahrttempo von bis zu acht Knoten. Die vielen Zahlen, die der Kapitän Walther nannte, machten ihn ganz wirr im Kopf. Besonders beeindruckte den Kölner das hohe Schanzkleid mit Kastellen an Bug und Heck. Es gab dem Schiff etwas Wehrhaftes. Walther wurde während des Rundgangs sehr aufgeregt und wäre am liebsten an Bord geblieben und sofort in See gestochen. Aber dafür musste er noch eine Nacht warten und sich in Geduld üben.

Der nächste Tag war windig und kalt, aber das Wetter war gut genug, um Brügge zu verlassen. Walther hatte seine Zeche bezahlt und war frierend auf dem Weg zum Hafen. Dieses Mal würde er das große Schiff nicht nur zur Besichtigung betreten. Heute ging es auf große Fahrt! Kabinen waren an Bord nur in geringer Zahl vorhanden, und er hatte leider keine ergattert. Er musste sich darauf einrichten, die nächsten Tage und Nächte an Deck zu verbringen. Ängstlich sah er zum stahlgrauen Himmel empor und hoffte, dass die vorwinterlichen Stürme nicht zu früh einsetzten und der Herbst noch einige ruhigere Tage bescherte.

Endlich wurden die Ankerketten emporgezogen. Zwei Zentner Eisen bewegten sich gemächlich hinauf und zogen rasselnd den schwimmenden Riesen frei. Sofort verstärkten sich die Schlingerbewegungen, die bei Walther für die nächsten Tage Übelkeit und Verlust des Gleichgewichtgefühls verursachen sollten. Er hatte sich in eine Pelz- und Lederkluft eingemummt, um der Witterung zu trotzen.

Bald war der Hafen verlassen, und die Mannschaft konnte Segel setzen. Navigiert wurde mit dem Lot und der Erfahrung des Kapitäns. Die Kogge blieb meist in der Nähe des Festlandes, um so schnell wie möglich vor Sturm und Unwetter Schutz in Buchten zu suchen oder sich von möglichen Freibeutern absetzen zu können. Die hohen Nordseewellen schaukelten das mächtige Schiff wie ein Spielzeug. Walther wurde grün im Gesicht. Unter dem Spott der Mannschaft hing er schon bald an der Reling und erbrach sich in die schäumende See. Er konnte nicht aufhören, bis er bittere Galle schmeckte. Zum Gelächter der Schiffer machte er den üblichen Fehler von Landratten und spuckte gegen den Wind. Das Erbrochene kam wieder auf ihn zugeflogen und beschmutzte seine Kleidung. Er stank ekelerregend danach.

Die ersten drei Tage verweigerte er jede feste Nahrung. Nur warmen Tee mit etwas Rum nahm er gegen die schneidende Kälte zu sich. Selbst der fand öfter wieder den Weg nach draußen. Am vierten Tag hatte er sich an die neuen Umstände gewöhnt. Das Rollen und Schaukeln des Seglers ließ ihn sogar einschlummern. Ab da aß er mit Heißhunger, als wolle er nachholen, was er in den Tagen zuvor versäumt hatte.

Seinen Freunden ging es nicht besser. Keiner von ihnen wollte den Bekräftigungen des Kapitäns Glauben schenken, dass sie dieses Mal eine wunderbare, problemlose Fahrt hätten. Wie konnte es denn noch schlimmer sein?

Am fünften Tag begannen sie, Dänemark zu umrunden. Dann fuhren sie in die etwas ruhigere Ostsee ein. Am siebten Tag erreichten sie Lübeck.

Im Süden, vor den Toren der Stadt, jenseits der Trave, hatte die Hanse eine Kaufmannssiedlung errichtet. Zu ihr gehörte sogar eine Kirche. Dort fuhr ihr Schiff in gebotener Langsamkeit mit eingeholtem Segelwerk ein. Sie warfen Anker, und die schweren Eisen trudelten hinab auf den Grund. Der Anker grub sich mühelos in den Boden, und das Schiff kam zur Ruhe.

Quer durch das Hafenbecken wurde ihre Ware für den Weitertransport nach Danzig umgeladen. Ein Leichter brachte derweilen die Männer an Land. Wie schön war es, endlich wieder festen Boden unter den Füßen zu haben! Anders als seine Kameraden wollte Walther nicht in der Kaufmannssiedlung logieren. Er würde in einem schönen roten Backsteinhaus mitten in der Stadt zu Gast sein. Dort wartete Sibylla auf ihn, das prächtige blonde Weib, auf das er sich so freute.

Sybilla hatte schon tagelang mit wachsender Ungeduld auf die Ankunft der Kogge gewartet …

Kaum hatte er den schweren Messingklopfer an der Pforte bedient, wurde die Tür aufgerissen und Sibylla stand vor ihm. Unverändert schön war sie, ganz wie er sie in Erinnerung hatte. Ein freudiges Lachen klang ihm entgegen. Zwischen ihren roten Lippen strahlten weiße Zähne wie kleine Perlen um die Wette mit ihren blauen Augen. Das lange Blondhaar war etwas in Unordnung geraten und verriet, wie hurtig sie ihm entgegengeeilt war. Walther wusste kaum, wie ihm geschah, da lag sie in seinen Armen …

Gemütlich warm war es in dem Kaufmannshaus. Die beiden hatten sich viel zu erzählen. Der Abend war nur für sie ganz alleine da. Dabei merkten sie gar nicht, wie schnell die Zeit verging.

»Am nächsten Tag werde ich dir zu Ehren ein Fest geben.« In ihrer allseits gerühmten Gastfreundschaft wollte Sybilla seine Gefährten aus Köln zu dieser Lübecker Tafel einladen. »Einige Kaufleute aus Braunschweig, Danzig, Magdeburg und Rostock werde ich ebenfalls dazubitten«, sprudelte es aufgeregt aus ihr hervor. Dann wartete sie mit fragendem Blick, ob er den Grund dafür erkannte.

Walther lächelte wissend: »Du denkst an den berühmten Spruch der Hanse: *Lübecker Kaufhaus, Kölner Weinhaus, Braunschweiger Honighaus, Danziger Kornhaus, Magdeburger Bankhaus und Rostocker Malzhaus.*«

Glücklich nickte sie. Er hatte nichts vergessen. Ob er sie auch selbst so gut in Erinnerung gehalten hatte?

Walther schaute sie zärtlich an. Für einen Moment war er so von seinen Gefühlen überwältigt, dass er fast schon an diesem Abend mit der Tür ins Haus gefallen wäre und um ihre Hand angehalten hätte. Er wäre auf große Bereitschaft getroffen, aber im letzten Augenblick zügelte er sein Ungestüm. Er wollte seine Reise zunächst erfolgreich zu Ende bringen, seinen Wohlstand mehren und dann erst vor sie treten.

Die Tage in Sibyllas Haus vergingen wie im Flug. Nie hatte sich Walther in den letzten Jahren so wohl gefühlt. Selbst seine geliebten Söhne waren für den Moment vergessen. Er lebte im Jetzt und war gar nicht gewillt, es wieder loszulassen. Er wurde verwöhnt, fand Zuneigung und Wärme, auf die er so lange verzichtet hatte.

Der Tag des Aufbruchs konnte nicht länger verschoben werden. Seine Waren warteten auf einem anderen Schiff, und das war bereit für den Weg in die Danziger Bucht. Hätte man auf dem Landweg mehr als vierzehn Tage bis dorthin benötigt, so brauchte man auf dem Meer nur vier. Walther wusste trotzdem, dass ihm die Abwesenheit von Sibylla viel zu lang würde. Es bedurfte großer Überwindung, sie beim Abschied aus seinen Armen zu lassen, in die sie sich so natürlich geschmiegt hatte, als wäre das immer schon ihr Stammplatz gewesen.

Das Lübecker Handelsnetz umfasste Mecklenburg und Pommern, ging weit über Polen, Liefland, Estland, Litauen hinaus, tief ins russische Reich hinein bis nach Nowgorod. Danzig hatte sich dabei zum bedeutendsten Umschlagplatz für Waren aus Nowgorod und Riga gemausert, und um die Zisterzienser Klöster Dünamünde bei Riga und Olivia bei Danzig hatten sich bedeutende Kaufmannskontore gebildet. Dort wollte Walther seine Ware verkaufen und gegen wertvolle Güter aus Russland eintauschen.

Das Wetter hielt sich auf See, und das war wichtig, denn die Kaufleute mussten sich beeilen, damit sie noch vor Wintereinbruch Brügge wieder erreichten. In den Wintermonaten herrschte nämlich Fahrverbot auf den Meeren. Zu gefährlich war die See und zu wichtig die Sicherheit der Ware. Walther wollte noch im alten Jahr wieder in Köln sein, möglichst mit Sibylla als Mutter für seine Söhne und zärtliche Ehefrau.

Am vierten Tag fuhren sie in den Hafen von Danzig ein und ankerten an den seeseitigen Stapelplätzen. Schnell wurden die Güter gelöscht und fanden zu ansehnlichen Preisen Käufer. Walther hielt seine Kollegen davon ab, in Danzig einige Tage Müßiggang zu schieben. Er drängte zur Eile. Sofort nach dem Entladen strich er durch die Transitlager und wählte Ware für den Rücktransport aus. Schon sechs Tage nach der Abfahrt von

Lübeck konnten sie wieder in See stechen. Schön stellte er es sich vor, bald wieder an Sibyllas Tür zu klopfen!

Er traf sie zuhause an, doch es war nicht wie das letzte Mal. Sibylla wirkte unruhig und maß ihn mit ängstlichem Blick. Das war nicht der gleiche herzliche Empfang!

»Du warst kaum auf See, da erreichte unser Haus ein reitender Bote mit einer Nachricht für dich. Sie ist versiegelt, hier ist sie. Doch glaubt man dem Boten, so enthält sie nichts Gutes.«

Walther sah betroffen auf das Papier in ihren Händen. Er nahm es und riss die Hülle hastig auf. Sofort erkannte er die Schrift seines Freundes Heriman. Er überflog die Zeilen. Beim Lesen sackte er in sich zusammen und sein Gesicht wurde aschfahl.

»Es scheint noch schlimmer zu sein, als ich mir vorgestellt habe«, flüsterte Sibylla.

Walther antwortete nicht, er hielt die Seiten vor sich hin und starrte entgeistert in den Raum. Erst ihre warme kleine Hand auf seiner Schulter brachte ihn zurück. Fast tonlos brachte er heraus: »Mein Ältester wurde ermordet, und der Mörder läuft noch unerkannt umher. Ich muss schleunigst nach Köln. Ich will den Mörder finden. Ich muss auch zu meinem Sohn Konrad. Er ist das Letzte an Familie, was mir verblieben ist.«

Sie umfasste zärtlich seinen Hals und versuchte ihn zu trösten. Sie musste sogar mit weiteren Worten zusätzliche Ängste in ihm schüren: »Walther, es ist schrecklich, aber ich kann dir weiteren Kummer nicht ersparen. Der Bote berichtete, dass die Pest in Köln wütet. Die Menschen sterben wie die Fliegen.«

Walther guckte sie entsetzt an. Er sah in ihr ernstes Gesicht und die lieben Augen, die in Tränen schwammen. »Dann ist es umso wichtiger, dass ich mich beeile. Ich darf mein einziges Kind nicht ohne meine Fürsorge lassen …«

Sibylla gelang es, mit ihrem Verständnis und ihrer natürlichen Zärtlichkeit den Ring, der um seine Brust saß, etwas zu lösen.

Walther schämte sich seiner Tränen nicht. Dann kam es wie eine Urgewalt aus ihm heraus: »Wie schön habe ich mir alles vorgestellt! Um deine Hand wollte ich anhalten, zum Weib dich erbitten, zur Mutter für meine Söhne. Nun das, was hat das Leben noch für einen Sinn?«

Sibylla streichelte über seine kräftigen Hände. »Du hast doch selbst gesagt, mein Liebster, du hast einen Sohn, der auf dich wartet und der dich dringend braucht. Ich sage auch jetzt noch von ganzem Herzen Ja zu dem, was du von mir begehrst. So schrecklich alles ist, lass uns in Gott vertrauen und hoffen, dass er alles zum Guten wendet.«

Diese Worte hätten unter anderen Umständen das höchste Glück für Walther bedeutet. Aber so verblieb er nur in beredtem Schweigen.

Es wurde langsam dunkel im Zimmer. Die Kerzen gaben trotz der Spiegel, die ihr Licht verstärkten, nur spärlich Helligkeit. Der Tag neigte sich zur Ruhe und bedeckte allen Kummer mit Dunkelheit.

Walther war hinter Sibylla getreten. Er stand so dicht bei ihr, dass sie seine Körperwärme auf ihrem Rücken spürte. Der große Mann roch ihren sauberen Duft und fühlte ihre Wärme. Starke Gefühle wallten in ihm auf. Seine Lippen berührten ihren weißen Nacken und streiften wie ein Hauch über ihn hinweg. Sibylla fühlte die feuchte Wärme seines Atems, die ließ sie erschauern. Walther drehte sie langsam zu sich um und drückte sie sanft an sich. Ihre vollen Brüste spannten sich unter dem Druck. Der Kaufmann schämte sich etwas, als sein Glied anschwoll, aber er wollte nicht verhindern, dass es sich fordernd zwischen ihre Schenkel schob. Die öffneten sich kaum merklich und pressten sich ihm entgegen. Ganz langsam, ohne dass er sie drängen musste, begann sie in kleinen Schritten rückwärtszugehen. Walther wusste, dort lag die Schlafkammer. Kurz vor der Tür nahm er Sibylla auf den Arm, trug sie behutsam, wie ein kostbares Gut, zum Bett und legte sie auf die Kissen. Ihr Herz schlug kräftig, und rote Flecken zeichneten sich auf ihrem Hals ab. Ihr Atem ging schnell. Walther deutete das als Zeichen ihrer Bereitschaft. Sibylla öffnete erneut ihre Schenkel und reagierte mit einem wollüstigen Stöhnen, als er sich fordernd über sie schob. Seine Rechte glitt vorsichtig hinab, schob ihr Unterkleid beiseite und streichelte über den weichen Flaum ihrer Scham. Die war feucht und bereit für ihn! Mit großer Erregung schob er sein

Geschlecht mit behutsamen Stößen in das Ziel seines Begehrens. Er glitt in sie, wie auf Wolken. Seine Bewegungen wurden immer heftiger und fordernder. Sibylla bot sich ihm vorbehaltlos dar. Ihre Hände krallten sich in seinen Rücken. Sie folgte willig seinem Rhythmus. Die Wittfrau war eine erfahrene Frau und schon lange ausgehungert nach Liebe. Bald waren sie eins in ihren Bewegungen und zeigten mit lustvollen Lauten ungehemmt ihr Glück. Ihrer beider Höhepunkt war wie eine Explosion, wie ein Feuerwerk. Noch einmal wanden sie sich und erzitterten, bevor sich Walther in sie ergoss. Sibylla begleitete diesen letzten Akt mit spitzen Schreien. Dann lagen sie ruhig und erschöpft beieinander. Haare und Körper waren feucht vor Schweiß. Für den Moment war aller Kummer vergessen.

»Ich liebe dich«, schnurrte sie, und er brummte zustimmend, wie ein liebestoller Bär. Es dauerte noch lange, bis sie wieder ganz bei sich waren. Sie kleideten sich erst jetzt vollständig aus und kuschelten sich unter die Decke. Zum ersten Mal erfühlten sie ihre Körper ganz. Sie blieben die Nacht beisammen, und noch zweimal liebten sie sich. Es war jedes Mal noch schöner als beim ersten Mal. Endlich schliefen sie erschöpft ein.

Walther erwachte am Morgen als Erster und sah Sibylla im aufkommenden Morgenlicht schlummernd neben sich. Das kleine Gesicht war eingehüllt von langem Blondhaar. Sie sieht aus wie ein Engel, dachte er. Gleichzeitig krampfte sich jedoch sein Magen zusammen: Wie wird sie beim Erwachen reagieren? Habe ich sie überrumpelt, ihr zu viel abverlangt? Habe ich vielleicht alles zerstört? Dann gingen seine Gedanken nach Köln. Wie stand es da? Neben der Angst um seinen Jüngsten überkam ihn Trauer um den Älteren.

Als Sibylla erwachte, beruhigte sie mit ihrem Verhalten seine Angst. Als könnte es nicht anders sein, schmiegte sie sich an ihn, biss ihn sacht in sein Ohr und flüsterte: »Ich liebe dich.« Sie war ihm gut, wenigstens eine Sorge fiel von ihm ab, aber es blieben noch genug, und die riefen ihn nach Köln.

Schon beim Frühstücken schmiedeten sie Pläne. Eine Rückreise über

Land, über Hamburg, Bremen, Osnabrück, Münster, Dortmund kam nun nicht mehr in Frage. Der Kaufmann wollte so schnell wie möglich zurück, und das ging nur mit dem Schiff. Er wollte auch nicht so lange warten, bis seine Waren, mit anderen gebündelt, ein volles Schiff ergaben.

Sibylla sah die Möglichkeit, ihn ohne die Güter auf einem früheren Schiff unterzubringen. Sie begann schnell, alles Entsprechende zu arrangieren, schließlich hatte sie in Lübeck Beziehungen. Die Liebenden wurden sich einig, dass Sibylla zunächst nicht mit nach Köln reisen sollte. Walther wollte erst alles ordnen, dann konnte sie im Frühjahr nachkommen. Sie hatte ja auch in ihrer Heimatstadt noch vieles zu erledigen.

»Im Frühjahr feiern wir Hochzeit, komme, was da wolle«, sagte er mit fester Stimme und sah sie glücklich an. Sie hielt ihm ihre Hände entgegen und nickte. Ein freudiges Lächeln huschte über ihr Gesicht und vertrieb für einen Moment die Sorgen, die sie mit ihm teilte.

Walther war voll Unrast. Noch am Vormittag machte er sich auf den Weg in die Kaufmannssiedlung am Traveufer. Er hoffte dort seine Reisegefährten anzutreffen. Er hatte einige Anweisungen zu Papier gebracht, die er seinen Kollegen für das Handelskontor in Brügge mit auf den Weg geben wollte. Unter den gegebenen Umständen sollten sie für ihn über die Ware verfügen. Sie sollten das Kontor beauftragen, die Geschäfte für ihn in Kommission abzuwickeln. Seine baldige Anwesenheit in Köln war ihm wichtiger als ein größerer Gewinnanteil.

Er traf drei seiner Gefährten an. Sie begrüßten ihn mit lautem Hallo. Sie wussten schließlich nichts von seinen Sorgen, dachten vielmehr an ein feuchtfröhliches Mittagsmahl mit ihm im Gasthaus. Sie hatten vor, die Wartezeit bis zum Aufbruch nach Brügge so angenehm wie möglich zu gestalten. Nachdem sie jedoch von Walthers Schicksalsschlägen gehört hatten, war ihr Frohsinn wie weggeblasen. Sie fühlten mit ihm, zeigten wortreich ihr Bedauern und waren natürlich bereit, dem Freund beim Rücktransport seiner Güter behilflich zu sein. In solch tragischen Fällen rückten Kölner Kaufleute zusammen und halfen sich, so gut sie konnten. Walther überließ ihnen die Anweisungen für das Kontor, schüttelte jedem zum Abschied die Hand, bedankte sich für die Hilfsbereitschaft und machte sich schnell wieder auf den Weg.

Schon am nächsten Morgen lief ein Schiff nach Brügge aus. Walther hatte Glück, dieses Mal stand sogar eine Kajüte zur Verfügung. Er konnte auf der Fahrt allein sein und über alles nachdenken, das tat auch not!

Der Tag ging zu Ende, und die Nacht verbrachten Sibylla und er nochmals mit innigen Liebesbeweisen. Sie taten fast kein Auge zu …

Am Morgen stach Walther an Bord der schweren Kogge in See. Sibylla winkte ihm mit ihrem weißen Tuch nach, bis das Schiff aus ihren Augen verschwand.

Walther zog sich sofort in seine Kammer zurück. Er litt die ersten Tage wieder sehr unter dem wogenden Ozean, der war noch aufgewühlter als auf der Hinreise. Die Stürme pfiffen schon winterlich über die Planken. Nur selten ging Walther an Deck, höchstens um frische Luft zu schöpfen und etwas Nahrung zu sich zu nehmen. Auf seiner kleinen Schiefertafel, auf der er sonst seine Kalkulationen und Berechnungen vornahm, strich er ungeduldig die Tage ab, die seit seiner Abfahrt von Lübeck vergangen waren.

Am siebten Tag liefen sie im Brügger Hafen ein. Auch dort war Walther um Eile bemüht. Er traf auf große Hilfsbereitschaft. Alles war schnell besprochen und vereinbart.

Am nächsten Tag machten sich reitende Boten auf den Weg nach Köln, um wichtige Dokumente zu überbringen. Walther konnte mit ihnen reiten. Hoffentlich bin ich solchen Gewaltritten noch gewachsen, dachte er ängstlich. Aber er wollte sich nicht schonen, Wichtiges wartete auf ihn in Köln.

Als alles geregelt war, ging er zu Fuß zum Gouden Dag. Die würzige Luft von der See tat ihm gut. Vorbei an den Kanälen näherte er sich dem Brügger Dominikanerkloster.

Plötzlich horchte er auf, von der Straße schallten ihm deutlich deutsche Worte entgegen. Die Stimme des Sprechenden kam ihm bekannt vor. Ein kleiner Menschenauflauf zeigte ihm, dass da etwas Interessantes zu hören war. Dann sah er die kleine, schiefe Gestalt eines Mönchs. Der gestikulierte wild herum und sprach auf die Menschen beschwörend ein. Der kleine Mann hatte einen Buckel und Walther erkannte ihn augenblicklich: Es war Fordolf, der bucklige Dominikanermönch aus Köln! Aber der hatte sich sehr verändert. Er war heruntergekommen, völlig verwahrlost. Walther, der großen Wert auf Sauberkeit legte, kannte die Einstellung vieler Mönche. Vollbäder standen im Ruch fleischlicher Sünde. Auch den properen Brügger Bürgern schien der Zustand des Mönchs zu missfallen. Doch der rief ihnen entgegen: »Schert euch nicht um Unwesentliches! Eine reine Haut offenbart eine schmutzige Seele. Das hat uns schon der Kirchenvater Hieronymus gelehrt.« Seine Verteidigungsrede wurde mit Lachern quittiert. Das machte das Mönchlein noch viel wütender: »Haltet es mit Papst Innozenz dem Dritten. Er hat uns ins Buch geschrieben: Das Leben ist beklagenswert. Der Mensch ist aus Staub geschaffen, empfangen in der Geilheit des Fleisches. Wenn ihr lacht, so ist das sündhaft. Christus hat dreimal geweint, nie gelacht. Ihr werdet es erleben, wer auf Erden lacht, wird im Himmel weinen! So sagt der Herr: Lasset die Kindlein zu mir kommen, denn ihrer ist das Himmelreich. Möglichst als Kind sollt ihr also diese Erde verlassen.«

Die Lacher waren verstummt. Es herrschte Betroffenheit. Die Worte des Mönchs hatten verängstigt, zumindest zum Nachdenken angeregt. Walther dachte: Dieser Mönch hat sich nur äußerlich verändert. Innerlich vertritt er noch dasselbe wie in den Straßen Kölns. Ihm kamen die Erinnerungen an den Tag des Schützenfestes am Neumarkt wieder, wo Heriman seinen großen Triumph gefeiert hatte. Er sah Herimans Hausburschen tot vor sich, wie sie ihn damals in der Nacht gefunden hatten, engelsgleich daliegend. Ihm wurde schwarz vor Augen und Wut stieg in ihm auf. Schon damals erinnerte man sich an Fordolfs Worte und verdächtigte ihn. Nun, wo sein Sohn auf gleiche Weise ermordet war, drängte ihn alles, sich auf den Mönch zu stürzen und ihn zu zermalmen. Das wäre ihm ein Leichtes gewesen! Er beruhigte sich jedoch genauso schnell, wie er sich erregt hatte. Heriman hatte geschrieben, die Verdächtigungen gegen Fordolf seien aus der Welt, auch wenn der Mörder noch nicht gefunden sei. So ging er mit schnellen Schritten davon. Die schrecklichen Erinnerungen blieben ihm jedoch im Sinn …

In seiner Herberge nahm er einen Schlummertrunk und ging früh zu Bett. Er wollte für den Ritt am anderen Tag ausgeruht sein. Aber im Bett wälzte er sich unter den hässlichen Gedanken noch lange hin und her …

Am nächsten Morgen traf er im Stall auf die Kuriere. Man hatte ihm bereits ein Pferd ausgesucht. Walther musterte es. Es war ein starkes Tier, seiner Größe angemessen. Er legte ihm seine Hand auf die Nüstern, die Stute ließ ihn gewähren. Sie ist zumindest nicht bösartig, dachte er.

Er wandte sich an den Anführer der Gruppe: »Was ist Euer Tagespensum, und wie viel Tage schätzt ihr bis Köln?«

Die Antwort kam prompt: »Da ist nichts zu schätzen, wir haben eilige Papiere abzuliefern und müssen zu festen Zeiten die Pferde wechseln. Wir reiten etwa achtzig Kilometer am Tag und sind in viereinhalb Tagen in Köln.«

Walther war froh über das Gehörte, aber ihn beschlich Furcht, ob er das schaffte. Er sagte sorgenvoll zu dem Kurier: »Ich hoffe, mein Hinterteil wird das überstehen. Es ist solche Ritte nicht gewohnt.«

»Das muss es wohl, denn du darfst uns nicht zur Last fallen. Wir sind dafür bekannt, mit wichtiger Fracht pünktlich zu sein«, antwortete ihm der Mann.

Dem war nichts hinzuzufügen …

Schon bald waren alle bereit, und die Gruppe verließ Brügge in scharfem Ritt. Die Reiter hatten nur kleines Gepäck. Die ersten Stunden hielt der Kaufmann gut mit, doch dann tat ihm jede Stelle am Leib weh. Es fiel ihm unsäglich schwer, nicht einfach anzuhalten und zurückzubleiben. Aber er erinnerte sich an die Worte des Anführers, biss die Zähne zusammen und hielt durch. Mit der Zeit wurde der Schmerz zur Gewohnheit und stumpfsinnig ritt er im Pulk der anderen mit. Er versuchte, sein Denken abzuschalten, bückte sich so flach wie möglich über den Hals seines Pferdes, um wenigstens vor den Windböen geschützt zu sein.

Nach der Hälfte des Tagespensums machten sie Rast. »Nicht für uns, sondern für die Pferde«, hörte er den Anführer murmeln. Doch auch die Männer schienen für die kurze Pause dankbar zu sein. Sie kauten an Brotkanten und die hölzernen Becher gingen im Kreis und wurden mehrmals aus dem Wasserschlauch gefüllt. Was für ein kärgliches Leben, dachte Walther und sehnte sich nach seinem gemütlichen Heim.

So ging es Tag für Tag. Es regnete nicht, aber es war schneidend kalt, zu kalt für Regen, selbst für Schnee. An den Fenstern der Häuser, an denen sie vorbeikamen, wuchsen Eisblumen, innen wie außen. In den Nächten lag Walther still wie ein Stein und schlief wie ein Toter. Aber ich halte durch, dachte er stolz jeden Morgen, den er erwachte und sich humpelnd mit Gliederschmerzen seiner Stute näherte.

Mitte des fünften Tages ritten sie durch das Hahnentor in die Stadt ein. Die Vorbehalte der Kuriere Walther gegenüber hatten sich schon in den letzten beiden Tagen gelegt. Nun fand der Führer sogar lobende Worte für ihn: »Ihr seid ein zäher Brocken, habt Euch gut gehalten. Wir hatten schon Schlimmes befürchtet. Alle Achtung vor Eurer Leistung.«

Walther fühlte, wie Stolz in ihm aufstieg. Trotzdem fiel es ihm leicht, Abschied zu nehmen. Er zog sein normales Leben auf jeden Fall dem Reiterleben vor!

Nun hatte er aber auch wieder Zeit für ungute Gefühle: Was würde ihn zu Hause erwarten? Sie hatten zwar unterwegs gehört, dass die Pest inzwischen von Köln weggezogen sei, aber hatte der Satanshauch auch seinen einzigen Sohn verschont?

Am Hahnentor nahm er eine Kutsche und ließ sich nachhause fahren. Als er dort nur Ermelind antraf und die zu weinen begann, als sie ihn sah, befürchtete er das Schlimmste. Aber es waren Tränen der Freude, Freude darüber, dass ihr Herr wieder im Land war und gesund und wohlbehalten die Verantwortung übernehmen konnte.

Aus Ermelinds Gestammel entnahm Walther, dass Konrad noch lebte und Heriman und Mechthild sich schon seit Wochen um ihn kümmerten. Walther fiel ein Stein vom Herzen. Er packte die Haushälterin an ihren runden Schultern und herzte sie. Dann machte er sich so schnell wieder auf den Weg, wie er gekommen war: »Ich muss sofort zu Heriman und Mechthild, ich muss meinen Jungen sehen. Ich will genau hören, was geschehen ist!«, rief er, schon auf dem Weg.

Im Hause Odenthal fand er nur Mechthild und Konrad vor. Konrad war völlig gesund. Der Knabe musterte seinen Vater zunächst vorwurfsvoll, als wollte er sagen: Du hast mich in meiner schlimmsten Zeit allein gelassen. Doch dann siegte die Sohnesliebe über das Trotzgefühl. Er lief auf den Vater zu und fiel ihm in die Arme …

Dann begann ein Schnattern und Erzählen, und es wurde schon dunkel, als er alles wusste. Nun erzählte auch er von seinem neuen Glück …

Als Heriman nach Hause kam, musste Walther manches, was er bereits gesagt hatte, nochmals wiederholen. Natürlich wollte auch der Freund alles wissen. Seine dröhnende Stimme tat Walther gut.

»Dieses Jahr wird es einen guten Tropfen geben. An den Ufern des Rheins standen die Rebstöcke voller Trauben. Sie erhielten nach deiner Abreise das letzte Streicheln der herbstlichen Sonne und damit die Süße und Reife, die einen guten Jahrgang ausmacht.«

Heriman eilte hinaus, um vom neuen Wein zu holen, und Walther rief ihm gut gestimmt hinterher: »Der Fachmann spricht!«

In Mechthild erwachten die Instinkte der sorgsamen Hausfrau. Schuldbewusst bemerkte sie, dass sie ihrem Bruder vor lauter Rederei kein Abendbrot bereitet hatte. Sie verschwand in der Küche, um alle durch etwas Besonderes zu verwöhnen. Der Junge folgte ihr wie ein Hündchen, und so waren die beiden Freunde allein.

Sie fanden nun Zeit, sich auch über das Geschäftliche auszutauschen. Was Walther berichtete, erschien Heriman schlüssig. Mit einem breiten Grinsen im Gesicht sagte er: »Man soll zwar das Fell nicht verteilen, bevor man das Wild erlegt hat, doch schon das, was du erzählt hast, scheint mir einen besseren Tropfen wert.«

Er machte sich auf, holte einen Krug mit besonders gutem Wein und setzte dafür die glänzenden Silberpokale auf den Tisch. Bald waren die Freunde von außen und innen gewärmt.

In Herimans Haus überwog an diesem Abend die Freude und verdrängte die schrecklichen Geschehnisse, die es aufzuarbeiten galt. Erst zu später Stunde beschloss Walther, zu sich nach Hause zurückzukehren. Er nahm den schlafenden Konrad fest eingehüllt in eine warme Decke mit sich. Er wollte sich nicht schon wieder von seinem Sohn trennen.

*Der Küster zieht die Glocke
Und soll die Trauer läuten –
O komm zu lieben Leuten,
zu Haus! Zu Haus! Zu Haus!*

(Moritz Arndt)

Am nächsten Morgen nahm sich Walther Eck viel Zeit für ein Frühstück mit seinem Sohn. Konrad wollte endlich erfahren, welche Abenteuer sein Vater auf der Reise erlebt hatte. Doch Walther bestand darauf, zunächst aus dem Mund des Kindes zu hören, wie ihn die schreckliche Pest in den Fängen gehabt hatte.

Der Knabe wusste nicht mehr allzu viel davon. Die Zeit seines Dahinsiechens war wie im Traum an ihm vorübergegangen. Vieles hatte er in seiner Bewusstlosigkeit gar nicht mitbekommen. »Mir war es immer schrecklich heiß. Ich war nass geschwitzt und hatte ständig Durst. Vielmals musste ich spucken, gelbe und schwarze Galle. Zweimal hat man mir sogar die Kerze in die Hand gegeben und man dachte, ich würde sterben«, betonte er wichtig.

Walther litt bei der Erzählung Höllenqualen.

»Dann hat es mich furchtbar gejuckt und am ganzen Körper gebrannt. Oft hat es schrecklich gestunken. Tante Mechthild war sehr lieb, sie hat mich gestreichelt, gefüttert, mir zu trinken gegeben. Sie hat viel gebetet, mich gewaschen und immer wieder sauber gemacht. Sie hat mir auch Geschichten erzählt, als es mir wieder besser ging.«

Walther hörte betroffen zu. Dankbarkeit stieg in ihm auf. Dieser guten Freundin verdankte er das Leben seines Sohnes! Ich hoffe, ich kann das irgendwann einmal gut machen, dachte er.

Nun wollte der Knabe aber endlich etwas von seinem Vater hören. »Wie war das auf dem Schiff? War es so groß und gewaltig, wie du immer erzählt hattest?«

»Noch größer, mein Junge. Ich bin auf einer Kogge bisher ja noch nie gefahren. Dieses Schiff war riesengroß. Alle Teile waren aus massivem Holz gehauen. Hinten am Bug befand sich ein Aufbau, in dem wir wohnen konnten.«

»Seid ihr auch von Freibeutern überfallen worden?«, unterbrach ihn der Kleine ganz aufgeregt.

»Nein, Konrad.« Der Vater lächelte. »Aber auch dann wären wir gut gerüstet gewesen. Vom Aufbau aus konnte man mit Bogen und Armbrust und Feuerwaffen weit aufs Meer hinausschießen und Feinde abhalten, während man selbst hinter den dicken Planken geschützt war. Trotzdem bin ich froh, dass uns Gott einen Seekampf erspart hat. So hast du mich nun wohl und gesund wieder.« Er drückte seinen Sohn an sich.

Der Wissensdurst des Jungen ließ langsam nach. Nicht mehr allzu viel musste ihm Walther erklären, und als er merkte, wie Konrads Interesse verflog, schloss er mit einer Neuigkeit, die ihm am Herzen lag: »Konrad, du sollst wissen, dass du im nächsten Frühjahr eine neue Mutter bekommen wirst.«

Der Knabe guckte ihn bestürzt an. »Mutter ist tot«, sagte er bestimmt, doch sein Blick wurde unsicher.

»Das stimmt, mein Sohn. Aber ich habe auf meinen Reisen eine Frau getroffen, die mein Herz erobert hat. Sie ist gut und schön und wird dir gefallen. Sie wird mir eine gute Frau und dir eine liebe Mutter sein. Es wäre nicht gut, wenn wir Männer mit unserem Hausstand auf Dauer allein blieben.«

»Mann« hatte ihn sein Vater genannt. Das machte Konrad stolz, aber die Neuigkeit bereitete ihm Kopfschmerzen. Deshalb sagte er mit Ablehnung in der Stimme: »Vater, ich glaube, ich kann keine falsche Mutter lieb haben.«

»Kommt Zeit, kommt Rat«, wiegelte sein Vater ab und streichelte ihm über sein struppiges Haar. »Du wirst schon sehen, alles wird gut.«

Dabei betrachtete er den zarten Jungen. Der war noch so klein und hilfsbedürftig. Was wäre aus ihm ohne Heriman und Mechthild geworden? Walther schwor sich, dass dies seine letzte Fernreise gewesen war. Man durfte das Schicksal nicht herausfordern. Konrad brauchte einen Vater und eine Mutter. Seine Gedanken schweiften nach Lübeck, wo Sybilla hoffentlich auch an ihn dachte ...

Er überließ Ermelind den Sohn und versprach, am frühen Abend zurück zu sein. Zunächst wollte er hinüber in die Geschäftsräume, um nach so langer Zeit wieder einmal selbst nach dem Rechten zu schauen.

In der Geschäftsstube traf er auf den Bürovorsteher Eckebrecht. Der guckte bei seinem Eintreten von den Büchern auf und ein Strahlen ging über sein Gesicht. Walther glaubte sogar Erleichterung zu erkennen. Der Gute, hatte er ihn vermisst? Aber gut hatte er es sich gehen lassen. Eckebrecht hatte ganz schön angesetzt.

»Wie geht es dir?«, fragte er. »Wenn alles so gut aussieht wie du selbst, mein Lieber, dann kann ich zufrieden sein. Du gehst aus dem Leinen, wirst ein richtiger Pfeffersack!«

Eckebrecht schämte sich ein wenig bei dieser Begrüßung. Doch er war nicht auf den Mund gefallen, eine Antwort war schnell parat: »Es kommen die kalten Monde, da friert's mich leicht. Da lange ich öfter zu und esse mehr. Was schmeckt, das wärmt und passt zu diesen kalten Zeiten. Im Frühjahr, wenn man sich draußen wieder bewegen kann, wird wieder am Rhein promeniert oder der Garten bestellt. Dann schmelzen die Pfunde ganz von allein wieder ab.«

Walther konnte sich ein Schmunzeln nicht verwehren. Er nickte. Ein Wort gab das andere, bevor er sich mit dem Register an seinen Tisch in der Ecke des Raumes verzog, um sich einen Überblick über den Geschäftsverlauf zu verschaffen.

Die Eintragungen waren sauber geschrieben, wiesen keine Lücken auf, auch Kleckse oder Abschabungen waren nicht zu sehen. Er rechnete die Zahlenkolonnen mit dem Abakus nach, prüfte die Überträge und fand keine Unrichtigkeiten.

»Sehr ordentlicher Warenumschlag«, lobte er seinen Mitarbeiter, als er zum Kontostand kam. »Man kann dich wirklich allein lassen. Die Geschäfte sind auch ohne mich gut weitergegangen. So wird es hoffentlich noch einige Zeit bleiben. Du musst noch weiter die Verantwortung übernehmen.«

Eckebrecht verstand nicht, was sein Dienstherr damit meinte. Er guckte ihn fragend an, und Walther fuhr fort: »Ich muss noch Wichtiges erledigen. Der Mörder von Jakob muss gefunden werden.«

»Den sucht ganz Köln«, fiel ihm Eckebrecht ins Wort. »Nachdem Kölns Richter schon einen armen Tropf zu Unrecht gerichtet haben. Wie willst du auf dich allein gestellt da mehr erreichen?«

»Du wirst schon sehen«, sagte Walther voller Überzeugung. Sein Blick heftete sich bittend auf das Bild des Gekreuzigten an der Wand. Und als seine Augen über die Worte am Kreuze fuhren: »IHS«, sagte er halblaut, ohne viel darüber nachzudenken. »*In hoc signo vinces*«, in diesem Zeichen wirst du siegen. »Der Heiland wird mir helfen.«

»Ruf Otto, den Laufburschen«, befahl er Eckebrecht, als er wieder aus seinen Gedanken zurückkehrte. »Schick ihn zu Mechthild und lass sie fragen, ob sie gegen Mittag Zeit für mich hat. Ich würde sie gerne aufsuchen.«

In der Nacht war ihm einiges durch den Kopf gegangen, was er mit ihr besprechen wollte. Ihm war nicht verborgen geblieben, wie sehr Mechthild dieser Fall ebenfalls beschäftigte. Mit großem Eifer hatte sie sich an ihrem Gespräch beteiligt.

Otto kam schon nach kurzer Zeit zurück und bestätigte Walther, Mechthild würde auf ihn warten. Der hagere Junge war auf seinem Botengang patschnass geworden. Schon die ganze Nacht hatte es Strippen geregnet und der Pegel des Rheins war bedrohlich angestiegen.

Im vorigen Jahr hatte der Rhein nach Regenfällen so ein Hochwasser geführt, dass Pforten und Bögen im Wasser versunken waren. In Deutz und Mülheim mussten die Bewohner sogar auf den Dächern Zuflucht nehmen.

Wenn es nicht bald friert und trocken wird, werden wir dieses Jahr das Gleiche erleben, dachte der Kaufmann sorgenvoll. In diesen Tagen machte es wirklich keine Freude, vor die Tür zu gehen, da jagte man nicht einmal den Hofhund nach draußen! Trotzdem machte er sich auf den Weg. Zu stark drängte es ihn, den Mörder zu überführen.

Er stapfte vor sich hin schimpfend durch den Regen zu Herimans Haus am Blaubach.

Walther hatte den Türklopfer kaum betätigt, da öffnete ihm Mechthild bereits die Tür. Die gute Seele hatte auf ihn gewartet. Er pellte sich aus dem nassen Übermantel und hängte ihn im Flur an die warme Außenwand des Kamins zum Trocknen. Gemeinsam gingen sie in den Wohnraum. Mechthild reichte ihm ein Tuch, damit er sich Gesicht und Hände trocken reiben konnte, dann verschwand sie mit den Worten: »Ach, du Armer, ich gehe dir erst einmal Wein holen, von heißen Kieselsteinen gewärmt und mit einem Löffel Honig drin. Das wird dir guttun. Dann kann es losgehen. Ich bin ja so gespannt, wie du den Mörder fassen willst.«

»Bis dahin wird noch viel Wasser den Rhein hinunterfließen, zu viel muss ich noch wissen«, antwortete Walther. »Du, Mechthild, musst mir dabei eine Hilfe sein.«

»Frag mir ruhig ein Loch in den Bauch, ich will das Gleiche wie du, der Mörder muss seine Strafe bekommen«, antwortete die wackere Hausfrau. Sie setzte sich zu Walther auf die Bank und wartete auf seine erste Frage.

»Warum bist du dir so sicher, dass der Übeltäter ein Mann der Kirche ist?«, wandte er sich an sie.

Mechthild zögerte einen Moment, sie wollte nicht zu bestimmt mit ihren Verdächtigungen sein, zu dürftig erschienen ihr auf einmal die Beweise. Heriman hatte sie auch schon vor zu schnellen Mutmaßungen gewarnt. Aber sie war schließlich mit einem Freund zusammen, und deshalb wollte sie ihre Gedanken nicht hinter dem Berg halten.

»Die beiden toten Knaben waren, als man sie fand, so engelsgleich zurechtgelegt. Ich meine, ihre Haltung spricht für einen geistlichen Täter.«

Walther war von dem Gedankengang nicht voll überzeugt, er wollte ihn kritisch hinterfragen: »Warum sollte nicht ein anderer christlicher Eiferer mit den Knaben genauso umgegangen sein?«

»Ob der dann wohl auch Büßerhemdchen und Heiligenkettchen bereitgehalten hätte?«, fragte Mechthild spitz zurück.

»Das fragt sich wirklich«, musste Walther zugeben. »Auch mir kamen heute Nacht der Dompropst und der Dominikaner immer wieder in den Sinn.«

»Nein, dorthin führt wohl keine Spur«, wiegelte Mechthild ab. »Der Abt der Dominikaner hat Heriman von Fordolfs Unschuld überzeugt.

Du weißt, was für ein kritischer Geist mein Bruder ist. Du solltest also nicht davon ausgehen, dass der bucklige Mönch der Mörder war. Für mich sprach sowieso mehr gegen den Dompropst. Allein das Gerücht über seine Knabenliebe störte mich. Doch auch in seine Richtung sind mir die Trümpfe aus der Hand geglitten. Der Dombaumeister wurde zum wichtigen Zeugen für seine Unschuld. Er beschwor, dass der geistliche Herr erst lange nach dem Mord an Jakob sein Haus verlassen habe. Alles ist und bleibt ein unsägliches Ratespiel«, seufzte sie tief.

»Ich kann nur glauben, was ich selbst gesehen oder geklärt habe. Darum werde ich in den nächsten Tagen meine Ohren aufhalten und allen Spuren nochmals nachgehen«, meinte Walther. »Wenn ich dabei ganz bedächtig Fuß vor Fuß setze, sollte es mit dem Teufel zugehen, wenn wir den Täter nicht fänden. Eines musst du mir noch erklären: Warum bist du dir so sicher, dass der Vollmond bei den Taten eine Rolle spielt?«

»Ich habe das genau nachvollzogen«, erwiderte Mechthild. »Beide Jungen starben, als der Mond voll und rund war. Du weißt selbst, man muss auf Zeichen achten, und wenn das kein Zeichen ist!«

Walther dachte nach, dann antwortete er: »Ich habe deine Worte von gestern schon überdacht und in der letzten Nacht immer wieder hin und her gewendet. Dabei blieb mir etwas ungereimt: In der Zeit meiner Abwesenheit war der Mond mehrmals voll, und wo sind die Opfer da geblieben?« »Natürlich habe ich das auch bedacht«, antwortete sie mit gekränkter Stimme. »Dabei fiel der Vollmond in die Tage der Pest. Vielleicht ist der Übeltäter selbst dahingerafft worden. Vielleicht waren die Opfer auch unerkannt unter den vielen verscharrten Toten, oder der Mörder ist aus der Stadt geflohen. Viele Söhne und Töchter unserer Familien hat es damals aus der Stadt getrieben. Erst als der Todesreigen in den Straßen zu Ende ging, kamen sie zurück. Bald haben wir erneut Vollmond, dann werden wir sehen, was geschieht.«

Walther konnte die Überlegungen nicht von der Hand weisen. Mechthild bekräftigte sie noch mit einem weiteren Argument: »Ich habe diese Gedanken von einem Medikus gehört. Er sprach von der Krankheit *Lunare*. Die bricht unter dem Einfluss der Mondphasen aus, und zwar bei Vollmond. Warum soll der Mond einen Mörder nicht beeinflussen können? Warum soll die Konstellation des Mondes zum Zeitpunkt einer Tat keine Rolle spielen?«

»Ich will mir deine Thesen zu eigen machen und sie nicht aus dem Sinn verlieren«, beschwichtigte Walther sie. »Du hast recht, der nächste Vollmond steht vor der Tür, und ist der Mörder nicht an der Pest gestorben oder geflohen, dann müssen wir mit dem Schlimmsten rechnen. Wir sollten Augen und Ohren offen halten.«

Mechthild pflichtete ihm bei. Ihr tat es gut, wie sehr er auf ihre Gedanken einging und sie mit ihr teilte. Vielleicht waren sie wirklich zu zweit stark genug, das Verbrechen aufzuklären.

Walther grübelte schon weiter und erklärte: »Vielleicht hilft uns die Zahl vier, und der vierte Vollmond bringt Gewissheit. Wie wichtig diese Zahl in unserem Leben ist, lässt sich schnell darlegen: Vier Evangelien, unsere vier Körpersäfte – Blut, Eiter, gelbe und schwarze Galle –, die vier Himmelsrichtungen, die vier Elemente – Luft, Wasser, Feuer und Erde –, die vier Jahreszeiten und die vier Lebensabschnitte – Kindheit, Jugend, Erwachsensein und Alter. So viel zu Zeichen. Ich glaube, du hast recht, der vierte Vollmond wird uns belehren. Hoffentlich können wir aber das Schlimmste verhindern ...«

Mechthild wurden Walthers Gedankensprünge unheimlich. Sie wollte ihn ablenken und begann, von sich zu erzählen: »Mich hat das gestrige Gespräch genauso berührt. Ich konnte kein Auge zutun. Ich bin sogar noch einmal aufgestanden und habe mir einen Beruhigungstrank aus getrocknetem Lavendel, Hopfenblüten und Ingwer bereitet. Erst danach sind mir die Augen zugefallen. Auch du solltest etwas langsamer tun, lieber Walther. Lass es gut sein für heute. Du hast viel vor und solltest dich nach deiner beschwerlichen Reise nicht überanstrengen. Sacht, Stein auf Stein, du hast es selbst gesagt. Lass uns jetzt mal an etwas anderes denken. Ich habe eine Überraschung für Konradchen. Unsere Soria hat Junge geworfen, lauter kleine Tiger, schon groß genug, allein zu überleben. Ich habe einen besonders schönen Kater für Konrad ausgesucht. Der Junge braucht einen Spielkameraden. Und später, wenn das Tier groß ist, wird es in eurem Haus Mäuse und Ratten jagen. Die nehmen in unserer Stadt sowieso langsam überhand.«

Sie sprach's und machte sich auf den Weg in die Küche. Sie holte den kleinen Kerl aus einer Kiste am Herd und drückte ihn Walther in die Arme.

Der wusste erst gar nichts zu sagen. Er fühlte sich ein bisschen überfahren. Doch Mechthilds Idee war wirklich liebevoll und fürsorglich. Konrad wartete bestimmt schon ungeduldig auf ihn. Da war es nicht übel, mit einem Geschenk zurückzukommen …

Der kleine Kater wollte gar nicht aus dem warmen Haus und versuchte immer wieder, aus Walthers Arm zu klettern. Als sie an der Haustür seines neuen Zuhauses ankamen, verband sie schon eine Gemeinsamkeit: Sie waren beide pitschnass! Walther setzte mit seiner triefenden Kleidung den ganzen Flur unter Wasser. Den kleinen Kater hielt er in der Tasche seines Umhangs verborgen. Erst als er in seine Pantinen geschlüpft war, eilte er mit dem nassen Kerlchen in den Händen Richtung Wohnraum. Das klägliche Miauen des Tierchens begleitete jeden seiner Schritte. Konrad wurde dadurch auf ihn aufmerksam und kam ihm entgegengeeilt.

Schon bald hatte Walther Gewissheit, dass er mit Mechthilds Geschenk goldrichtig lag. Konrad strahlte, herzte das kleine Pelzknäuel und traf auf viel mehr Gegenliebe als er. Er konnte seinem Sohn auch später nicht verwehren, den neuen Hausbewohner mit in seine Schlafkammer zu nehmen …

Dann war der Hausherr mit seinen Gedanken allein. Er wollte noch einmal alles Besprochene Revue passieren lassen, am besten bei einem Schachspiel. Wie sehr hatte er dieses Spiel vermisst. Es war eigentlich ein Spiel der geistlichen Herren und des Adels, aber ihm hatte ein Geschäftsfreund aus dem Orient ein Schachspiel geschenkt. Mit wunderschönen Figuren, aus Elfenbein geschnitzte Elefanten, Reiter und vieles mehr. Auch das Spielbrett war kunstvoll schwarz und weiß eingelegt. Der Freund hatte ihm das Spiel erklärt und ihm sogar beigebracht, es gegen sich selbst zu spielen. So gewann es für Walther den größten Wert, denn er nahm seitdem allzu gern Brett und Figuren heraus und spielte gegen sich selbst. Zug um Zug ordnete er dabei seine Gedanken und suchte nach Lösungen für seine Probleme. So tat er es auch an diesem Abend ...

Dein Hemdlein spielt im Winde,
das Schifflein treibt so schnell;
hüll dich in meinen Mantel,
die Nacht ist kühl und hell.

Sie strecket nach den Bergen
die weißen Arme aus
und freut sich, wie der Vollmond
aus Wolken sieht heraus.

Und grüßt die alten Türme
und will den hellen Schein
mit ihren zarten Armen
erfassen in dem Rhein.

(Clemens Brentano)

Seit mehreren Tagen war er schon unruhig, nicht mehr seelisch im Gleichgewicht. Er war sich gewiss, dass bald wieder die Stimme zu ihm sprechen würde, und wusste aus Erfahrung, dass meistens die Nacht mit ihren Träumen die Antwort brächte auf die Ungewissheiten des Tages. So ereignete es sich auch dieses Mal. Die Stimme hatte ihm in der Nacht befohlen, Gott wieder ein Kindlein zu schenken. Er fingerte gedankenverloren an seinem Westenknopf herum. Er fühlte sich aufgewertet mit diesem Auftrag, auch wenn ihn die Welt nicht verstand. Er musste eben wieder vermeiden, dass seine Tat entdeckt wurde …

Trotz des garstigen Wetters trieb es ihn schon am Morgen vor die Tür. Er wollte einen Schulweg auskundschaften, der für sein Vorhaben geeignet war. Er hatte dafür auch schon eine Idee. Vorsichtig war er auf die Gasse getreten. Niemand hatte ihn dabei gesehen. Sein hechtgrauer

Überzieher hüllte ihn bis zur Unkenntlichkeit ein und machte ihn im Grau des kalten Regentages nahezu unsichtbar.

Auf seinem Weg traf er keine Menschenseele, und als er das Rheinufer erreichte, war er auch dort ganz für sich. Er eilte am Ufer entlang und hoffte, auf einen Knaben zu treffen, der den Pfad als Abkürzung vom Heumarkt zur Klosterschule hinter dem Dom nahm. Der Pfad war aufgeweicht und seine Stiefel saugten sich bei jedem Schritt im Morast fest. Es bedurfte großer Anstrengung, sie immer wieder daraus zu befreien. Das schmatzende Geräusch seiner Schritte ging im Tosen des mächtigen Stromes unter. Die Sicht reichte kaum einen Schritt weit, und so stieß er immer wieder an Weidenbüsche, die den Wegesrand säumten. Die biegsamen Äste krümmten sich unter dem Druck der Berührung und schnellten wie kleine Peitschen nach vorn, wenn der Druck wieder nachließ. Schon stiegen Bedenken in ihm auf, ob er auf diesem Weg heute überhaupt jemanden antreffen würde. Er kämpfte mit sich, umzukehren und zurückzugehen an die warme Ofenbank.

Da hörte er plötzlich vor sich Geräusche. Schritte kamen direkt auf ihn zu und er sah, von den grauen Schleiern ausgespuckt, vor sich eine kleine Gestalt auftauchen. Dann sah sein Visavis wohl auch ihn, denn es erstarrte auf der Stelle, machte sogar einen Schritt rückwärts. Es war wirklich ein Knabe.

Mit freundlicher Stimme versuchte er, dem Jungen die Furcht zu nehmen: »Gott zum Gruß. Du bist aber ein tüchtiger Kerl. Bei diesem schrecklichen Wetter schon draußen zu sein, bedeutet, dass dich wohl die Pflicht ruft. Ich trete etwas zur Seite, dann kannst du gut passieren.« Er stellte sich seitlich, drückte sich dabei fest in die Weidenbüsche und machte den Weg einladend frei.

Der kleine Schatten zauderte einen Moment, weiterzugehen, dann überwand er seine Angst und versuchte vorbeizueilen.

Aber er ließ ihn nicht vorbei! Seine Rechte fuhr hinab, legte sich schwer auf die Schulter des Kindes und drehte es zu sich um. Zwei vor Schrecken geweitete Augen sahen ihn an.

»Du bist auf dem Weg zur Schule, nicht wahr?«, versuchte er den Kleinen zu beruhigen. Zur gleichen Zeit flogen ganz andere Gedanken durch sein Hirn: Den schickt mir der Himmel für mein gottgefälliges Tun! Ich brauche nicht mehr zu planen und zu überlegen, ich muss es nur noch durchführen ...

Der Knabe wollte schreien, doch die ruhige Stimme des Fremden beruhigte ihn. Er blieb stumm und starr unter dessen Hand stehen. Als der Mann dann noch seine Hand hob und über ihm das Kreuz schlug, verschwanden die Angstgefühle vollständig. Ein Lächeln der Erleichterung ging über sein Gesicht. Es war ein frommer Mann, was sollte ihm da geschehen! Doch so schnell sich die Hand zum Kreuz gehoben hatte, fuhr sie wieder herab und verschloss den Mund des Kindes. Die andere Hand, die auf der Schulter des Knaben gelegen hatte, glitt zu dessen Hals und würgte ihn mit aller Macht. Da half kein Zappeln. Der Knabe konnte nicht mehr schreien und verlor schnell das Bewusstsein. Die Finger des Mörders wurden heiß vor Erregung. Ein Glücksgefühl durchlief seinen Körper, als der Leib des Jungen plötzlich schlaff und leblos in seinen Armen hing. Mit einem kräftigen Ruck zur Sicherheit, dem ein Knacken des kleinen Halses folgte, vollendete er sein Werk. Seine Hand fuhr in die große Tasche seines Überwurfs. Er griff nach dem leinenen Büßerhemdchen und dem Holzkreuz ...

Plötzlich hörte er vor sich Stimmen, tiefe Männerstimmen, sicher von Hafenarbeitern auf dem Weg zur Arbeit. Sein Mund wurde zu einem Strich und Sorgenfalten wuchsen auf seiner Stirn.

Ich muss fliehen, sie dürfen mich nicht entdecken! Ich kann den Knaben nicht einmal würdig herrichten!

Er zog die kleine Leiche hinter die hohen Weidenbüsche, sodass man sie vom Weg aus nicht sehen konnte. Hemd und Kreuz legte er nur hastig über sie und verschwand unentdeckt, wie er gekommen war ...

Er hatte es geschafft! Keiner hatte ihn gesehen, nur der Vollmond, der ab und zu durch die Wolkendecke geguckt hatte, war sein Zeuge geworden. Aber er war nicht zufrieden. Es war nicht so gelaufen, wie es sollte. Er pellte sich aus seiner nassen Überkleidung, zog die Schuhe aus und ging voll düsterer Gedanken im Raum auf und ab. Ob Gott seine Gabe trotzdem annehmen würde? Es ist dieses Mal alles so unwürdig und unsauber abgelaufen, dachte er bitter. Er stellte sich den toten Knaben vor, wie er jetzt hinter den Büschen lag. Schmutzig und nass, mit verzerrtem Gesicht, gar nicht engelsgleich. Bald würde wieder das Gezeter durch die Stadt tönen: »Sucht den Mörder und bestraft ihn!« Niemand freute sich mit dem Knaben über seine Reise in die Seligkeit. Was bedeutete aber schon sein körperlicher Tod? Der war allzu menschlich. Auf jeden lebenden Kölner kamen drei, die an der Pest gestorben waren. Er würde sein Opferwerk fortsetzen ...

Für einen Moment verharrte er neben einer Kommode an der Stirnwand des Raumes und griff nach seinem Rosenkranz aus dunkelroter Koralle. Das war sein Glücksbringer, der ihn vor Unheil bewahrte. Auch Jesus hatte ein Amulett aus Koralle getragen. Er ließ die roten Kugeln durch seine Hände gleiten. Nach zehn roten Perlen erfühlte er den etwas größeren Würfel mit den scharfen Ecken. Der erinnerte an das Vaterunser, das man nach zehn Ave-Maria zu beten hatte. Der Mörder erflehte voll Inbrunst Gottes Schutz. Er drückte dabei seine Hände so fest zusammen, dass sich die Kanten des Würfels wie Dornen in seine Haut bohrten und kleine Blutstropfen austraten. Mit dem Schmerz ließ die Anspannung nach. Als er die Blutstropfen sah, die dem Rot der Koralle so ähnlich waren, wurde er ruhig. Was sollte ihm schon passieren? Der Herr war sein Hirte, er hatte ihm dieses Zeichen geschickt, und das stand für Schutz und Geborgenheit ...

Sehe viel und bin doch blind.
Wähne viel und kann nichts wissen,
suche Licht in Finsternissen.
Wanke, tausendfach gerissen,
hin und her vom Erdenwind.

(Moritz Arndt)

Auch Walther Eck war an diesem Morgen schon früh auf den Beinen. Er wollte mit seinen Nachforschungen beginnen und hatte sich mit dem Gewaltrichter von Arnheim verabredet. Er hoffte, von ihm Weiteres über den Ermittlungsstand zu erfahren. Ihn drängte es außerdem, selbst in den Untersuchungsakten zu stöbern.

Als er in die Amtsstube trat, sah man im Gesicht von Arnheims deutlich die Freude über den Besuch. Aber schnell wurden die Züge des Gewaltrichters so ernst wie die seines Gegenübers.

Er drückte dem Kaufmann sein Beileid aus. »Ich freue mich, dass du wohlbehalten von deiner Fernfahrt zurückgekehrt bist. Umso mehr quält mich der Schmerz, dass wir deinen Ältesten nicht vor dem Schlimmsten bewahren konnten. Ich fühle mit dir, Walther.«

Walther war von den ehrlichen Worten bewegt. Doch dieser Gefühlsregung gab er nicht nach. Er wollte Aufklärung der Tat und ihre Rache!

»Hab Dank für deine Worte. Ich bin sicher, dass du alles in deiner Macht Stehende getan hast. Doch warum waren eure Nachforschungen nicht erfolgreich?«

»Ja, das bleibt ein Rätsel«, antwortete von Arnheim geknickt. »Wir haben alle Weinstuben, Keutebierhallen und Wirtschaften nach dem Täter durchsucht, haben auch Schulen und Kirchen überwacht, in die Kölns Knaben gehen, private Häuser, Märkte, Straßen und Gassen. Dort gingen Gewaltmeister mehr denn je Patrouille. Alles blieb ohne Erfolg. Einen wirklich Verdächtigen haben wir nicht gefunden. Wir gingen sehr gründlich vor, denn keiner von uns wollte nochmals einen Falschen ergreifen und hinrichten.«

Walther nickte. »Da waren doch der Dompropst und Fordolf, der Dominikanermönch, unter Verdacht. Bist du dir absolut sicher, dass nicht …«

Von Arnheim fiel ihm ins Wort: »Ja, absolut. Beim Propst habe ich selbst die Untersuchung geführt. Er hat ein Alibi. Dein Freund Odenthal hatte sich im Kloster darüber Gewissheit verschafft, dass Fordolf als Täter nicht in Frage kommt.«

Von Arnheim fuhr fort: »Dann raste die Pest über Köln hinweg. Ich muss gestehen, von diesem Moment an ließen unsere Bemühungen, den Mörder zu finden, etwas nach. Wir hatten anderes zu tun und kaum Hände genug gegen diese Strafe Gottes. Seitdem ging viel Zeit ins Land und es geschah keine weitere Untat. Ich hoffte insgeheim, der giftige Pesthauch habe den Mörder hingerafft. Das wäre das Beste für Kölns Bürger, aber leider fehlt uns bis heute die Gewissheit.«

Von Arnheim zog ein abschließendes Fazit: »Ich ermittle nun schon viele Jahre. In dieser Zeit habe ich Demut gelernt. Nicht alle Verbrechen werden aufgeklärt. Viele werden über die Zeit beerdigt und vergessen. Ich weiß, das kann dir kein Trost sein …«

Gerne gewährte er dem Kaufmann auf dessen Bitte hin Einsicht in die Untersuchungsakte. Sie war nicht sehr umfangreich und bestätigte leider nur alles, was Walther schon wusste. Es war zum Verzweifeln. Gab es denn nirgendwo etwas, was man übersehen hatte, eine Spur, die zum Mörder führte?

Walther bedankte sich und verließ voll Frust das Amtsgebäude.

Eisige Kälte schlug ihm draußen entgegen. Das Wetter war umgeschlagen. Ein scharfer Wind aus Osten hatte die trübe Wolkendecke aufgerissen und die klirrende Kälte mitgebracht. Auf den Pfützen bildeten sich erste Eiskristalle.

Es wird Frost geben, dachte der Kaufmann. Er schloss seinen Mantel fest und schlug den Pelzkragen über die Ohren. So machte er sich auf den Weg nach Hause. Doch dann überlegte er es sich anders. Schon lange wartete er auf eine Nachricht von Sybilla. Er beschloss, an der Postmeisterei in der Glockengasse vorbeizugehen. Vielleicht hatten die Kuriere aus dem Norden Neuigkeiten mitgebracht. Er wollte nicht warten, bis die Briefe verteilt wurden. Lieber selbst nachfragen, zu wichtig war ihm Sybilla. Er schwenkte hinter Sankt Kolumba in die Glockengasse ein, und schon bald leuchtete ihm das goldene Schild mit dem roten Posthorn und dem kaiserlichen Doppeladler entgegen.

In der Postmeisterei war reichlich Betrieb. Die Tür stand auf und Walther trat mit lautem Gruß ein. Mehrere Postler mühten sich zwischen Packsäcken und Felleisen. Einer der Jüngeren blickte von seiner Arbeit auf und grüßte.

Walther nutzte diese Gelegenheit, um ihn zu fragen: »Habt ihr Neuigkeiten aus Lübeck? Ich erwarte nämlich welche. Mir brennt's vor Neugier unter den Nägeln.«

Der junge Mann lachte wie über einen guten Scherz, schaute sich nach den Säcken um. Dann ging er zu einem hin, der ganz in seiner Nähe stand. »Ich glaube, Ihr habt Glück«, erwiderte er und begann, den Sack zu öffnen. Dann zog er eine wasserdichte Tasche heraus und sagte: »Ja, hier ist Post aus Lübeck. Lasst uns sehen, ob etwas für Euch dabei ist.« Er leerte die Tasche auf den Amtstisch und mehrere dreifach gefaltete Papierbogen fielen heraus. Sie waren alle mit dünner Kordel verschlossen, die durch Löcher an den Briefrändern gezogen und am Ende versiegelt war. Die Seite mit der Adresse trug zusätzlich die Handelsmarke des Empfängers.

Walthers Augen leuchteten auf, als er auf einem Schriftstück die seine sah. »Das Glück ist mir hold!«, rief er aus und wies auf den Brief. »Hier haben wir, was ich erwarte.«

Der junge Postarbeiter reichte ihm das Schreiben. Er bemerkte die Freude des Kaufmanns und war sich sicher, dass für ihn ein Trinkgeld abfallen würde.

Walther zeigte sich dankbar und schob das wertvolle Papier sorgfältig unter seinen Mantel, dann machte er sich eilends auf den Weg nach Hause.

Der kalte Wind schlug ihm ins Gesicht und schmerzte wie kleine Nadelstiche. Seine Gesichtshaut rötete sich, aber das machte ihm nun nichts mehr aus. Zu groß war die Vorfreude auf die Neuigkeiten von Sibylla.

Ganz in Gedanken lief er grußlos an Ermelind vorbei und eilte in sein Zimmer.

Die Haushälterin schüttelte verwundert den Kopf und war etwas verletzt. »Sonderbare Manieren hat sich der Herr angewöhnt«, murmelte sie in ihr Brusttuch. »Er ist zu viel allein, braucht dringend wieder eine Frau.« Sie ahnte nicht, wie nahe sie mit dieser Feststellung Walthers Wünschen kam …

Der hatte sich inzwischen seiner Überkleidung entledigt, war in die Pantinen geschlüpft und hatte den Hausrock übergezogen. Dann ließ er sich auf den Sessel plumpsen und löste mit großer Vorsicht den Siegellack am Ende der Schnüre. Die energische Schrift von Sibylla schimmerte ihm entgegen. Ihm wurde ganz warm ums Herz, als er zu lesen begann:

Liebster Walther,
die Tage sind grau geworden, seit du nicht mehr da bist. Nicht nur, weil du fort bist, auch weil der Winter mit großen Schritten näherkommt.

Ich habe jeden Tag seit deiner Abreise gezählt. Wenn ich richtig kalkuliert habe, müsstest du Köln inzwischen erreicht haben, hoffentlich gesund und wohlbehalten! Gerne wäre ich bei dir, um den Schmerz um deinen Ältesten mit dir zu teilen. Bleibe besonnen und tu nichts im Zorn, was du später bereuen könntest.

Nun beginne ich die Tage zu zählen, bis wir wieder zusammen sind. Doch dafür müssen sie erst wieder länger und heller werden. Aber du hast dir ein tüchtiges Weib ausgesucht, es lässt die Zeit nicht ungenutzt vergehen. Vieles ist schon geordnet, und vieles ist noch zu tun. Manchmal wünschte ich mir deine starke Hand an meiner Seite, auch wenn ich schon Jahre gewohnt bin, allein meine Frau zu stehen. Freust du dich so auf mich wie ich mich auf dich? Wird mich Köln so freudig empfangen, wie ich es von dir erwarte? Mein Herz schlägt voll Sehnsucht nach dir. Ich empfehle dich mit meiner Liebe in Gottes Hand, pass auf dich auf.

Deine Sibylla.

Walthers Herz pochte ihm bis zum Hals. Der Schimmer seiner Augen war ganz weich geworden. Sybillas Worte hatten alle Gefühlsnerven in ihm anklingen lassen. Wie sehr er sie liebte! Womit hatte er die späte Freude nur verdient? Er war schon jahrelang Wittmann, sein Gefühlsleben war abgestorben gewesen. Er hatte höchstens noch an eine Zweckehe gedacht, um seinen Söhnen eine Mutter zu bescheren und sein Vermögen zu mehren. Und nun das! Er hatte eine Frau gefunden, die er von ganzem Herzen liebte und die diese Liebe erwiderte. Walther las die Zeilen noch mehrere Male und blieb in ihrem Bann. Er versöhnte sich mit dem zu Ende gehenden Tag, der leider so wenig erfolgreich gewesen war …

Herbei, herbei, der Tag bricht an,
Der Tag voll Furcht und Schrecken,
Der Tag, der alles auf die Bahn
Wird bringen und entdecken.
Der Tag des Grimms, der Tag des Zorns,
Der Tag der ersten Rache,
Der Tag des Stachels und des Dorns,
Der ungerechten Sache.

(Angelus Silesius)

Der schneidende Ostwind arbeitete über die Nacht hin weiter. Die nassen Gassen gefroren und wurden spiegelglatt. Selbst der Rhein trug schon größere Eisschollen, die aneinanderstießen, übereinanderrutschten und schon bald eine geschlossene Eisdecke versprachen. Man würde wieder über den Rhein spazieren können, hinüber nach Deutz ganz ohne Fährdienst! Doch vorerst war daran noch nicht zu denken. Die Rheinauen jedoch mit ihren Wasserlachen waren zugefroren. Spiegelglatte Flächen luden die Kinder mit ihren Schlittschuhen aus Tierknochen ein, darauf herumzutollen. Das Ufer hatte sich, anders als am Tag zuvor, schon so bevölkert, dass es nur eine Frage der Zeit war, bis man die kleine Leiche entdecken würde.

Mitten in dem Gewühl tummelte sich Gerti. Ihr Vater war Hafenarbeiter. Er entlud die großen Rheinschiffe. Ihre Mutter arbeitete als Marktfrau auf dem Salzmarkt. Gerti war in der Nähe der Rheinauen zuhause. Die kleine Person mit den feuerroten Rattenschwänzen gehörte zu den emsigsten Schlittschuhläuferinnen. Wenn sie mit großer Treffsicherheit kess durch die breite Zahnlücke zwischen ihren Vorderzähnen spuckte, war sie sich Lacher ihrer Freunde sicher. Wenn ihre hohe Stimme laut befahl, wo es langgehen sollte, waren die gern bereit, der Anführerin zu folgen.

Auch sie zollte der Natur Tribut. Sie musste plötzlich pinkeln und konnte nicht mehr einhalten. Ihre Augen suchten nach einem großen Busch, hinter den sie sich ungestört setzen konnte. Als sie die richtige Stelle entdeckt hatte, löste sie sich aus dem Pulk der Kinder und fuhr auf ihren breiten Kufen ihr Ziel an. Sie bog die Zweige zur Seite und bahnte sich den Weg. Plötzlich erstarrte sie. Was war das? Zwei kleine Füße waren ihr entgegengestreckt. »So verrückt kann doch keiner sein, sich bei der Kälte hier auf den Boden zu legen, oder?«, fragte sie sich. Ihre Neugier siegte. Sie ging vorsichtig weiter und bog die Zweige noch mehr zur Seite. Das Buschwerk gab den Blick auf einen Knaben frei. Das Herz blieb Gerti fast stehen. Der Knabe war eindeutig tot! Sein Gesicht war verzerrt, blass und leicht bläulich. Aus seinen Augenbrauen und Haaren wuchsen kleine Eiszapfen. Sein Umhang schien ebenfalls steif gefroren und am Erdreich festgeeist. Seine Hände waren in den Ärmeln verschwunden, ganz als hätte sich der Knabe noch vor der Kälte schützen wollen. Was war da auf seiner Brust? Dort lag ein kleines Holzkreuz. Gerti bückte sich und wollte es aufheben, doch das Leidenszeichen Christi war auf dem Filzumhang festgefroren und nicht zu bewegen.

Gerti stieß einen schrillen Schrei aus. Sie brach durch das Buschwerk, in dem noch ein helles Leinenhemdchen hing. Wie war das Hemd dorthin gekommen? Hatte es der Wind dorthin getragen? Welche Bewandtnis hatte das alles? Zu viele Fragen und keine Antwort. Gerti wollte nur noch weg von diesem schauerlichen Ort. Das Pinkeln war vergessen …

Wie ein Lauffeuer sprach sich herum, was am Rheinufer geschehen war. Gewaltmeister sperrten die Gegend ab und suchten nach Spuren. Der Medikus prüfte die Leiche und war sich sicher, man hatte es mit demselben Mörder zu tun. Der Mörder musste allerdings bei seiner Tat gestört worden sein. Anders als bei den anderen Opfern war das Gesicht des Knaben nicht geglättet, und das kleine Büßerhemdchen war ihm nicht angezogen worden. Aber dem Mörder war es wieder gelungen, spurlos unterzutauchen …

Die Stadttore wurden zugesperrt. Jeder, der hinauswollte, wurde befragt und überprüft. Bald schien es, als wäre das Glück auf Seiten der Häscher.

Ein Händler wurde aufgegriffen, bei dem man ein ganzes Paket Holzkreuze fand. Sie glichen den Beigaben der toten Knaben. Man packte den Händler hart an und erfuhr, dass die Kreuzchen aus dem Kloster Maria Laach stammten. Sie wurden dort von den Mönchen gefertigt. Der Händler verkaufte sie schon seit langem. Selbst auf drängendes Befragen konnte er niemanden nennen, der eine größere Anzahl Kreuze von ihm erworben hatte. »Ich bin in der heutigen Zeit ja froh, wenn man mir einzelne Stücke abkauft«, erklärte er und hoffte, dass man ihm Glauben schenkte.

Schon verlief die vermeintlich heiße Spur wieder im Sand. Der Händler konnte nachweisen, dass er an den Tagen der ersten Morde gar nicht in Köln gewesen war. Selbst für den Zeitpunkt der letzten Tat fanden sich Zeugen, die seine Unschuld beteuerten. Er hatte in der Nacht vor der Tat mit zwei Kumpanen bis weit nach dem Zapfenstreich im Schankraum seiner Unterkunft gezecht. Dort hatten sie danach für wenige Heller an der Ofenbank geschlafen, in ihrem weinseligen Zustand bis in die Mittagsstunde hinein. Die Wirtin sagte zu ihren Gunsten aus. Sie hatte den Schankraum verschlossen und die Fensterläden verriegelt, damit ihre Gäste vor Bezahlung der Zeche nur ja nicht verschwinden konnten. Weitere Spuren ergaben sich nicht.

Walther traf die Nachricht wie ein Blitzschlag. Den Mörder gab es noch, er war unentdeckt und unbestraft. Wieder besteht keine Hoffnung, dass man den Mörder schnell ertappt, dachte der Kaufmann zerknirscht. Aber er würde nicht aufgeben. Schon für den Nachmittag verabredete er sich mit Heriman und Mechthild, um alles, was sich ergeben hatte, in einen gedanklichen Zusammenhang zu stellen. Sie mussten gemeinsam etwas erkennen, was alle anderen übersehen hatten!

Die drei saßen zusammen und diskutierten. Schließlich schälten sich einige Ansatzpunkte für weitere Recherchen heraus: Der Mörder stand doch unter dem Einfluss des Vollmonds. Man musste schon wieder ängstlich die Tage bis zum nächsten Vollmond zählen.

Eine andere Frage rückte weit nach vorn: Was geschah in dem Monat der Pest? Hatte man ein Opfer übersehen? War es unerkannt in einem Massengrab verschwunden oder hatte der Mörder in der Zeit die Stadt verlassen? Dem mussten sie mit Akribie nachgehen. Wieder waren ein Büßerhemd und ein Holzkreuz Begleitzeichen der Tat gewesen. Führte deren Herkunft irgendwie zum Mörder? Die drei berieten eifrig darüber, was ihnen weiterhelfen konnte. Die Sterbehemdchen gab es in allen Klöstern und Kirchen. Sie wurden bei Kindstod angeboten. Die Hemdchen waren sich allerorts ähnlich.

»Vielleicht sollten wir sie uns trotzdem noch einmal genau anschauen«, sagte Mechthild. »Vielleicht haben sie ein Zeichen dessen, der sie gefertigt hat. Allzu viel Hoffnung habe ich nicht«, fügte sie hinzu.

Sie wussten, dass die Kreuze in Maria Laach gefertigt wurden. Vielleicht hatte der Mörder sie dort erstanden. Man konnte allerdings kaum alle Kölner verdächtigen und überprüfen, die diesen Wallfahrtsort im letzten Jahr aufgesucht hatten. Die drei waren verzweifelt.

»Wir müssen noch mal auf unsere Hauptverdächtigen zurückkommen«, meinte Heriman. »Der Dompropst ist mittlerweile wieder in Köln. Wir müssen wissen, wie es am Tag des letzten Mordes mit ihm stand. So früh am Morgen wird er wieder ein Alibi haben.«

»Fordolf müsste noch in Brügge sein«, warf Walther ein. »Aber auch hier zählt, wie beim Probst, nicht Glauben, sondern nur Wissen. Ich werde morgen an das Deutsche Handelskontor in Brügge schreiben und nachfragen.«

So debattierten sie noch bis spät in die Nacht. Als Walther sich auf den Weg nach Hause machte, hatte er das ungute Gefühl, dass sie irgendetwas übersehen hatten. In seinem Bett grübelte er noch weiter. Aber ihm fiel nichts ein.

Innerhalb der nächsten Woche verflog ihre Hoffnung. Als Erstes ergab sich für den Dompropst Entlastung. Seine Haushälterin konnte bezeugen, dass er am Tag der Tat erst gegen elf Uhr sein Zimmer verlassen hatte. Mehrere Steinmetze hatten ihn nach dem Zwölf-Uhr-Läuten erstmals auf dem Domplateau gesehen. Der Medikus hatte aber festgestellt, dass der Knabe schon früh am Morgen erdrosselt worden war.

Endlich kam auch die Botschaft aus Brügge. Fordolf weilte immer noch dort. Seine Verdächtigung mussten sie ebenfalls ad acta legen.

»Haben wir irgendetwas übersehen oder außer Acht gelassen?«, fragte sich Walther immer wieder.

Ihre Festlegung über die Bedeutung des Vollmonds behielten sie für sich. Die Angst unter Kölns Bürgern war schon so groß genug. Unter den dreien wuchs sie auch von Tag zu Tag, mit dem der nächste Vollmond näherrückte. Wie schrecklich wäre ein weiterer Mord in der Weihnachtszeit, die den Menschen überall auf der Welt nur Freude bringen sollte …

Gemach! Zum Worte, das einer spricht,
Muss sich der Beweis gesellen,
Drum frag ich Euch, könnt Ihr dem Gericht
Glaubwürdige Zeugen stellen?

(Betty Paoli)

Wenige Tage nach dem Frost kam der Schnee. Schon bald lag Köln vorweihnachtlich versteckt unter einer weißen Puderdecke. Selbst die Haufen Unrat sahen unter dem weißen Hemd plötzlich sauber aus. Die eisigen Temperaturen hielten sich, es taute nicht. Die Kinder spielten eingemummt unter der Wintersonne. Auch die Erwachsenen gingen wieder mehr vor die Tür als zur Zeit der nassen Herbsttage.

Walther hatte einige Besorgungen gemacht und war auf dem Weg zur Glockengasse. Schon länger hatte er nichts mehr von Sybilla gehört. Eine Nachricht von ihr war überfällig. So wollte er sich überzeugen, ob etwas in der Postmeisterei angekommen war. Als er in die Gasse einbog, sah er von weitem einen ungewöhnlichen Menschauflauf vor dem Haus mit dem Postschild. Neugier stieg in ihm auf. Bald konnte er erkennen, dass einer der Kuriere parlierend zwischen den Leuten stand. Er hatte sein Pferd noch am Zügel, ein dicker Postsack stand zu seinen Füßen, und alle, die ihn umringten, hingen an seinen Lippen.

Schließlich war Walther nahe genug, um seine Worte zu verstehen: »Ja, was ich da in Mainz gehört habe, ist wirklich Zauberei. Unser Knabenmörder muss Flügel haben. Er ist manchmal hier und manchmal dort. Wie man mir erzählte, hat er letzten Monat in Mainz zugeschlagen. Einen blonden Jungen hat er erwürgt und in ein Büßerhemd gesteckt. Ein Holzkreuz fand man ebenfalls auf dessen Brust.«

»Na, Gott sei Dank!«, rief ein Alter mit einer roten Säufernase. »Dann sind wir den Kerl endlich quitt. Soll er doch anderswo Unheil anrichten!«

Der Kurier drehte sich zu ihm um und fuhr ihn ungnädig an: »Du hast wohl nicht richtig zugehört. Oder ist das Denken nicht deine Stärke? Ich sagte, im letzten Mond ist es passiert, das war, als bei uns die Pest gewütet hat. Inzwischen war der Mörder aber wieder hier. Also ein Hin und Her; es gibt keinen Grund für dich, froh zu sein!«

Walther vergaß vor Erregung das Weitergehen. Er schlug sich an die Stirn und sprach zu sich selbst: »Das ist es. Ich habe gefühlt, irgendetwas haben wir nicht geprüft. Wie dumm von uns, es war doch naheliegend, danach zu fragen, ob dort, wo unsere Verdächtigen im letzten Monat gewesen sind, eine vergleichbare Tat passierte. Sei es in Brügge oder in Mainz. Nun ist es also in Mainz geschehen. Dann kommt nur einer als Mörder in Frage! Das Leben besteht nicht nur aus Zufällen, es hat eben Methode. Ich glaube, wir müssen den hohen Herrn härter anpacken als bisher ...«

Walther hatte sich in den kleinen Volksauflauf eingereiht und stellte sich in ganzer Größe vor dem Kurier in Positur. Beide Fäuste in die Hüfte gedrückt redete er ihn an: »Was du da sagtest, ist hoffentlich kein Scherz, sondern die Wahrheit. Wer weiß schon davon hier in Köln?«

Der Kurier taxierte ihn und nahm Haltung an. Da hatte er es mit einem zu tun, der zu befehlen gewohnt war. Mit einem aus guter Familie! Er war noch recht neu in der Stadt, aber er wusste, dass man sich mit solchen Leuten gut stellen musste. Also gab er höflich Antwort: »Über solche Dinge pflege ich nicht zu scherzen, und auch auf Eure Frage habe ich eine klare Antwort. Außer denen hier«, seine Rechte fuhr im Kreis herum, »haben nur wenige von mir davon gehört. Ich kann sie an einer Hand abzählen.«

»Dann tu das bitte und nenn sie mir«, fiel Walther ihm ins Wort.

»Ich erzählte es einem Weinhändler hinterm Eigelsteintor. Dort ritt ich in die Stadt ein. Für ihn hatte ich Eilpost dabei. Zwei Gesellen hörten mit.«

»Wenn's nur das war, ist nichts verdorben«, murmelte Walther erleichtert und guckte den Kurier fragend an.

Der fuhr fort: »Und dann war da noch der Propst. Ihn traf ich auf dem Domvorplatz. Ich hatte eine Nachricht von seinem Amtsbruder aus Mainz für ihn. Sie war mir besonders ans Herz gelegt worden und eilte sehr.

Ich hab sie ihm übergeben und auch dort von der Neuigkeit berichtet. Der hohe Herr schien mir sehr berührt, wen nimmt das Wunder? Solche Dinge treffen ein weiches Herz immer hart.«

Diese Information traf Walther wie eine heiße Nadel. Er stieß aufgeregt hervor: »Das durfte nicht sein. Jetzt ist Eile geboten. Gib mir dein Pferd. Sag Meister Hernot, Kaufmann Eck hat es dringend gebraucht. Es geht um Menschenleben!«

Verdattert schaute ihn der Bote an und ließ sich widerstandslos die Zügel aus der Hand nehmen. Als er sich imstande fühlte, dem Kaufmann etwas zu erwidern, saß dieser schon auf dem Pferderücken und sprengte davon.

Viele Gedanken schwirrten Walther durch den Kopf. Was sollte er zuerst tun? Erst zu Heriman reiten oder direkt zum Gewaltrichter? Er glaubte, dass es besser war, Heriman mit einzubinden. So viel Zeit musste sein. Jetzt ist jeder vonnöten, der mitdenken kann, dachte er. Er ritt Richtung Herimans Büro. Er traf ihn dort an und hatte ihn schnell überzeugt. Beide machten sich sofort auf den Weg zum Amtssitz des Gewaltrichters.

Von Arnheim sah erstaunt auf. Es passierte nicht oft, dass zwei hochgeachtete Bürger so hereinpolterten und jede Höflichkeit außer Acht ließen.

Der Gewaltrichter war ebenfalls schnell überzeugt. Seine Angst vor einem Konflikt mit der Geistlichkeit spielte keine Rolle mehr. Wenn der Dompropst der Schuldige war, war er nun vorgewarnt und würde irgendwie reagieren, hoffentlich schnell und unbedacht. Das konnte nur von Nutzen sein. Von Arnheim rief drei Gewaltmeister herbei, und die Corona machte sich in Eile zum Hause des Dompropstes auf.

Der Propst war angeschlagen. Da kam was auf ihn zu! Er sann fieberhaft auf Abhilfe. Aber seine Gedanken kreisten zu wirr im Kopf, um die zu finden. Er kam zu keinem vernünftigen Ergebnis. Sollte er aus Köln fliehen, vielleicht zu seinem Bruder nach Maria Laach? Das war kein guter Gedanke. Eine Flucht dorthin käme einem Schuldeingeständnis gleich und würde schnell entdeckt werden. Wenn man ihn dort fände, gäbe es kein Entrinnen mehr. Ihm fiel aber nichts Besseres ein. Hatte Gott ihn verlassen? Eines war klar: Er durfte nicht in die Hände weltlicher Häscher fallen. Die verstanden ihn nicht und würden ihm nicht abnehmen, dass seine Taten wirklich gottgefällig gewesen waren. Wer in Gott lebt, stirbt auch in Gott. Ein Plan reifte in ihm. Plötzlich schien alles wieder ganz leicht. Er eilte über den festgestapften Schnee zurück in sein Haus und verschwand in seinem Arbeitszimmer.

Die Gruppe um den Gewaltrichter erregte große Aufmerksamkeit, als sie auf Pferderücken Richtung Dom preschte. Einige Bürger, die sich nur mit einem Satz zur Seite retten konnten, riefen Verwünschungen hinter ihnen her. Bei dem hohen Tempo kostete es nicht viel Zeit, das Haus des Propstes zu erreichen.

Als Erste waren die Gewaltmeister von ihren Pferden. Der Älteste von ihnen pochte an die Tür und trat dann zur Seite, um seinem Vorgesetzten den Vortritt zu lassen. Walther und Heriman stellten sich hinter ihn.

Ein Hausdiener öffnete die Tür und sah sie mit blasiertem Blick an. Den gewöhnte man sich an, wenn man länger in einem hohen Hause arbeitete, dachte Walther. Ein bisschen vom Ruhm und von der Ehre des Herrn ging eben auf den geringsten Diener über.

Als der jedoch erkannte, wer Einlass begehrte, änderte sich sein Auftreten sofort. Er wurde beflissen, machte eine Verbeugung vor dem Gewaltrichter und fragte: »Was ist Euer Begehr?«

»Wir wollen den Dompropst sprechen. Es eilt.«

Der Mann katzbuckelte erneut und antwortete: »Ihr habt Glück. Er ist vor kurzem nach Hause gekommen. Ich werde Euch melden.«

»Lass gut sein, wir werden gleich mit dir kommen. Ich sagte schon, es eilt«, entfuhr es von Arnheim in schneidendem Ton.

Auch wenn es gegen die Anweisungen seines Herrn verstieß, beugte sich der Diener Arnheims Befehl und ging voran. Er klopfte an die Tür des Arbeitszimmers. Als kein Herein erschallte, klopfte er nochmals, dieses Mal lauter. Wieder blieb eine Antwort aus. Als er in die harten Augen des Gewaltrichters sah, versuchte er, die Tür zu öffnen, doch sie war verschlossen.

»Es wäre zwar ungewohnt um diese Zeit, aber vielleicht schläft mein Herr«, meinte er.

»Dann klopf noch einmal, aber lauter und länger. Ich muss ihn sprechen, und zwar jetzt.«

Auch dieser Versuch blieb erfolglos. Da wies von Arnheim einen seiner Leute an, die Tür mit Gewalt zu öffnen. Der Mann hatte keine Mühe damit.

Das Zimmer war leer.

»Der Vogel scheint ausgeflogen«, meldete sich der Gewaltrichter.

»Dass er fliegen kann, habe ich heute schon einmal gehört«, erwiderte Walther Eck grimmig. Mitten auf dem Fußboden entdeckten sie etwas Seltsames. Eine der schweren Holzbohlen war hochgeklappt und ragte an zwei eingelassenen, sonst verborgenen Haken in die Höhe. Das schwere Brett bewegte sich leicht, als wäre es gerade noch berührt worden.

Heriman eilte zu der Stelle und sah in einen Durchlass, der in die Tiefe führte. Einige Stiegen gingen hinab in die Dunkelheit. An einem Eisenstift verhakt schimmerte ein Rosenkranz aus roter Koralle. Heriman begriff sofort: Dort ging es in ein Tunnel, das nach draußen führte. Der Dompropst hatte es in großer Eile benutzt und nicht gemerkt, dass sein »Betwerkzeug« verloren gegangen war.

»Ich beginne zu ahnen, dass wir der Lösung des Rätsels nahe sind«, sagte er laut. »Dieser Weg führt bestimmt an einer verborgenen Stelle ins Freie. Wie kann es da verwundern, dass alle Welt schwört, der Propst sei zum Zeitpunkt der Morde zuhause gewesen?«

Er drehte sich um und sah in das vor Aufregung gerötete Gesicht seines Freundes. Über Walthers Züge huschten Zeichen des Verstehens. Sie waren Jakobs Mörder auf den Fersen. Hätten sie nur früher an seiner Unschuld gezweifelt, vielleicht wäre dann das letzte Opfer verschont geblieben!

»Man soll wirklich nur seinen eigenen Augen trauen«, murmelte er, als er, an Heriman vorbei, als Erster in die Öffnung stieg.

Von Arnheim ordnete an, dass seine Gewaltmeister als Wache zurückbleiben sollten. Dann erst folgte er Walther mit Heriman auf dem Fuß. Die

Stiegen führten gut zwei Meter senkrecht hinab. Ein moderiger Hauch schlug ihnen entgegen. Von Arnheim war so umsichtig gewesen, aus dem Zimmer eine Laterne mitzunehmen. Das Licht erhellte den Sandboden und erlaubte ihnen, schnell vorwärtszuschreiten. Der Boden war zunächst ziemlich rutschig. Erst nachdem sie mehr als hundert Schritte gegangen waren, führte der Weg wieder nach oben und wurde zusehends trocken. Über ihnen wurde es hell. Der Propst hatte den Gang am anderen Ende nicht verschlossen! Die Männer krochen einer nach dem anderen hinaus ins Freie.

Sie brauchten einen Augenblick, um sich zu orientieren. Sie befanden sich weitab vom Haus vor einem dichten Buschwerk am Rande des pröpstlichen Gartens. Frische Spuren führten über den Lehmboden zwischen die Büsche. Die Männer folgten den Trittsiegeln und standen bald vor einer schmalen Holzpforte, die in die Gartenmauer eingelassen war. Es gelang Walther, sie zu öffnen, und sie traten hinaus. Das war gar nicht einfach, denn auch vor der Pforte stießen sie auf dichte Büsche. Erst als sie einige der dornigen Zweige zur Seite gedrückt hatten, war der Weg frei und sie betraten offenes Gelände. Ein unbefestigter Weg führte hinaus in die Felder oder in anderer Richtung zum Domvorplatz hin.

»Ich glaube, er hat den Weg zum Dom gewählt«, sagte von Arnheim und zeigte auf die frisch glänzenden Abdrücke auf dem Geläuf.

War halb schon aus der Welt gelenkt
In andre, nicht bekannte Welten,
Wo man Bestrafung und Vergelten
Für gut' und böse That empfängt …

(Anna Louisa Karsch)]

Der Dompropst hatte es bis auf den Domvorplatz geschafft.

»Nanu, Hochwürden, ich habe Sie gar nicht aus dem Haus treten sehen«, begrüßte ihn der Dombaumeister.

»Ja«, antwortete der Probst zerstreut, »der Nebel, der Nebel«, und eilte weiter.

Der Baumeister guckte ihm nach und schüttelte verwundert den Kopf. Es war schneidend kalt und die Sicht war klar!

Der Propst steuerte in großer Eile sein Ziel an. Im Chor der Kathedrale war für Reparaturarbeiten ein Gerüst aufgebaut. Die Arbeiten wurden nur bis zum frühen Nachmittag durchgeführt, danach wurde es bereits zu dunkel. Der Propst traf dort niemanden mehr an.

Am Fuße des Gerüstes blickte er in die Höhe. Angst kam in ihm auf. Fast automatisch wollte er seinen Rosenkranz umfassen, Gott um Hilfe bitten, wollte er. Doch wo war der Kranz? Er musste ihn verloren haben. Hat Gott mich verlassen? Dann muss ich eben allein tun, was getan werden muss! Ich will nicht in die Hände der Häscher fallen …

Langsam stieg er das Gerüst empor, dem Himmel entgegen, dachte er. Mit diesem Satz wurde es ihm wieder leichter ums Herz. Außer Atem erreichte er das oberste Podest. Er verharrte in schwindelnder Höhe. Seine Beine wurden weich, obwohl er sich bemühte, nicht nach unten zu schauen. Er sah sich um. Hier waren schon einige Steine verwittert und brüchig. Die Vergänglichkeit des Lebens zeigt sich überall, empfand er tröstlich. Dann hörte er vom Eingang der Kathedrale Stimmen. Er durfte nicht mehr zögern. Er wollte zu Gott! Sein Blick fiel nach unten, fiel auf das Kreuz, das dort stand. Das steht für Tod, aber auch für Auferstehung, dachte er. Seine Seele spannte ihre Flügel aus, er stieß sich ab und flog nach Hause ...

Sein Aufprall auf dem Steinboden war der erste Laut, den seine Verfolger hörten. Sie waren dem Probst nach den Hinweisen des Dombaumeisters bis hierhin gefolgt. Sie kamen zu spät. Sie fanden nur noch den zerschlagenen Körper in einer immer größer werdenden Blutlache liegend.

Zuerst fand keiner ein Wort. Dann sagte Heriman: »Er war krank, war Sklave des Mondes.«

»Warum müssen wir für alles eine Erklärung suchen?«, fragte von Arnheim. »Warum können wir nicht einfach glauben, dass er nur von Grund auf böse war? Warum vermuten wir Abhängigkeiten? Menschenleben darf man nicht auslöschen, auch dann nicht, wenn man meint, Gründe zu haben.« Walther beendete seine Sicht der Dinge und bekreuzigte sich. Die Rache, die er sich so gewünscht hatte, erschien ihm mit einem Mal ganz schal ...

Epilog

Liebe hat mich erst geliebet.
Liebe hat mich wert gemacht.
Liebe hat mir wieder bracht,
was der Tod mir abgediebet.
In der Liebe will ich bleiben,
bis er mich auch ab wird leiben.

(John Fleming)

Langsam nahm der strenge Winter sein Ende. Der Schnee war getaut, der Rhein vom Eis befreit. Die Tage wurden wieder länger und auf den Auen arbeiteten sich die ersten Frühblüher hervor. Manche Tage waren schon lau. Der Frühling kam mit Macht und mit ihm Sybilla. Wie hatte Walther diesem Tag entgegengefiebert. Er war nicht untätig gewesen und hatte vieles vorbereitet. Das alte Zimmer von Jakob war mit neuen Möbeln prächtig als Gastzimmer eingerichtet worden. Hässliche Stellen im Haus hatte er ausbessern lassen. Sybilla sollte sich wohlfühlen. Nach und nach hatte er Geschenke für die Hochzeit erstanden. Unter Goldschmieden fand er einen prächtigen Gürtel aus Golddraht und einen dazu passenden Ring. Eine große Brosche aus roter Koralle kaufte er etwas später. Sie sollte ein Glücksbringer sein. Ein Marienbild mit dem Dom zu Lübeck im Hintergrund hatte er bei einem Kölner Künstler in Auftrag gegeben. Sybilla sollte ihre alte Heimat nicht vergessen müssen. Gerade heute waren drei schwer beladene Aaken aus Holland angekommen. Domenico Lucca, sein toskanischer Geschäftsfreund, war an Bord gewesen und hatte, wie immer, prächtige Ware dabei. Walther fand darunter genau das, was ihm für seine Braut vorgeschwebt hatte: eine original Hochzeitstruhe aus Florenz. Sie war auf zinnoberrotem Grund bemalt, aus trockenem, leichtem Holz verarbeitet und sah sehr stattlich aus. Zehn Gulden hatte ihn das gute Stück gekostet.

Auch an sich selbst hatte er, wenn auch zuletzt, gedacht und einen neuen schwarzen Wollrock in Auftrag gegeben. Er wurde mit Samt gesäumt und Marderpelz gefüttert. Den Wein für das Fest hatte er aus dem eigenen Lager ausgesucht. Dort lagen in besonderen Fässern Kostbarkeiten und waren für das Jubelfest wie geschaffen.

Ein Tag fürs Hochzeiten wurde ausgeguckt. Sybilla wünschte sich eigentlich ein ruhiges Fest, denn sie waren schließlich beide Wittleute. Doch Walther widersprach ihr heftig: »Es soll ein Fest werden, von dem man noch lange spricht. Für mich ist es ein Neubeginn. Es ist wie ein neues Leben!«

Sybille gab sich lächelnd geschlagen …

Nun galt es noch, das Rechtliche zu ordnen. Der Advocatus wurde beauftragt, den Ehevertrag aufzusetzen. Walther ließ für Sybille die Gottesheller gießen, zwei goldene Pfennige mit den vier Evangelisten und einer Silberprägung darauf: Christus und der Kaiser! Alles in allem kostete diese Gabe zweiunddreißig Goldgulden. Sein Freund Heriman wurde vorsorglich zum Vormund des minderjährigen Konrad bestimmt. Für die Nacht vor dem Hochzeitstage bestellte der Bräutigam nach gutem Brauch die städtischen Trompeter vor das Haus. Sie mussten der Braut die Nachtmusik blasen.

Kaplan Ohm von Sankt Gereon sollte das Brautpaar vor dem Altar zusammenführen.

Das Fest würde im eigenen Heim stattfinden. Fünf lange Tische für Freunde und Bekannte! Um die Auswahl der Speisen kümmerte sich Walther selbst. Ermelind durfte nur mitregieren. Die Tische sollten sich biegen unter der Last der Köstlichkeiten. Fünf Schüsseln verlangte er hintereinander. Dem gebackenen Schinken mit Pfefferkruste folgten Entenvögel in Salbei. Dann wurde Zunge in Rotwein gereicht. Gekochte Hämchen mit Süßkartoffelbrei, Rindsbraten mit Möhren, Kohlgemüse, Zwiebeln und Bohnen kamen vor einer großen Auswahl süßer Speisen auf die Tische.

Walther hatte bis spät in die Nacht geplant und war aufgeregt wie ein kleiner Junge. Sybilla ließ ihn gewähren, denn sie fühlte, er tat alles aus Liebe zu ihr. Sie suchte derweilen für sich ruhig und behutsam einen Platz im Haus. Sie kümmerte sich, ohne aufdringlich zu sein, um den kleinen Konrad. Der stand ihr erst ablehnend gegenüber. Doch sie merkte, wie sie mit der Zeit bei ihm gewann, und freute sich von Herzen, ihm bald eine gute Mutter zu sein.

An dem großen Tag herrschte Kaiserwetter. Der Himmel war blau, die Luft lau, schöner konnte es nicht sein. Das Paar zog mit Freunden und Verwandten nach Sankt Gereon. Dort segnete Kaplan Ohm am Hochaltar ihre Ehe. Er mahnte sie mit warmen Worten, die Pflichten des Ehestands zu erfüllen. Wie sehr waren sie beide dazu bereit!
 Zuhause war alles festlich gerichtet. Walthers Hartnäckigkeit und Planen hatten sich ausgezahlt. Man tafelte, lachte, war fröhlich, selbst das Tanzbein wurde geschwungen.
 Es war spät, als sich das Paar zurückzog. Für manchen Gast war da längst noch nicht das Ende der Fahnenstange erreicht …
 Die beiden aber gingen Hand in Hand die Stiegen hinauf, geradewegs in den Schlafraum. Walther pochte das Herz wie einem Jüngling, und auch Sybilla war voll froher Erwartung …

Glossar

Aak:	niederländischer schneller Segler von zehn bis fünfzehn Meter Länge.
Ber:	*altkölsch für Zuchtschwein.*
Corona:	Gruppe, Mannschaft.
Dormitorium:	Schlafsaal der Mönche.
Gaffel:	politische Vereinigung von Zünften und Bürgern im Mittelalter.
Gouden Dag:	flämisch guten Tag
Gürzenich:	Festhalle im Zentrum der Kölner Altstadt. Namensgeber war die Patrizierfamilie von Gürzenich, auf deren Grundstück das Profanbauwerk im 15. Jahrhundert errichtet wurde.
Hämmchen:	kölsch für Eisbein.
Holztrippen:	hölzerne Überschuhe.
Hübschlerin:	Dirne.
Infirmarium:	Krankensaal der Mönche.
Kapitelsaal:	Versammlungsraum der Mönche.
Keutebier:	mit Weizenanteilen gebrautes Weißbier.
Kogge:	schneller Segler mit hohen Bordwänden und sicherem Steuerruder. Dieses Schiff fasste bis zu hundert Wagenladungen.
Leich:	altkölsch für Fläche.
Leichter:	kleines Schiff in oben offener Bauweise ohne Eigenantrieb.
Munt:	Schutz, Vormundschaft.
Oberländer, auch Mainzer Lade:	vom Spätmittelalter bis in das 17. Jahrhundert nachweisbarer Schiffstyp, der auf dem Mittelrhein eingesetzt wurde. Er war nach dem Rheinischen Oberland benannt.

Ordo fratrum Praedicatorum:	Predigerorden (Dominikaner).
Refektorium:	Speisesaal der Mönche.
Schlupfhuren:	Dirnen, die ihrem Gewerbe im Verborgenen nachgingen.
Stabilitas loci:	Bindung an den Ort, eine Vorschrift des heiligen Benedikt.
Tabbart:	Überrock aus schwerem Wollstoff.
Übersetzung aus Altkölsch ins Hochdeutsch:	Ich stüssen dich an dä blaue Stein, du küss din Vader un Moder nit mih heim. Ich stoße dich an den blauen Stein, du kehrst zu Vater und Mutter nicht mehr heim.